Sabine Friemond
Hochbahn

Von der Autorin bisher bei *KBV* erschienen:

Hochbahn
Teufelskuhle
Tendering
Brandmal
Hitzewelle

Sabine Friemond, geb. 1968 in Duisburg, wuchs in der Gemeinde Spellen am Niederrhein auf. Nach dem Abitur machte sie eine Ausbildung zur Buchhändlerin. Ihre Liebe zu Büchern ist bereits daran ersichtlich, dass sie am Niederrhein eine Buchhandlung in Voerde betreibt.

Mit *Hochbahn* startete sie ihre Reihe um die Heldin Pastorin Christin Erlenbeck, die in *Hitzewelle* nun bereits in ihrem fünften Fall ermittelt.

Sabine Friemond

Hochbahn

1. Auflage Oktober 2019
2. Auflage April 2020
3. Auflage Februar 2022
4. Auflage Mai 2024

© KBV Verlags- und Mediengesellschaft mbH, Hillesheim
www.kbv-verlag.de
E-Mail: info@kbv-verlag.de
Telefon: 0 65 93 - 998 96-0
Umschlaggestaltung: Ralf Kramp
Druck: Druckhaus Nord GmbH, Bremen
Printed in Germany
ISBN 978-3-95441-480-2

Für meine Mutter,
für die Bücher zum täglichen Leben gehören.
Und für die Wuwers.
Stellvertretend für alle überzeugten Heimatshopper.

Prolog

Alles dröhnte.
Über ihm. In ihm. Am lautesten in seinem Kopf.
Für einen kurzen Moment hüllten ihn der Lärm und die diesige Feuchtigkeit komplett ein. Wie ein Kokon. Nur ein kurzer Augenblick hatte sein Leben vollständig verändert. Das durchdringende Knirschen des Metalls kam langsam wieder in sein Bewusstsein, auch vereinzelte Schreie konnte er nun wieder hören. Sein Blick suchte das Stemmeisen. Dort lag es. Konnte man etwas daran erkennen?
Nein, Kopfschütteln, entspannen.
Würden sie ihn gleich suchen?
Er hob das Stemmeisen auf und wischte es an seiner schmutzigen Hose ab. Dann drehte er sich zur Bauhütte um und legte es bedächtig zwischen das andere Werkzeug, bevor er losschrie und einen Weg zu seinen Kollegen suchte.

1. Kapitel

Epiphanias

Ich danke Ihnen allen für den freundlichen und warmherzigen Empfang.« Christin Erlenbeck blickte in die Runde der Gäste, die an diesem Mittwochnachmittag zu ihrer offiziellen Amtseinführung gekommen waren. »Das nimmt mir etwas die Angst, die ich davor habe, die Nachfolge von Pfarrer Lindemann anzutreten. Ich werde schon stolz darauf sein, wenn ich dieses Amt nur halb so gut ausfüllen kann! Wie Sie alle wissen, bin ich mit Voerde von Geburt an verwurzelt, Pastor Lindemann und seine Frau Ulrike waren immer für mich da und haben meinen Weg stets liebevoll begleitet. Umso mehr tut es mir leid, dass ihr beiden«, sie lächelte nun direkt Manfred und Ulrike Lindemann an, »zurück in den Norden geht.«

Beifälliges Gemurmel aus den Kirchenbänken. Wie ungebetene Gäste, die draußen bleiben müssen, schlugen die Zweige der Sträucher vor dem Fenster gegen die Scheiben.

»Wie einige von Ihnen wissen«, fuhr Christin fort, »werde ich dieses Amt ohne einen Partner an meiner Seite ausfüllen müssen. Auch das macht mir etwas Angst, da Ulrike an der Seite von Manfred ein wichtiger und formender Bestandteil dieser Gemeinde war.«

Es wurde applaudiert. Damit traf sie auf viel Zustimmung. Kein professioneller Marketingfachmann hätte für Pfarrerin Christin Erlenbeck eine bessere Antrittsrede schreiben können, da ihre Worte von Herzen kamen.

Sie war dreizehn Jahre alt gewesen, als Manfred Lindemann die Pfarrstelle in Voerde angenommen hatte. Sie gehörte zum ersten Jahrgang, den er in Voerde zur Konfirmation begleitete. Obwohl sie sich als Heranwachsende nicht durch besondere Frömmigkeit auszeichnete, waren die Gespräche, die sie über viele Jahre hinweg mit dem Ehepaar Lindemann führte, ausschlaggebend für ihre Entscheidung gewesen, das Studium der evangelischen Theologie in eine Ausbildung zur Pfarrerin münden zu lassen. Und jetzt wurde sie seine Nachfolgerin in Voerde. Sie konnte es selbst noch kaum glauben.

Als ihre Mutter ihr im Sommer gesagt hatte, Manfred habe sich nun doch für seine Pensionierung entschieden, stand unausgesprochen die Frage im Raum, ob Christin aus dem Fränkischen zurück an den Niederrhein kam. Tagelang ignorierte sie eine innere Auseinandersetzung mit diesem Thema, dann sprach sie, ganz nebenbei, mit Mathilda und Oskar über die Möglichkeit, zu Oma und Opa nach Voerde zu ziehen. »Geht klar«, sagten beide einstimmig. Dass Mathilda beim Umzug dann mitten im siebten Schuljahr wäre und Oskar im fünften, war für die beiden kein Problem. Christin hatte fast den Eindruck gehabt, dass ihre Kinder wegwollten aus Franken. Sie hatte wohl einiges unterschätzt.

Ihre Bewerbung um die Pfarrstelle in Voerde wurde mit großer Begeisterung aufgenommen, ihre Kündigung in Hersbruck mit Bedauern. Christin konnte mit ihren Kindern und Laika, der Spitzhündin, wie geplant im Januar nach Voerde ziehen. Mathilda und Oskar wechselten zum zweiten Halbjahr auf die neue Gesamtschule in der Voerder Innenstadt, und auch sie wollte mit dem neuen Jahr ein neues Leben beginnen.

»Ich gönne euch beiden von Herzen euren Ruhestand«, beendete sie ihre kleine Rede und setzte sich, ein Tränchen der Rührung wegwischend, in die vorderste Kirchenbank.

Nach den Begrüßungsreden von Bernd Hingmann, dem stellvertretenden Vorsitzenden der Presbyter, und Andrea Winkels, der Leiterin der Evangelischen Frauenhilfe, die beide ebenfalls ihre Zufriedenheit mit Christin als Nachfolgerin zum Ausdruck brachten, setzte man sich noch zu einem gemeinsamen Abendessen im Gemeinderaum zusammen.

»Grünkohl mit Mettwurst«, stellte Christin als neue Pfarrerin grinsend fest, »mit so einem leckeren Essen kann ja nur alles gutgehen!«

»Dieses Essen ist zur Stärkung gedacht«, warf der nun pensionierte Pfarrer Lindemann ein, »so wie es aussieht, wird deine erste Herausforderung sein, deine neue Gemeinde durch einen schweren Sturm zu bringen – und das meine ich leider wörtlich!« Auf seinem Smartphone prüfte er regelmäßig die eingehenden Wettervorhersagen und runzelte sorgenvoll die Stirn, als er die Prognose sah. »Morgen soll es in großen Teilen von Nordrhein-Westfalen orkanartige Sturmböen geben. Man vermutet einen ähnlichen Verlauf wie bei Kyrill. Für dich konkret könnte das bedeuten, dass du hier morgen einige Raummeter Feuerholz auf dem Kirchhof und dem Friedhof beschert bekommst! Für mich und Ulrike« fuhr er fort, »bedeutet das, dass wir jetzt langsam gen Norden aufbrechen!«

Als sich alle Gäste verabschiedet hatten, ging Bernd Hingmann mit ihr noch rund um das Pfarrhaus, die Kirche und über den Friedhof, um Dinge, die bei einem Sturm zu gefährlichen Geschossen werden konnten, zu sichern. Laika begleitete sie. Mit gespitzten Ohren verfolgte die schwarze Hündin alles, was sich auf »ihrem« neuen Territorium tat.

»Danke, Bernd, das war jetzt noch ein schöner, kleiner Spaziergang und unsere erste Zusammenarbeit!«, sagte Christin und lächelte.

»Ja, aber es wird nicht alles so unkompliziert laufen.« Bernd sah sie mit ernster Miene an. »Heute Abend habe ich dir noch geholfen, aber in Zukunft werde ich dir bei verschiedenen Problemen nicht mehr helfen können. Andere wahrscheinlich auch nicht. Aber da du ja alleine bist, hast du bestimmt schon gelernt, alleine zurechtzukommen.« Damit ließ er sie stehen, setzte sich in sein Auto und fuhr davon.

Ok, dachte Christin, klar kam sie alleine zurecht.

* * *

Das alte Haus machte Geräusche.

Christin, Mathilda und Oskar fühlten sich wie in einem Schiffsbauch, so stellten sie es sich dort zumindest vor. Es knarrte und ächzte, man konnte die Windböen fast spüren, wenn sie gegen die Hauswände fegten.

Sie saßen zusammen um den Esstisch herum und genossen das gemeinsame Frühstück. Schon am Abend zuvor waren die Kinder über ihre jeweiligen Klassen-WhatsApp-Gruppen informiert worden, dass wegen des Sturms »Friederike« die Eltern selber entscheiden konnten, ob sie ihre Kinder zur Schule schickten oder nicht. Christin entschied erst am Morgen, dass sie die Kinder bei sich zu Hause behalten wolle.

Langsam verging den dreien ihre Feiertagslaune, die Böen wurden immer heftiger, erste Äste wurden von den Bäumen gerissen.

»Ihr bleibt auf jeden Fall hier im Erdgeschoss, verstanden? Falls einer der Bäume aufs Dach stürzt, seid ihr hier sicherer.«

Diese Anweisung war eigentlich überflüssig, das Spektakel, das sich ihnen vor den Fenstern bot, beeindruckte die Kinder derart, dass sie lieber in der Nähe ihrer Mutter bleiben wollten. Der sonst eher gelassene Hund rannte aufgeregt zwischen Haustür und seiner Familie hin und her und bellte, wenn Zweige gegen ein Fenster flogen.

»Oh Mann!«, rief Oskar, »Wahnsinn, was da alles rumfliegt! Schau, Matti, der da hängt nur noch halb am Baum!«

Oskar deutete auf einen Ast.

»Mei, hoffentlich fliegt nichts in die Fenster!«

Mathilda starrte durch die Scheiben. Christin beobachtete ihre Tochter genau. Während ihr Sohn sich fast ein Wettrennen mit dem Hund lieferte, blieb ihre Tochter auffällig ruhig. Wie ihr Vater hatte Mathilda die beunruhigende Eigenart, plötzlich alles um sich herum zu vergessen und wie in Trance vor sich hin zu starren.

»Mama«, sagte sie jetzt langsam, »schau mal dort, guck mal genau auf den Boden.« Matti deutete rechts auf eine Stelle im Hof, etwa fünf Meter von ihnen entfernt.

»Was ist da, Schatz? Ich kann nichts sehen!«

»Mama, guck doch mal genau hin, da!« Mathilda klopfte ungeduldig mit ihrem Zeigefinger gegen die Scheibe, »du musst dich schon konzentrieren!«

Christin atmete tief durch und starrte nun genauso angestrengt in den Garten wie ihre Tochter. »Oh mein Gott!« entfuhr es ihr, »nein! Bitte nicht!«

Denn nun sah sie genau wie ihre Tochter, dass sich immer mehr Risse in dem Erdreich vor der großen Eiche bildeten und sich der Baum ganz langsam in Richtung Pavillon beugte. Der lächerliche Gedanke, hinauszurennen und den Baum von der anderen Seite halten zu wollen, schoss ihr durch den Kopf. Gleichzeitig malte sie sich schon aus, wie das Gemeindehaus gleich aussehen würde, und war nur froh, dass die heutige Krabbelgruppe nicht gekommen war.

Nun starrten alle drei auf den Boden rund um die Eiche. Die Risse wurden länger und tiefer, dann sahen Christin, Mathilda und Oskar mit offenen Mündern, wie der riesige, über hundert Jahre alte Baum erst ganz langsam, dann immer schneller umkippte und in den Pavillon krachte.

November 1911

Mia schreckte hoch.

»Heinrich, wach auf, mein Gott, wie spät ist es wohl schon? Heinrich!« Energisch schüttelte die junge Frau den Mann, der neben ihr lag.

Schlaftrunken drehte Heinrich sich zu ihr um. Er lächelte. »Mein Gott, siehst du süß aus!« Zärtlich strich er ihr über die Wange, dann wanderte seine Hand über ihren Hals, zu ihrer Brust.

»Nein, Heinrich, wir bekommen beide Ärger, wenn wir nicht pünktlich sind, und den brauchen wir nicht noch obendrauf!« Sie versuchte, seine Hand wegzuschieben, was aber nur bewirkte, dass sie tiefer wanderte, zu ihrem Bauch.

»Lass mich nur noch deiner kleinen Kugel eine guten Morgen wünschen, dann stehe ich auf!« Heinrich drückte Mia zurück auf die Matratze, beugte sich über sie und küsste sich hinunter, von ihrem Mund, über den Hals, zwischen ihren prallen Brüsten durch bis zu ihrem von der Schwangerschaft deutlich vergrößerten Bauch.

»Hallo, mein kleiner Fritzi oder meine kleine Fritzi! Du musst jetzt auch aufstehen! Sei ja brav zu deiner Mama!«

Mia lächelte nun auch. »Komm schon, Heinrich, Klein-Fritzi möchte keinen Papa, der wie ein Hund von der Baustelle gejagt wurde.«

»Die können mir alle mal den Buckel runterrutschen«, brauste er auf, während er in die Beine seiner langen Unterhose stieg, »bald haben wir genug Geld gespart, dann können wir für mindesten zwei Jahre nach Amerika, mit Fritzi.«

»Gut Monin«, kicherte Mia, »Ei em Misses Kämpe. Ach nee! Sorry«, sie schnitt eine Grimasse, »Miss Hassel. Den Unterschied hat mir der Folke schon beigebracht.«

Heinrich zog die dicken, langen Wollsocken über die Waden. Dann griff er sich die feste, graue Hose, die er von der Königlichen Eisenbahndirektion bekommen hatte, und zog sie über die lange Unterhose. »Nicht mehr lange Miss, bald Misses und dann Mummy«, grinste er, denn die Aussprache der schwer erlernten Wörter belustigte ihn selber noch.

Mia betrachtete ihren zukünftigen Ehemann. Groß und hager war er. Breite Schultern hatte er und starke Arme. Kein Wunder, schaufelte er doch tagsüber Erde und Schotter für den Bau der Hochbahn zwischen Oberhausen und Wesel und ab späten Nachmittag Mist auf dem Hof seines Vaters, der irgendwann einmal ihm gehören würde.

Mia Hassel und Heinrich Kämpe waren seit einem Jahr ein Paar.

Maria Johanna, wie die junge Frau mit Taufnamen hieß, arbeitete seit ihrem vierzehnten Lebensjahr als Magd im Haushalt der Kämpes. Heinrich hatte sich sofort in das kluge, besonnene Mädchen verliebt. Seine Eltern waren mit Mia nicht einverstanden, aber da Heinrich ihnen die Wahl ließ, entweder sie würden Mia akzeptieren, oder er würde sich sofort mit ihr nach Amerika durchschlagen, akzeptierten die alten Kämpes seine Wahl. So wurde es auch bald selbstverständlich, dass Mia nicht mehr jeden Morgen und Abend über die Felder von ihrem Elternhaus in Ork zum Kämpehof nach Mehr hin- und zurücklaufen musste, sondern im Hause ihrer Arbeitgeber die Nacht verbrachte. In Heinrichs Kammer.

Mias Eltern waren sehr besorgt, als ihre Tochter ihnen gestand, dass sie und Heinrich die Hochzeitsnacht schon vorgezogen hatten – mit entsprechenden Folgen.

Die Hassels waren katholisch, und sie misstrauten dem evangelischen, zukünftigen Hoferben, hätte er doch viele andere Mädchen aus wohlhabenderen Familien haben können. Mias Eltern hofften jetzt nur noch, dass die Schwangerschaft diese Verbindung zur Eheschließung brachte. Aber da das Schlimmste nun schon passiert war, konnte Mia auch direkt auf den Hof ihrer zukünftigen Schwiegereltern ziehen.

Langsam wurde Heinrich doch hektisch. Er zog sein Hemd über, und Mia half ihm in die zusätzliche Strickjacke, die sie ihm selber aus der Wolle der Schafe ihres Vaters gemacht hatte, dann gab sie ihm die dicke, graue Jacke, die auch das Emblem der Königlichen Eisenbahndirektion trug.

»Soll ich dir noch einen Kaffee machen, während du dir die Stiefel schnürst?«, fragte Mia.

»Um Gottes willen, nein, das dauert jetzt wirklich viel zu lange! Verpacke mir nur schnell noch ein paar Scheiben Brot und Schinken, dann flitze ich los.«

Schnell lief Mia in die Küche und packte ihm Brot, Schinken und Käse in einen Stoffbeutel, während Heinrich zum Schuppen hastete, um sein Fahrrad zu holen.

»Mist«, fluchte er wütend, »der Reifen ist wieder platt! Verdammt, ist hier denn alles nur Schrott? Bin ich froh, wenn wir in Amerika sind, dann brauche ich mich nicht mehr um diesen Scheiß hier kümmern! Jetzt komme ich auf jeden Fall zu spät.« Heinrich rannte mit seinen langen Beinen los. Er drehte sich noch einmal kurz um und warf Mia eine Kusshand zu.

2. Kapitel

Laika rannte kreuz und quer durch den Garten und über den Hof. Gerade hatte sie ihre neue Umgebung einigermaßen kennengelernt, da sah es schon wieder ganz anders aus. Jetzt lag ein riesiger Baum auf dem Gelände. Die Wurzeln ragten weit über zwei Meter hoch in die Luft.

Christin hatte die Feuerwehr benachrichtigt, aber auch zu verstehen gegeben, dass sie natürlich warten könne. Sie war einigermaßen ratlos, in so einer Situation war sie noch nie gewesen. Matti und Oskar rannten mit ihren Smartphones herum und fotografierten den gewaltigen Baum vor ihrem neuen Zuhause aus allen erdenklichen Perspektiven.

Christin hatte schon mit ihren Eltern telefoniert, bei ihnen war alles in Ordnung.

»Gott sei Dank sind wir verschont geblieben«, fasste ihre Mutter Ingrid zusammen, »Papa hatte im Herbst ordentlich gekürzt. Wir kommen gleich vorbei und gucken, wie wir euch helfen können.«

Sollte sie Bernd Hingmann benachrichtigen? Er war immerhin ihr Stellvertreter, außerdem bestimmt mit den Formalitäten vertraut, die jetzt erledigt werden mussten. Innerlich machte sie eine Liste mit den Stellen, die sie informieren musste.

»Oh Mann!« Andrea Winkels kam auf den Kirchhof gelaufen. »Ist irgendwem irgendetwas passiert? Mannomann! Sieht das hier aus! Christin, wie kann man dieses Zeichen des Herrn nun deuten?« Andrea lachte tatsächlich.

Die Pfarrerin kam hingegen erst langsam wieder in der Gegenwart an.

»Komm«, sagte Andrea, »gleich wird es hier nur so wimmeln vor hilfsbereiten Menschen, lass uns Kaffee kochen.«

»Ach«, plapperte sie weiter, »weißt du, der Pavillon war eh nicht mehr so toll. Jetzt kann dort endlich etwas Moderneres und Zweckmäßigeres gebaut werden ...«

Friederike war mit der gleichen Kraft wie Kyrill elf Jahre zuvor über Deutschland hinweggefegt. Im Stadtgebiet von Voerde hatte die Feuerwehr einiges zu tun. Die B 8, eine der Hauptschlagadern zwischen dem Ruhrgebiet und dem Niederrhein, musste gesperrt werden, da umgekippte Bäume die Durchfahrt versperrten.

Auch die Bundesbahn musste ihre Strecken sichten und viele Schäden beseitigen.

Auf dem Bahndamm der alten Hochbahn sah man schon von Weitem, welche Schäden Friederike angerichtet hatte. Auch dort hatte der Sturm alte Bäume entwurzelt, kreuz und quer ragten sie teilweise in den Himmel oder bildeten Brücken bis auf die umliegenden

Wiesen. Die DB Netz AG sperrte sofort die komplette Strecke zwischen Oberhausen und Wesel.

Christin hatte sich dafür entschieden, ihren Stellvertreter im Presbyterium anzurufen. Schließlich war es nicht ihr Problem, wenn er mit ihr als alleinstehender Frau ungern zusammenarbeitete.

»Tja, das wird dauern, bis wir hier vorankommen! Gott sei Dank ist niemandem etwas passiert. Aber solange die Feuerwehr nicht ihr OK gibt, können wir nichts tun. Ich werde mir auf jeden Fall schon mal Gedanken machen, wer hier aufräumen kann.«

Die Pfarrerin lächelte. »Gut, danke. Ich werde dann jetzt Düsseldorf informieren.«

Als Christin am Abend ihre Kinder zu Bett brachte, hielt Mathilda sie fest. »Mama. Schau mal, ich habe so gut aufgepasst, ich habe genau gesehen, wie der Baum langsam aufgab und ich konnte nichts machen!«

»Ja, mein Schatz«, Christin legte ihre Hand an Mattis linke Wange, »das ist manchmal so. Aber trotzdem musst du weiterhin immer gut beobachten. Es wird bestimmt noch oft anders sein und du wirst helfen können.«

Es gab ihr einen Stich, Matti so verstört zu sehen. Sie wusste genau, was in ihrer Tochter vorging und dass sie nicht nur den Baum meinte.

November 1911

Auch an diesem frühen Novembermorgen schaffte es die Sonne nicht, der Baukolonne am Streckenabschnitt Spellen-Bahnhof den Arbeitstag heller zu machen. Die überwiegend aus Italienern, Polen und Kroaten bestehende Kolonne musste schneller schaufeln, stampfen und hacken als sonst, da es nur wenige Stunden am Tag hell genug war, um zu arbeiten. Die Männer schufteten in den frühen Morgenstunden und ab dem Nachmittag fast im Dunkeln und freuten sich schon morgens wieder auf die Wärme, die abends in ihren Baracken der Holzkohleofen verströmen würde. Alle blieben unter sich, allen gemeinsam war nur das Heimweh und der regelmäßige Gang zum Postamt, um das verdiente Geld an die zurückgebliebenen Lieben in die Heimat zu schicken. Gemeinsam hatten sie auch noch den Verlust ihrer Arbeit auf der Zeche Osterfeld, wo sie durch den Einsatz neuartiger Maschinen ersetzt worden waren. Nur ein paar Einheimische halfen beim Bau der Hochbahn mit.

Wilhelm Lemm führte als Bauleiter ein strenges Regiment. Die Ingenieure der Königlichen Eisenbahndirektion saßen ihm im Nacken. Er war das letzte Glied in der Kette derer, die für die Umsetzung der Pläne verantwortlich waren. Konkret bedeutete dies, dass eine riesige Menge Erde aus dem Bau des Rhein-Herne-Kanals und Abraum aus dem Bergbau der Zeche Osterfeld und der Gutehoffnungshütte über schon vorhandene Bahnstrecken nach Spellen transportiert werden musste, wo sie abgeladen wurde und von den Arbeitern zum Unterbau der Hochbahn verarbeitet wurde. Dazu mussten sie Tonne für Tonne die Erdmassen verteilen und mit Holzstempeln Schicht für Schicht verdichten, damit die Trasse massiv wurde. Dicke, steinharte Brocken, die zwischen der Erde waren, erschwerten das Vorankommen. Diese mussten teilweise mit Hacken zerkleinert werden, damit man sie überhaupt vom Fleck bekam. Sobald wieder ein Teil des Unterbaus genügend verdichtet war, wurden Schotter und Kies für das eigentliche Schienenbett angeliefert. Dann erst konnte man weitere Gleise verlegen.

Wilhelm Lemm ging die Baustelle ab.

»Johannes, komm mal her!«, brüllte er, da er ihn nicht sah.

Kurze Zeit später kam ein Mann aus dem dämmerigen Tageslicht auf ihn zu.

»Kannst du auch schneller gehen?«, schnauzte er ihn an. »Nur weil du Vorarbeiter bist, bist du nix Besseres! Ist Heinrich schon aufgetaucht?«

»Der kommt bestimmt sofort.«

»Ja, klar, wenn der Herr sich von der Mia und dem warmen Bettchen trennen kann! Die haben es sich wohl schon ganz schön gemütlich gemacht?«, grinste der Bauleiter anzüglich, »dem schmeckt die Maloche hier sowieso nicht, aber euer Vater hat recht, wenn er meint, dass ihr hier was dazuverdienen sollt.«

Johannes zuckte mit den Schultern. Er hatte keine Lust, sich provozieren zu lassen. Ihn wurmte es mehr, als er zugab, dass sein großer Bruder mit Mia zusammen war. »Was willst du, warum hast du mich gerufen?«

»Gleich kommen die ersten Waggons, nimm dir noch ein paar Itaker oder Polacken und stellt euch mit Fackeln an den Prellbock, damit die bei dieser Suppe sehen können, wo Ende ist. Aber beeil dich!«

Johannes Kämpe stapfte durch die feuchte Erde auf einen Durchlass der Holzverschalung zu, die die zukünftige Trasse umschloss. Überall war das Gemurmel seiner Kollegen zu hören, das Schürfen der Spaten in der Erde oder das Hacken auf Gesteinsbrocken. Schon nach ein paar Metern konnte man kaum noch jemanden sehen.

Die Bauhütte, in der die Arbeiter Pause machen konnten und Teile der Geräte aufbewahrt wurden, befand sich ein paar Meter außerhalb der hohen Holzwand, die die Strecke westlich, zum Spellener Ortskern hin, umschloss. Dort wurden wegen der Feuchtigkeit auch die Fackeln aufbewahrt, die Johannes holen sollte. An jedem Durchlass lehnten Leitern, über die die Arbeiter zu ihrem Arbeitsplatz innerhalb der Holzverschalung gelangen konnten.

Wilhelm Lemm starrte Johannes noch hinterher. Mit seinen erst achtzehn Jahren hatte der zweitgeborene Kämpe-Sohn schon etwas Arrogantes. Es hieß, er sei ein guter Schüler und werde nach Düsseldorf zum Studieren gehen. Aber was genau er studieren wollte, das wusste keiner. Auch Heinrich, der ältere Bruder, hatte eine leicht überhebliche Art. Er würde einmal einen großen Hof erben, sprach aber ständig davon, vorher Amerika und die großen Farmen mit ihren modernen Landmaschinen sehen zu wollen.

Lemm drehte sich wieder der Baustelle zu, als er ein leises Rauschen hörte. »Ruhe«, brüllte er den Arbeitern zu. Sofort hielten alle in ihrer Arbeit inne und wandten sich mit fragenden Gesichtern ihrem Chef zu. Automatisch nahmen sie den gleichen konzentrierten Gesichtsausdruck wie Lemm an und hörten es dann auch: ein Rauschen, das immer lauter wurde.

»Johannes, wo bleiben die Fackeln?«

Nun wurde der Bauleiter hektisch. Aber er wusste, dass Johannes erst die Leiter hinunter- und dann wieder hinaufmusste und noch gar nicht wieder da sein konnte.

Das Rauschen wurde immer lauter.

»Kommt weiter hierhin«, winkte er die Männer zu sich, »los, weiter zurück, avanti!«

Das Rumpeln der anrollenden Güterwaggons übertrug sich auch auf die Bretterwand, die die Baustelle umschloss. Man konnte die schweren Wagen nicht sehen, aber immer deutlicher hören – eine Mischung aus dem Pfeifen der Lok, dem Zischen des Dampfes aus den Kaminen und dem Gepolter, das die Räder auf den Schienen machten. Obwohl Wilhelm Lemm schon viele dieser hochbeladenen Waggons in Empfang genommen hatte, beschlich ihn diesmal ein mulmiges Gefühl.

Der Lärm der Lok und Waggons kam immer näher, Lemm deutete seinen Männern an, mit ihm noch weiter zurückzuweichen.

Schon im nächsten Moment hörten alle, wie die vorderste Lok gegen den mächtigen Prellbock stieß. Als die Arbeiter schon zu den Waggons wollten, um beim Entladen zu helfen, ertönte ein ohrenbetäubendes Krachen und Knirschen, und mit vor Schreck geweiteten Augen konnten die Männer sehen, wie die riesige Dampflok mit ihren drei angekoppelten, hochbeladenen Waggons über den Prellbock geschoben wurde und ganz langsam nach links kippte.

3. Kapitel

Die Mutter in ihr sagte eindeutig Nein zu einem Spaziergang entlang der alten Hochbahn. Aber Oskar hatte von einigen Klassenkameraden gehört, dass es dort »wie nach einem Bombenanschlag« aussehe. Eine Zugmaschine, die mit ein paar Waggons auf dem Weg zum Hafen Emmelsum war, war vom Sturm überrascht worden. Wie Christin schon gehört hatte, war kein großer Schaden entstanden, aber sie gab ihrem Sohn nach und schlug eine Besichtigung des Schauplatzes zusammen mit Laika vor.

»Aber bilde dir nicht ein, dass wir da lange rumtun, um durch das Gestrüpp zu kommen. Außerdem wird immer noch vor losen Ästen gewarnt, die eventuell runterfallen können«, bremste sie Oskars Unternehmungslust.

Als sie am Samstag nach dem Essen ins Auto stiegen, überlegte sie, wo sie den Wagen am besten abstellen könnte. Bei dem kalten Wetter hatte sie keine Lust zu laufen. Sie fuhr von der Mehrstraße rechts ab in die Boltraystraße. Dort hielt sie direkt auf dem breiten Grünstreifen.

Mathilda und Oskar stiegen aus dem Auto, ihr Sohn wollte direkt zu der Böschung rennen. »Warte Oskar«, rief Christin und öffnete die Hundebox im Kofferraum. Sie ließ Laika herausspringen. »Wir gehen zusammen.«

Skeptisch schaute die Pfarrerin zum Bahndamm. Auch ohne die Schäden, die Friederike angerichtet hatte, konnte man an dieser Stelle eigentlich nicht zu den Gleisen hinauf. Sträucher und dichtes Gestrüpp überwucherten die Steigung der Hochbahn. Dazu kamen noch umgeknickte Bäume, die sich aber in die andere Richtung gelegt hatten, nicht zur Straße hin. Oben auf der Trasse sah sie einige größere, alte Bäume, manche standen noch aufrecht, zwischendrin sah sie aber mindestens einen großen Baum, der wahrscheinlich bis auf die Gleise gekippt war. Da musste irgendwo der eingeklemmte Zug sein.

Laika lief aufgeregt, ihre feine Hundenase auf den Boden gerichtet, los. Sie ahnte wohl, was ihre Familie vorhatte, und konnte es kaum erwarten.

»Lasst uns hier entlanggehen«, Christin wandte sich zur Mehrstraße um, »früher war hier ein Weg hinauf, ein Trampelpfad, da sind wir bei Schnee mit dem Schlitten runter.«

Mathilda sah sie belustigt an. »Mama, hier kann man doch nirgendwo mit dem Schlitten runter!«

Christin lächelte. »Nun«, gab sie zu, »das sind hier natürlich nicht solche Hügel, wie ihr sie aus Bayern kennt! Aber wir hatten trotzdem unseren Spaß.« Sie zuckte mit den Schultern und musste dann lachen. »Na ja, zumindest ein-, oder zweimal, dann war das bisschen Schnee zu Matsche gefahren.«

Kurz vor der Straße, von der sie gekommen waren, hielt Christin an. Tatsächlich, man konnte dort noch einen kleinen Weg hinauf erkennen.

Laika rannte den Trampelpfad hoch, sie hatte mit den tiefhängenden Ästen keine Probleme, Oskar und Mathilda liefen hinterher. Christin schüttelte den Kopf, stapfte dann aber auch los.

Schon nach wenigen Metern war sie schweißgebadet und hatte keine Lust mehr. Der Weg war matschig und glatt, sie und die Kinder rutschten ständig aus. Oskar ließ sich mit Wonne auf die Knie und den Hosenboden fallen, Mathilda zog eine Schnute, sie fror trotz des anstrengenden Aufstiegs.

»Versuche doch, dich an den Ästen hochzuziehen«, schnaufte ihre Mutter. »Kannst du Laika sehen?«

Mathilda verneinte, aber dann hörten sie den Hund etwas höher hecheln.

»Ich bin gleich oben, ich kann schon den Zug sehen!«, schrie Oskar.

Mathilda gab sich einen Ruck und versuchte, zu ihrem Bruder aufzuschließen, Christin folgte ihr.

»Oskar«, rief Christin energisch, »du wartest dort oben, bis wir auch da sind, du rührst dich nicht von der Stelle!«

Mit letzter Kraft schafften Mutter und Tochter das letzte Stück und standen dann neben Oskar.

»Wow!«, sagten alle drei, fast wie aus einem Munde.

Es war tatsächlich ein gespenstisches Bild. Stoisch, unberührt von dem heftigen Naturereignis, stand die Lokomotive auf den Gleisen, hinter ihr etwa fünf oder sechs Waggons. Genau vor ihr lag eine Eiche. Der Baum war gar nicht so riesig, aber es reichte aus, dem starken Zugwagen den Weg zu versperren. Auf der Lokomotive und auf den Waggons lagen auch einige Bäume, die kahlen Äste teils über den Wagen, teils zwischen ihnen.

»Cool!« Oskar war beeindruckt, er ging sofort los und machte mit seinem Handy Fotos, dicht gefolgt von Laika. Selbst Mathilda konnte etwas Begeisterung für dieses Schauspiel aufbringen und versuchte, ein Selfie mit dem umgekippten Baum sowie der Lok im Hintergrund zu machen.

Dann zog sie wieder eine Schnute.

»Komm, Mama, lass uns nach Hause gehen. Mir ist kalt, und ich finde es hier etwas gruselig.«

»Ja, mir ist jetzt auch kalt. Komm Oskar, wir machen uns an den Abstieg.«

Christin schaute sich nach dem Hund um. Laika war verschwunden.

»Laika, hier!«, rief sie laut.

Stille.

Auch die Kinder blickten sich suchend um.

»An dem Zug ist sie nicht vorbei«, sagte Oskar, »lasst uns ein bisschen in die andere Richtung laufen!«

Alle drei gingen ein paar Schritte in Richtung des alten Haltepunkts *Spellener Bahnhof*, aber schon nach wenigen Metern versperrten ihnen Bäume und Sträucher den Weg, die mit ihren Wurzeln auch etwas, das wie Schotter oder Kieselsteine aussah, aufgeworfen hatten.

Wieder riefen sie den Hund.

Christin wurde unruhig. Die Vegetation war teilweise undurchdringlich, wenn der Hund sich irgendwo verfangen hätte, müsste man die Feuerwehr rufen, um ihn zu befreien. Und langsam kroch das trübe Grau des späten Januarnachmittags in den Tag hinein.

»So ein Mist!«, schimpfte die Pfarrerin.

Sie musste eine Entscheidung treffen, sie wollte nicht mit den Kindern im Halbdunkel den matschigen Trampelpfad hinunterrutschen.

Plötzlich hörten sie etwas rascheln, dann stand Laika vor ihnen, in der Schnauze ein undefinierbares, schwarzes Etwas.

Erleichtert schimpfte Christin mit Laika.

»Da bist du ja! Pfui, was hast du da im Maul?« Sie ging zurück. »Los Kinder, seid ja vorsichtig, wer geht vor?«

Mathilda und Christin waren froh, als sie heil wieder unten angekommen waren. Oskar versuchte herauszufinden, was der Hund gefunden hatte, aber Laika drehte immer ihre Schnauze weg, wenn Oskar sich ihr näherte.

Christin stieg ins Auto und überließ es ihrem Sohn, den Hund in den Kofferraum springen zu lassen. Es dauerte einen Moment, bis Laika ihren Platz, das Fundstück zwischen ihren Pfoten argwöhnisch bewachend, in der Hundebox eingenommen hatte.

* * *

»Haben Sie schon gehört? Am alten Bahndamm ist eine Leiche gefunden worden!«, informierte die Gemeindesekretärin Ursula Höfer die Pfarrerin, als sie am Montagmorgen in das Gemeindebüro kam.

»Oh!« Erschreckt sah Christin auf. Sie versuchte gerade, den Fragebogen der Versicherung bezüglich der entstandenen Sturmschäden korrekt auszufüllen. »Wer ist es denn? Und unter welchen Umständen?«

»Dass Sie da nichts von mitbekommen haben! War doch ganz großer Bahnhof um den alten Spellener Bahnhof herum!« Die Sekretärin musste lachen, verstummte aber, als sie sah, dass die Pfarrerin das Wortspiel nicht so lustig fand. »Alles abgesperrt, mehrere Polizeiwagen, Spürhunde und so! So ein Katastrophentourist, der sich durch die Büsche kämpfte, hat die Leiche gefunden, die da verbuddelt war. Da, wo auch der Güterzug vor einem umgekippten Baum halten musste. Mehr weiß man noch nicht.«

Christin spürte die Sensationslust ihrer Sekretärin, mit der sie ihr diese spannende Neuigkeit als Erste überbrachte. Nachdenklich blickte sie auf ihre Schreibtischunterlage. »Nein«, sagte sie, »das habe ich nicht mitbekommen. Mein Gott! Wir waren selber Samstag da, die Kinder wollten sich das Spektakel angucken. Die Kinder und ich waren gestern noch im Kino, und in der Zeitung habe ich auch nichts gelesen.«

»Da wird erst morgen was kommen, die Polizei hat komplett dichtgehalten.«

»Nun«, die Pfarrerin schaute wieder in ihre Papiere, »schlimm. Wird denn jemand vermisst?«

»Nein, nicht dass ich wüsste«, antwortete Höfer.

Beide Frauen arbeiteten schweigend weiter.

Christin schaute zum Fenster hinaus, auf das zerstörte Gemeindehaus. Ein merkwürdiges Gefühl beschlich sie, wenn sie daran dachte, dass sie am Samstag noch mit ihren Kindern dort selber Katastrophentouristen gewesen waren.

Plötzlich kam ihr noch ein Gedanke.

Laika.

Das komische Ding, das sie auf einmal in der Schnauze gehabt hatte und das Oskar ihr nur mit Mühe am Samstagabend wegnehmen konnte. Wo hatte er es entsorgt?

Christins Gedanken schweiften noch weiter zurück in die Vergangenheit.

Ihr Elternhaus befand sich in der Nähe der alten Hochbahn.

Als Kinder hatten sie da oben am Bahndamm gespielt. Später als Teenager stromerten sie über die Gleise, um »zufällig« Jungen zu treffen. Die älteren Jungs trafen sich dort zum Trinken. Von ihnen hielten sich Christin und ihre Freundinnen fern. Aber, wenn sich ein Zug näherte, konnten sie beobachten, wie sie, um sich zu beweisen, solange es ging auf den Gleisen stehen blieben und erst im letzten Moment zur Seite sprangen.

Freddie, fiel ihr ein, Freddie Neumann. Ziemlich mutig. Ganz kurz machte ihr Herz einen kleinen Sprung. Was wohl aus ihm geworden sein mochte?

Einmal konnten sie sogar das wütende Gesicht des Zugführers erkennen. Später hörten sie die Sirene eines sich dem Bahndamm nähernden Polizeiautos der nahen Wache, aber da waren natürlich schon alle weg.

Und jetzt ein Leichenfund?

Natürlich, dachte sie, wenn man jemanden verschwinden lassen wollte, war das ein toller Ort dafür. Bei diesen Gedanken musste sie schmunzeln. Immer mehr zog sie ihre alte Heimat wieder in den Bann. Wenn sie die mächtigen, alten Kopfweiden sah, wurde ihr warm ums Herz. Und auch am Morgen des Vortages, als sie den ersten Gottesdienst in ihrer neuen Gemeinde abhielt, bekam sie Tränen in den Augen, als sie in so viele bekannte, freundliche Gesichter schaute. Früher hätte sie so eine Gefühlsregung für Schwäche gehalten, heute wusste sie, dass so etwas stärkte.

»Ich habe übrigens viel Positives über Ihren ersten Gottesdienst gestern gehört«, riss Frau Höfer sie aus ihren Gedanken, »ich fand ihn auch sehr gut.«

»Danke.« Christin musste sich räuspern. »Danke, ja, mir hat es auch große Freude gemacht!«

In der Mittagszeit, kurz bevor sie die Kinder erwartete, versuchte Christin, sich an das Geschehen nach dem Ausflug am Samstagnachmittag zu erinnern. Ihr Sohn hatte Laika aus dem Kofferraum springen lassen. Sie bekam noch mit, wie die Hündin mit ihrem Fundstück gegen die in Wagenfarbe lackierte Stoßstange polterte, woraufhin sie den Jungen aufforderte, doch bitte aufzupassen und dieses Ding zu entsorgen. Sie selber ging ins Haus, um sich um das Essen zu kümmern.

Wo hatte ihr Sohn es hingetan?

Sie hoffte, nicht in die Restmülltonne. Von ihrem Parkplatz aus schaute sie sich suchend um, bis ihr Blick auf die geschichteten Holzscheite unter einem kleinen Pultdach am Schuppen fiel. Tatsächlich, auf den obersten Scheiten lag es.

Grau, von der Feuchtigkeit etwas schleimig, erinnerte es sie an eine alte Ledertasche.

Und es roch. Nein, es stank.

Sie ging ins Haus, um sich ein paar Einweghandschuhe überzustreifen, bevor sie das Ding in die Hand nahm.

Unförmig. Das eine Ende abgerundet. Sie drehte es um. Der Anblick des anderen Endes bestätigte ihre Vorahnung. Sie blickte auf eine Masse aus ausgefransten Lederfetzen, in denen sie Knochen erkennen konnte.

* * *

»Damit hat sich ein Rätsel von alleine gelöst«, sagte Polizeioberkommissar Schlüter, als Christin ihm das Fundstück übergab.

Neugierig schaute sich die Pfarrerin auf der Voerder Polizeiwache um. Sie hatte ihren Kindern einen Zettel an die Tür geklemmt, dass sie sofort wiederkomme, dann war sie hinunter zur Frankfurter Straße gegangen. Sie erzählte Schlüter genau, wie sie an diesen Teil der Leiche gekommen waren. Er nickte nur. »Und jetzt? Muss ich eine Aussage unterschreiben? Was passiert jetzt?«, wollte Christin wissen.

»Nein, Frau Erlenbeck, wenn wir noch Fragen haben, werden wir zu Ihnen kommen, aber ich denke, hier ist ja alles klar. Wir werden diesen Teil der Gebeine noch nach Duisburg bringen.«

Christin warf einen letzten Blick auf das, was der Beamte einen »Teil der Gebeine« genannt hatte. Ein Teil eines Menschen, der in diesen Stiefeln irgendwann hier in dieser Gegend herumgelaufen war. Eine gruselige Vorstellung.

Sie verabschiedete sich, um mit ihren Kindern Mittag zu essen.

Der Blick eines anderen Polizisten durch die großen Fenster folgte ihr.

* * *

Am nächsten Tag stattete sie ihrem Amtskollegen Jürgen Müller in Spellen einen Besuch ab. Der Fundort der Leiche lag offiziell in seinem Gemeindegebiet, und so erhoffte sie sich genauere Informationen zu dem Toten. Bisher hatten sie täglich telefoniert, aber dieses Gespräch wollte sie persönlich führen.

»Christin, was führt dich zu mir?« Der Pfarrer geleitete sie in sein Wohnzimmer. »Kaffee?«

»Gerne, deswegen bin ich hier!«, strahlte sie.

»Das glaube ich kaum, du kommst bestimmt wegen des Leichenfunds!«

»Du bist schon genauso direkt wie ein waschechter Niederrheiner«, beklagte sich Christin.

Jürgen lachte.

»Na, dann wirst du ja damit umgehen können! Einen Kaffee bekommst du trotzdem.«

Nachdem er ihnen beiden einen frischen Kaffee aufgebrüht hatte, setzten sie sich in zwei gemütliche Sessel.

»Ja«, bestätigte ihr Kollege ihre Vermutung, dass er schon ausführlich mit der Polizei gesprochen hatte.

Er berichtete ihr, dass Spezialisten der Polizei die Leiche geborgen hätten. Aber schon vor Ort habe man feststellen können, dass der Mann schon sehr lange tot sei. Und ja, man gehe mit ziemlicher Sicherheit davon aus, dass die Leiche männlich sei. Die Reste der Bekleidung seien eindeutig Männerkleidung gewesen und die gut erhaltenen Lederstiefel seien auch eindeutig für Männer bestimmt gewesen.

»Die Polizei, oder wer auch immer, hat die Gebeine zur Rechtsmedizin nach Duisburg gebracht«, fuhr er fort. »Dort werden sie noch genauer untersucht, aber wie man mir sagte, werden die nicht viel Zeit und Geld für eine Untersuchung à la Börne in Münster aufwenden. Wenn die Leiche älter als zwei oder drei Generationen ist, also älter als etwa fünfzig Jahre, kann man sowieso nicht mehr ermitteln. Und, wie man mir sagte, sei das bisschen Bekleidung, das noch erhalten war, wirklich sehr altertümlich.«

Dann erzählte die Amtskollegin von dem Fundstück ihres Hundes. »Gut«, sagte sie abschließend, »also gibt es in den letzten Jahrzehnten auch keine mysteriösen Vermissten?«

»Nein«, entgegnete ihr Kollege, »die einzigen Vermissten liegen vor Stalingrad oder sonst wo, und die werden wahrscheinlich auch nur noch von ganz wenigen vermisst.«

»Und jetzt?«, wollte Christin wissen.

»Tja, nach der Entscheidung, ob ermittelt wird oder nicht, wird der Leichnam freigegeben. Ich denke, wir werden ihn dann hier in Spellen beerdigen.«

»Weißt du«, Christin musste schmunzeln, »wir haben uns da früher sehr oft herumgetrieben. Mein Gott, hätten wir gewusst, dass da eine Leiche liegt ...« Sie ließ den Satz unbeendet und schüttelte sich.

Nachdem sie noch über ihren ersten Gottesdienst geredet hatten, verabschiedete sich die Pfarrerin.

4. Kapitel

Vor-Passion

Die nächsten Tage vergingen wie im Flug.
Matti verabredete sich in ihrer neuen Heimat das erste Mal mit einem Mädchen aus ihrer Klasse, und Oskar machte ein Probetraining im Voerder Fußballverein mit, das ihm gut gefiel. Er wollte sich noch ein Handballtraining anschauen und sich vielleicht noch Judo angucken, bevor er sich endgültig entschied. Diese Entwicklungen betrachtete Christin zufrieden. Nachdem sie sich in Hersbruck die Stelle mit ihrem Mann geteilt hatte, fiel ihr die Doppelbelastung als berufstätige Mutter in einem »Job«, der keine geregelten Arbeitszeiten kannte, leichter, als sie gedacht hatte. Jeder hatte Verständnis für sie, wenn sie mal eine Sitzung wegen ihrer Kinder eher verließ.

Auch Bernd Hingmann verhielt sich nicht mehr ganz so reserviert, wie er es anfangs getan hatte. Die Pfarrerin wusste, wie sie Distanz hielt, ohne abweisend zu sein.

Von überall kamen Einladungen zu Veranstaltungen. Mit Ursula, sie duzten sich mittlerweile, und Andrea Winkels, die durch ihr Engagement in verschiedenen Gruppen der Gemeinde sehr vernetzt war, besprach sie offen, welche Einladungen sie annehmen musste und welche sie, ohne jemanden zu brüskieren, ablehnen konnte.

»Zur Karnevalssitzung nach Wessel musst du gehen«, riet ihr Ursula, »es ist schon Tradition, dass die hiesige Geistlichkeit sich das antut!«, grinste sie. »Außerdem ist es wirklich nett da. Das Programm ist klasse, und die Musik, später beim Tanzen, ist auch gut. Und wie ich der Gottesdienstordnung entnehme, hast du am nächsten Morgen keinen Dienst!«

»Ach Uschi!« Christin zog einen kleinen Schmollmund, »das hast du doch jahrelang eingefädelt! Als was soll ich denn gehen? Als Nonne?«

Beide mussten lachen.

»Vielleicht als Cheerleaderin?«, gackerte die Sekretärin, »da hätten alle was zu gucken! Und Bernd erst! Der würde eine Woche nicht mit dir reden!«

Die junge Christin hätte diesen Vorschlag vielleicht in die Tat umgesetzt, aber nicht mehr die Pfarrerin und Mutter.

»Okay, dann werde ich mir mal was überlegen. Vielleicht bestelle ich mir so ein Ganzkörperkostüm, so eine Kuh, oder so!«

Beide mussten bei dieser Vorstellung wieder lachen.

* * *

Am Morgen der großen Karnevalssitzung wurde sie dann trotzdem hektisch, denn sie hatte es versäumt, sich rechtzeitig zu kümmern.

»Mist, Kinder«, jammerte sie, »ich bin mit allem überfordert! Was soll ich heute Abend nur anziehen?«

Matti grinste.

»Nein danke, deinen Einhornhaarreifen brauchst du mir nicht zu leihen!«, lehnte Christin ab, bevor Matti überhaupt etwas sagen konnte.

»Hätte ich auch gar nicht!«, sagte ihre Tochter beleidigt.

»Mama«, mischte sich Oskar in die Diskussion ein, »geh doch als Lara Croft! Du hast doch so eine ultracoole«, er verzog das Gesicht zu einer würgenden Grimasse, »Cargohose, die du immer anziehst, wenn du mit Laika im Wald Abenteuer erleben willst!«

»Klar, und von Matti leihe ich mir ein Tanktop und der Skandal ist perfekt.« Sie überlegte. »Aber die Idee mit der Hose ist gut. Dazu ziehe ich mein kariertes Hemd an, darüber meinen schwarzen Kapuzenpulli und dazu meine schwarzen Boots, dann gehe ich nämlich als ...«, sie grinste ihre Kinder triumphierend an, »Naturburschin! Außerdem«, fuhr sie fort, »will mit solchen Stiefeln an den Füßen bestimmt keiner mit mir tanzen. Und dazu brauche ich mir keine Herzchen auf die Wangen zu malen. Super Idee!«

Sie drückte beiden einen dicken Kuss auf die Wange. Die Geschwister würden den Abend und die Nacht bei ihren Großeltern verbringen. Dann wollten alle am nächsten Morgen gemeinsam im Pfarrhaus frühstücken, bevor man zusammen zum Karnevalsumzug ging.

Für die Kinder war es das erste Mal, dass sie diesen Umzug miterlebten, obwohl Oma und Opa ihnen in den letzten Jahren immer wieder vorgeschlagen hatten, über Karneval doch zu ihnen zu kommen. Christin freute sich darauf, viele alte Bekannte wiederzutreffen. Auch auf den anstehenden Abend freute sie sich nun doch mehr, als sie gedacht hatte. Vielleicht würde sie sich Schuhe zum Wechseln mitnehmen, denn auf einmal hatte sie Lust, mal wieder zu tanzen!

* * *

In ihrem tristen Kostüm fühlte sie sich nun doch etwas unwohl. Als sie durch den vorderen Kneipenbereich in den großen Saal ging, hatte sie das Gefühl, dass alle sie anstarrten. Wie immer in so traditionellen, eher von Männern dominierten Lokalen starrten diese unbegleiteten Frauen unverhohlen nach. Zumindest hatte sie das Gefühl.

Im Saal brodelte schon die Stimmung. Da Spellen nicht ihre Gemeinde war, wurde sie nicht sofort erkannt. Andrea Winkels hatte ihr per WhatsApp geschrieben, wo sie saßen, so konnte sie zumindest zielstrebig zu dieser Gruppe gehen und kam sich nicht so alleine vor. Mein Gott, schimpfte sie mit sich selbst, sie war 37 Jahre alt!

Sie wurde von allen freudig begrüßt und hatte sofort ein Glas Sekt in der Hand. Die Büttenreden und die Tanzeinlagen waren wirklich witzig, und nach dem zweiten Glas Sekt lachte sie lauthals mit. Wenn der Oberclown auf der Bühne alle aufforderte, aufzustehen und gemeinsam zu schunkeln, stand sie auf und tat, was man verlangte.

Und lachte.
Und tanzte.
In Stiefeln.

Den Partnern machte es nichts aus, wenn sie ihnen auf die Füße trat. Der Kapuzenpulli war längst ausgezogen, die Hemdsärmel hochgekrempelt. Sie war ausgelassen und hatte das Gefühl, am richtigen Platz zu sein. Natürlich nicht nur hier, im Festsaal von Wessel, sondern überhaupt in Voerde. So entspannt hatte sie sich schon lange nicht mehr gefühlt.

Gegen Mitternacht entschied sie sich, nach Hause zu fahren. Zum Abschied wurde sie noch von allen Tischnachbarn gedrückt. Sie kämpfte sich durch die ausgelassene, feiernde Menge zum Ausgang, winkte sogar den immer noch an der Theke im Vorraum stehenden Männern zu und war plötzlich allein, in der stillen Kälte vor dem Lokal.

Sie trottete zum Parkplatz. Im Verlauf des ganzen Abends hatte sie vier Gläser Sekt getrunken. Da sollte das Autofahren kein Problem sein. Am Auto angekommen zog sie sich wieder ihren Pulli über, schob die Kapuze über den Kopf und schnürte sie fest unter ihrem Kinn zu.

Tief durchatmen, konzentrieren.

Sie fuhr auf die Friedrich-Wilhelm-Straße und bog dann rechts in die Schweizer Straße ein. Einen kleinen, ihr unbekannten Kreisverkehr überfuhr sie geradeaus.

Langsam fuhr sie bis zum Ende der Schweizer Straße und bog dann rechts auf die Mehrstraße ein. In der Dunkelheit und ohne Straßenbeleuchtung wurde ihr doch etwas mulmig, aber ein hinter ihr fahrendes Auto leuchtete zusätzlich die kurvige Straße aus.

Wieder musste sie kichern.

Frau Pfarrerin!

Immerhin würde man sie nicht mit einer geheimnisvollen Begleitung auf dem Beifahrersitz erwischen, wie ihre berühmte Kollegin.

Hinter dem Tennisplatz bog sie links ab. Die Straße wurde etwas breiter und war leicht abschüssig. Das Auto hinter ihr blinkte sie nun an, überholte sie. Ein leuchtendes Signal auf dem Dach des Wagens forderte sie auf, zu stoppen.

»Scheiße!«, entfuhr es ihr. Sie biss sich auf die Lippen. »Die Bullen! Oh nein! Scheiße, scheiße, scheiße«, fluchte sie mit zusammengebissenen Zähnen.

Christin hielt an.

Im Gegenlicht des hellerleuchteten Polizeiautos schlenderte ein Polizist zu ihrer Tür. Sie konnte kaum etwas erkennen. Rasch ging sie mögliche Ausreden durch. Sie ließ ihre Fensterscheibe herunter.

»Guten Abend«, hörte sie eine Stimme sagen.

Groß ragte der Beamte vor ihrer Tür auf und leuchtete mit seiner starken Taschenlampe in ihr Auto. Sie starrte auf die Druckknöpfe seines Parkas.

»Steigen Sie bitte aus, drehen Sie sich um und legen sie Ihre Hände links und rechts neben Ihrem Kopf auf Ihr Auto.«

Christin erstarrte.

»Aber …«

»Sofort«, bellte der Polizist nun laut.

Langsam stieg die Pfarrerin aus, drehte sich um, hob ihre Arme und legte die Hände links und rechts von ihrem Kopf an das Dach ihres Autos.

»Als Erstes werde ich einen Alkoholtest mit Ihnen machen. Sie werden sich nicht bewegen, ich werde Ihnen das Messgerät vor den Mund halten, und Sie werden einmal feste da hineinpusten, verstanden?«

Sie nickte.

Von rechts schob sich seine Hand mit dem Testgerät an ihr Gesicht, und sie tat, was er verlangte.

»Okay«, sagte er nach einem kurzen Moment, »Sie sind deutlich über der Promillegrenze. Stehen bleiben! Hände oben lassen!«

Christin zuckte zusammen.

»Ich werde Sie jetzt nach Schusswaffen abtasten.«

»Ich habe doch keine Schusswaffen!«, kiekste sie. »Bitte, hören Sie, ich bin ...«

»Ruhe, halten Sie still!«

Er stellte sich dicht hinter sie, hob seine Hände und legte sie links und rechts an ihren Brustkorb. Dann strich er leicht mit beiden Händen hinunter, bis zur Taille an ihrem Körper entlang, weiter über ihre Hüften und ihr Gesäß. Wut und Scham machten sie sprachlos.

Selbst in ihren wildesten Jahren hatte sie so etwas noch nicht erlebt. Sie fühlte sich zutiefst gedemütigt. Sie – als Pfarrerin! Wenn er das herausbekam! Sie hielt den Atem an, jetzt klopfte er sie außen an ihren Beine entlang ab. Er würde doch nicht ...

Im nächsten Moment meinte sie, ein leises Lachen zu hören. Die Hände ließen von ihr ab, und aus dem Lachen wurde ein lautes Prusten.

»Frau Pfarrerin! Immer noch so eine gute Figur wie früher!«

Vorsichtig drehte sie sich um.

Der Polizist krümmte sich jetzt vor Lachen.

Dann erkannte sie ihn. »Freddie!«, schrie sie. Mit geballten Fäusten ging sie auf ihn los. »Du mieser Bulle! Du ... du Blödmann!«

»Hey, langsam, ich bin ein Polizeibeamter«, lachend hielt er ihre Handgelenke fest. »Mensch, Chrissie, beruhig dich jetzt, war doch nur ein Spaß!« Er musste wieder lachen. »Und was für einer!«

»Freddie Neumann, Polizist in der gefährlichsten Stadt der Welt, wer hätte das gedacht!«

Christin musste nun auch grinsen. Erleichterung und Verlegenheit hielten sich die Waage. Freddie ließ ihre Handgelenke los. Sie wich einen Schritt zurück, um ihm in die Augen gucken zu können. Bevor sie sich zurückhalten konnte, war es heraus.

»Oh!«, sie schlug ihre Hand vor den Mund, »Sorry, das tut mir leid ...«

»Mach dir nix draus, die Reaktion bin ich gewohnt. Da konnte ich mich jetzt vierzehn Jahre dran gewöhnen. Ich weiß selber, dass ich wie ein Monster aussehe.«

Christin schaute sich seine Entstellung genauer an. »Wie ein halbes Monster«, entgegnete sie, »die andere Hälfte scheint ja noch so hübsch wie früher zu sein! Also«, verlegen räusperte sie sich, »wenn man da von hübsch reden konnte.«

Die Pfarrerin und der Polizist starrten sich an.

Dann mussten beide gleichzeitig lachen.

»Ich wusste es! Ich wusste, dass du auf mich gestanden hast!«, prustete er.

»Nein! Habe ich nicht!«, kreischte sie.

»So, Frau Pfarrerin, aber jetzt mal im Ernst hier. Du hast 0,6 Promille. Vom Verstoß gegen das Vermummungsverbot rede ich jetzt mal gar nicht. Weißt du überhaupt noch, wie du von hier aus nach Hause kommst?«

»Ja, ich kenne mich hier in der Gegend noch ziemlich gut aus.«

»Trotzdem«, unterbrach er sie, »ich fahre jetzt langsam vor dir her zur Grünstraße. Und du bleibst hinter mir, verstanden?«

»Okay«, nickte sie, »mache ich.«

Auf dem Hof des Pfarrhauses stiegen beide aus ihren Fahrzeugen aus. Er schlenderte zu ihr.

»Tja«, verlegen senkte sie den Blick, »also, danke fürs Nachhausebringen.«

»Nix zu danken. Hätte ich mir nie verzeihen können, wenn hier morgen kein Gottesdienst stattfinden würde, weil die Pfarrerin immer noch durch die Rheindörfer irrt!«

»Ich hätte nach Hause gefunden!«, insistierte sie, »außerdem habe ich morgen frei.«

»Du Glückliche! Ich habe morgen Großkampftag auf dem Zug. Freue mich jetzt schon auf die pöbelnden Besoffenen.« Er verzog das Gesicht.

»Das glaube ich«, Christin wandte sich langsam zum Gehen, »vielleicht sehen wir uns ja, ich gehe morgen mit meinen Kindern und meinen Eltern hin.« Nein, sagte sie zu sich selbst, kein gemeinsamer Kaffee mehr. Nein.

»Wir werden wohl auf Höhe des Ärztezentrums irgendwo stehen.«

»Vielleicht.«

»Tja, wir sehen uns sonst bestimmt dann irgendwann noch mal wieder.« Sie schaute ihm in die Augen.

»Ja«, antwortete er, »außerdem sind wir ja fast Nachbarn.«

»Ja. Gute Nacht.«

Langsam lief sie zu ihrer Haustür

»Gute Nacht, Chrissie, und übrigens«, fuhr er mit tiefer Stimme fort, »deine Akte werde ich verschwinden lassen.«

»Okay«, kicherte sie, »dafür schulde ich dir dann doch noch einen Kaffee. Irgendwann!«

* * *

Wie jeden Morgen erwachte Christin nach wirren Träumen sehr früh. Nachdem sie sich langsam aufgerichtet hatte, stellte sie fest, dass es ihr wider Erwarten gut ging. Sehr gut sogar.

In der Küche brühte sie sich einen Kaffee auf, den sie Schluck für Schluck trank. Ja, es war jetzt fast genau zwanzig Jahre her, dass sie Freddie zuletzt gesehen hatte. Und wieder hatte er es geschafft, sie zu verunsichern. Sie aus der Bahn zu werfen.

Nach der Tasse Kaffee freute sie sich auf ihr zweites, ganz persönliches Morgenritual.

Christin zog sich ihre dicke Fleecejacke an und ging über den Hof in die Kirche. Vor dem Altar ging sie auf beide Knie und legte sich der Länge nach auf den kalten Steinboden. Sie breitete beide Arme weit aus, die Handflächen legte sie auf den Boden. Sie atmete tief ein und aus. Trotz des kalten Steinbodens fror sie nicht.

Ruhe und Energie durchströmten sie gleichzeitig.

Sie ließ den gestrigen Tag Revue passieren und versuchte, die turbulente Karnevalsfeier mit dem aufregenden Ende einzuordnen. Vor allen Dingen die letzte Begegnung mit Freddie vor zwanzig Jahren und ihre erste Begegnung als erwachsene Menschen wühlte sie mehr auf, als sie gedacht hätte. Sie hatte immer geglaubt, Freddie sei längst weggezogen, irgendwo in eine aufregendere Stadt als Voerde.

Und seine starke Entstellung verstörte sie. Wie musste dies sein Leben verändert haben!

5. Kapitel

Passionszeit

Frederick Neumann brauchte bis Donnerstag, um einen guten Vorwand für einen Besuch bei der Pfarrerin zu finden. Dieser wurde ihm durch einen Anruf des Duisburger Gerichtsmediziners geliefert.

Er parkte zum zweiten Mal innerhalb von ein paar Tagen auf dem Kirchhof und drückte auf die Klingel am Pfarrhaus. Hinter der Tür hörte er einen Hund laut bellen.

»Aus«, hörte er die Hausherrin rufen. »Platz!«

Es trat tatsächlich Ruhe ein. Christin öffnete die Tür.

»Hi«, begrüßte der Polizist sie, »ich wollte nur mal checken, ob du auch was anderes als Sekt trinkst?«

»Ja, manchmal den Messwein und manchmal sogar Wasser!«, konterte sie.

»Hm, hast du nicht von einem Kaffee geredet, dafür, dass ich dich laufen lasse?«

Sie musste grinsen. »Sorry, aber den müssen wir wieder verschieben, ich habe leider echt keine Zeit! Ich habe jetzt etwa eine Stunde, um mit dem Hund zu gehen. Dann kommen die Kinder wieder.«

»Schade. Ich bin sogar dienstlich hier!«

»Dienstlich?«, fragte Christin.

»Na, wegen der Sache mit der alten Leiche«, antwortete Freddie.

»So ein Zufall! Ich wollte mit Laika noch mal zum Bahndamm, um mir die Stelle anzugucken, wo sie gefunden wurde!« Sie griff nach der Leine, die neben der Haustür am Schlüsselbord hing. »Ich mache dir einen Vorschlag, du führst mich zu dieser Stelle und dafür trinken wir anschließend hier noch einen Kaffee!«

Er nickte.

»Gut. Dann erzähle ich dir unterwegs, warum ich mit dir reden wollte, also, mit der Pfarrerin.«

Christin öffnete den Kofferraum ihres Autos und ließ Laika in die Hundebox springen. Freddie setzte sich auf den Beifahrersitz.

»Du kannst auch über die Rheinstraße fahren, weißt du, wo die Scheltheide ist? Von da aus kommt man besser zu dem Fundort«, wies Frederick sie an.

Neben Christin durch Voerde zu fahren, kam Freddie merkwürdig surreal vor. Er musterte sie verstohlen von der Seite. »Fahr noch weiter durch, bis zur Schranke«, sagte er, als sie in der Scheltheide ankamen. »Bleib da einfach stehen, wir sind ja quasi dienstlich hier.«

Christin ließ den Hund aus dem Auto springen.

»Wenn wir von hier aus gehen, kommen wir schneller an den Fundort. Der Typ, der die Leiche gefunden hat, hat sich von der anderen Seite angekämpft.«

»Was war das denn für ein Typ?«, fragte Christin.

Freddie grinste. »So ein Survival-Typ. Der baut Stress dadurch ab, dass er sich durch völlig verwilderte, einsame Orte kämpft. Mann, hatte der ein Messer! Eine richtige Machete! Aber völlig korrekter Typ, wir haben den natürlich durchgecheckt, aber total unbescholten. Seine Freundin ist angehende Medizinerin, deswegen wusste er sofort, dass es wahrscheinlich ein Teil von einem Menschenbein war, was er da gefunden hatte.«

»Das glaube ich, dass man dabei Stress abbaut«, sie keuchte, »das ist ja echt anstrengend, obwohl hier noch nicht einmal viel rumliegt! Laika!«, rief sie, »hier ran! Nicht so weit weg!« Sie wandte sich wieder dem Polizisten zu. »Und was ist jetzt der dienstliche Teil?«

Er fühlte sich wohl an ihrer Seite, am liebsten hätte er ihre Hand genommen und das Gefühl genossen, wie ein Liebespaar einen ganz normalen Spaziergang zu machen. Langsam, dachte Freddie, er hatte es schon mal verbockt. »Also«, setzte er an, »die in Duisburg haben die Knochen untersucht, aber nur sehr oberflächlich. Tatsache ist, dass die Knochen circa hundert Jahre alt sind. Damit fällt jede weitere Untersuchung automatisch weg, wegen der Kosten. Das Einzige, was die noch herausgefunden haben, ist, dass da ein Loch im Hinterkopf ist. Die Knochenränder um das Loch herum sind natürlich schon total glatt, sodass man nicht sagen kann, ob es zum Beispiel ein Einschussloch ist, oder ob es durch Einwirken eines spitzen Gegenstands oder so kam.«

»Ja, und jetzt?«, fragte Christin.

»Jetzt bekommen wir die Knochen zurück und ihr Pastöre hier in Voerde könnt überlegen, wo und wie die Gebeine beigesetzt werden«, antwortete Freddie. »Aber weißt du«, fuhr er fort, »irgendwie habe ich ein komisches Gefühl dabei. Da wird ein toter Mensch gefunden, der, für mich offensichtlich, Opfer eines Verbrechens wurde – und keinen kümmert's! Er muss doch Angehörige gehabt haben! Er könnte der Vater oder Großvater von jemandem sein, der noch lebt!«

»Ja, klar, aber sei doch realistisch ... Laika, hier!« Christin ging ein paar Schritte auf ihren Hund zu. »Ruhig! Was hast du? Freddie! Da ist jemand!« Sie wies auf einen Mann, der mit der Spitze eines Regenschirms den Boden untersuchte.

»Ist ja nicht verboten, hier zu sein, aber der stochert da herum, wo die Leiche lag!«

Frederick ging auf den Mann zu. »Hallo!«, sprach er ihn an. »Was machen Sie da?«

Der Mann richtete sich auf und schaute sie an. Er war nicht sehr groß, und alles an ihm wirkte rund und freundlich. »Und Sie, was machen Sie hier?«, antwortete er und fuhr fort, »ich bin ein pensionierter Eisenbahner, ich kenne den Bahndamm wie meine Westentasche, da wollte ich mir doch jetzt endlich mal die Stelle angucken, wo die Leiche gefunden wurde.«

»Ach, ist ja interessant«, Freddie deutete auf den Geröllhaufen, in dem das Skelett gelegen hatte. »Dann haben Sie vielleicht eine Erklärung für diesen Fund?«

»Nein«, der alte Eisenbahner schüttelte den Kopf, »keine Ahnung. Aber 1911 gab es beim Bau der Strecke einen Unfall, das könnte genau hier an dieser Stelle gewesen sein!«

»Also eventuell ein Opfer dieses Unglücks?«, fragte Christin.

»Nein«, wieder schüttelte der Mann den Kopf, »es gab dabei keine Toten. Spazieren der Herr Polizist und die Frau Pastorin etwa deswegen hier herum?«

Die beiden guckten ihn überrascht an.

»Gut«, lächelte Christin ihn an, »wenn Sie also wissen, wer wir sind, verraten Sie uns auch Ihren Namen? Wenn wir hier schon fast ein Ermittlungsteam sind!«

»Heinrich Wuwer ist mein Name«, sie gaben sich die Hände, »ich habe über die Hochbahn ein Buch geschrieben, deswegen weiß ich einiges über ihre Geschichte.«

»Könnte es sein, dass der Mann, also der Tote, nicht trotzdem bei dem Unglück umkam und die Quellen nicht korrekt sind?«, fragte Freddie nach.

»Nein«, antwortete Wuwer energisch, »es wurde alles genau untersucht. Ich war zwar nicht dabei«, schmunzelte er, »aber über die Anwesenheitskontrollen wusste der Bauleiter genau, wer auf der Baustelle war. Und wenn im Bericht steht, dass niemand dabei ums Leben kam, wird das auch stimmen.«

Christin rief den Hund zu sich. »Ich muss leider langsam nach Hause. Es war sehr nett, Sie kennengelernt zu haben, Herr Wuwer. Ich würde gerne Ihr Buch haben, woher bekomme ich es?«

»Fragen Sie in der Buchhandlung mitten in Voerde nach, dort bekommen Sie es«, antwortete er, »aber wir kommen am Sonntag zum Gottesdienst, da kann ich Ihnen auch meine Telefonnummer geben, falls Sie noch Fragen haben.«

Die Pfarrerin und der Polizist kämpften sich über den Trampelpfad zurück zum Auto.

Sie kamen gleichzeitig mit Christins Kindern auf dem Kirchhof an. Mathilda war im Hallenbad bei einem Schwimmkurs der örtlichen DLRG-Gruppe gewesen, und Oskar hatte bei einem Fußballtraining mitgemacht.

»Boah, Matti«, schimpfte Oskar lauthals, »da stelle ich mein Fahrrad immer hin, stell deines gefälligst woanders hin!«

»Mama! Guck mal, ich kann doch mein Fahrrad abstellen, wo ich will, da steht doch nirgendwo Oskar Erlenbeck geschrieben!«

Etwas verlegen standen sie sich gegenüber. Christin lächelte Freddie an.

»Sorry, aber ich glaube, den Kaffee verschieben wir besser noch einmal«, sagte sie, »du musst jetzt bestimmt auch zu deiner Familie.«

Das war ein Schuss ins Blaue. Viel zu offensichtlich, fand Christin. Sie spürte, wie sie rot wurde.

»Danke für deine Fürsorge, aber da wartet keiner.« Er grinste sie breit an. »Ich melde mich bei dir«, fuhr er fort, »wenn wir die Gebeine in Voerde haben, vielleicht hast du ja dann schon mit deinen Kollegen gesprochen, wie wir weiter verfahren?«

»Ja, klar, ich kümmere mich darum.«

Nachdenklich blickte sie ihn an. Sie würde gerne über seine vernarbte Gesichtshälfte streichen, hielt sich aber zurück.

»Hör mal, vielleicht hat irgendjemand damals eine Vermisstenanzeige aufgegeben?«, fuhr sie stattdessen fort. »Kannst du nicht mal in alten Polizeiakten forschen? Wo werden die gelagert? Gibt es ein Archiv für so etwas, oder liegen die bei euch im Keller?«

»Oh, keine Ahnung!« Freddie zuckte mit den Schultern. »Nee, wirklich nicht! Aber ich werde mal recherchieren. Und den Kaffee schuldest du mir immer noch!« Grinsend drehte er sich um und ging.

»Wer war das denn, Mama?«, fragte ihre Tochter.

»Ach, ein Polizist. Und ein alter Bekannter, von früher.«

Mathilda schaute ihrer Mutter forschend ins Gesicht. »Hattest du mal was mit dem?«

»Matti!«, rief Christin aus. »Das geht dich gar nichts an! Was für eine Frage!«

»Was hat der denn im Gesicht?«, krähte Oskar, »das sieht ja total gruselig aus!«

»Ich weiß das auch nicht, vielleicht ein Unfall? Früher hatte er diese Narben jedenfalls nicht. Und Oskar, jetzt hast du deine Meinung dazu kundgetan, in Zukunft, wenn du zufällig Herrn Neumann wiedersiehst, wirst du dich anständig benehmen, das heißt, nicht starren und nichts sagen!«, wies sie ihn zurecht.

* * *

Schon am nächsten Nachmittag klingelte Freddie wieder am Pfarrhaus.

»Du bist aber hartnäckig!«, begrüßte Christin den Polizisten. »Wenn dich Kinderlärm nicht stört, bekommst du jetzt deinen Kaffee! Aber ich muss dich gleich vorwarnen. Ich muss noch mit dem Hund gehen und dann die beiden zu ihrem ersten Judotraining bringen.«

»Eigentlich wollte ich dich fragen, ob du dir mal etwas Interessantes anschauen willst.«

Christin wurde neugierig.

»Heute haben die uns aus Duisburg schon die Gebeine gebracht. Und die Bekleidung. Beziehungsweise, das, was davon übriggeblieben ist.«

»Oh, okay, das würde ich mir auch mal gerne angucken, vielleicht können wir das dann während des Trainings der Kinder machen? Dann mache ich mit Laika eine Nachtwanderung, wenn ich die Kinder wieder eingesammelt habe.«

»Kannst du die Kinder denn während der Nachtwanderung alleine lassen? Oder hast du das Problem gerade blitzschnell anders gelöst? Vielleicht mit Kinderkleiderhaken an der Garderobe?« Er lächelte sie süffisant an.

Sie presste die Lippen aufeinander. »Stell dir vor, so ist das, wenn man alleinerziehend und berufstätig ist«, antwortete sie ruhig, »ich muss ständig alles durchorganisieren. Aber stell dir auch vor, Spaß macht mir das nicht unbedingt.«

»Tut mir leid«, Freddie schaute zur Seite, »ich kenne das nicht.«

»Nein«, spottete sie, »frei und ungebunden.«

Bevor er etwas erwidern konnte, kamen Matti und Oskar mit ihren Sporttaschen die Treppe heruntergepoltert. Überrascht blickten sie von ihrer Mutter zu dem Polizisten.

»Muss man als Polizist nicht auch so was wie Judo können? Und erzählst du mir mal irgendwann, woher du das da im Gesicht hast? Ist das im Dienst passiert?«, fragte Oskar Freddie.

»Still jetzt!«, zischte Christin Oskar peinlich berührt an. »Los Kinder«, trieb sie die beiden an, »wir müssen los! Was ist jetzt Freddie, fahren wir gemeinsam in meinem Auto?«

Er schien erleichtert und nickte.

* * *

»Wir haben hier hinten ein Krankenzimmer, da bewahren wir die Gebeine auf, bis wir wissen, was mit ihnen weiter passiert.«

Freddie führte Christin durch den öffentlichen Teil der Polizeiwache nach hinten zum Krankenzimmer. Für einen Freitagnachmittag sei es sehr ruhig, erläuterte Freddie ihr, nachdem er seinen Kollegen erklärt hatte, wer sie war. Für sie als Pfarrerin war dies eine gute Gelegenheit, einige Voerder Polizisten kennenzulernen.

Auf dem kurzen Weg von der Turnhalle des Gymnasiums zur Wache hatte Christin sich für ihren Sohn entschuldigt.

»Das ist mir sehr unangenehm«, hatte sie herumgedruckst.

Freddie hatte geradeaus durch die Windschutzscheibe gestarrt. Obwohl es jetzt, im Februar, draußen schon deutlich länger hell blieb, trübte das regnerische, graue Wetter die Sicht.

»Mit seiner direkten Art scheint er etwas von seiner Mutter zu haben«, sagte Freddie nach einer Weile. »Aber so ist es mir lieber, als das peinliche Herumgestottere.«

Der Polizist stieß die Tür zum Krankenzimmer auf und ließ Christin den Vortritt. Zögernd ging sie hinein und auf die Liege zu. Dort lag ein länglicher Metallkasten, ähnlich einem Koffer. Daneben lag ein Beutel aus schwarzem Plastik. Sie trat näher an den Metallkoffer heran. Freddie kam dazu und öffnete die Schnappverschlüsse, die sich vom oberen Deckel um die vordere, ihnen zugewandte Seite klammerten. Langsam öffnete er die Box. Erst als der Deckel ganz hoch stand, schaute Christin hinein. Sie hatte natürlich schon oft Tote gesehen. Sie war ihnen zeitweise sehr nah, war auch schon bei einer Sterbebegleitung dabei gewesen. Aber diese blanken Knochen berührten sie mehr, als sie dachte.

Diese Anonymität. Diese Heimatlosigkeit.

Gebeine waren seit jeher das Bindeglied zwischen dem Tod und dem Leben. In den Gruselfilmen, der Literatur oder der darstellenden Kunst wollten Knochen stets etwas sagen, waren lebendig.

Was wollten ihr diese Knochen sagen?

Die Knochen lagen anatomisch richtig angeordnet; vom Schädel über die plattgedrückten Rippen bis zu den Resten der Fußknochen. Stellenweise konnte man noch papierdünne Hautschichten und Reste von anderem Gewebe, vielleicht Sehnen und Muskeln, erkennen.

Am Hinterkopf des Schädels konnte sie das Loch sehen, von dem Freddie gesprochen hatte. Der Brustkorb war völlig eingedrückt, sie war sich auch sicher, dass einige Knochen fehlten.

Der Anblick der Hände machte sie traurig. Während die linken Handknochen ausgestreckt neben der Körpermitte lagen, waren die Fingerknochen der rechten stark zusammengekrümmt, als ob sie etwas umschlössen.

Christin faltete die Hände. Sie schloss die Augen und versenkte sich in ein Gebet.

Freddie stand stumm daneben. Er wartete, bis sie die Augen wieder öffnete.

»Und was hast du jetzt Interessantes entdeckt?«, fragte sie ihn.

»Hier, in dem Sack, sind die Kleidungsreste. Warte, ich hole sie heraus.«

Er zog sich Einweghandschuhe an und nahm die Reste aus der Tüte. Dann legte er sie vorsichtig, Stück für Stück, vor Christin hin.

Sie hatte sich die Bekleidung fadenscheiniger vorgestellt und war überrascht, wie viel noch davon übrig war. Auch der abstoßende Gestank der von der leicht feuchten, teilweise zersetzten Wolle ausging, überraschte sie. Sie versuchte, sich zusammenzureißen und noch näher heranzutreten.

Sie konnte eindeutig ein Hemd, eine Hose, eine Jacke und ein Paar lederne Stiefel erkennen. Auch den, den Laika apportiert hatte.

»Schau mal«, vorsichtig faltete er die Fetzen der dunklen Jacke auseinander. Ihr Gesicht war jetzt ganz nah an seinem. Zu nah.

Dann sah sie, was er meinte. Auch wenn man nicht mehr sagen konnte, welche Farbe die bestimmt einmal dicke Jacke gehabt hatte, konnte man noch ganz deutlich den Aufnäher auf der linken Brust erkennen.

»Und guck mal hier«, Freddie deutete auf einen kleinen Fetzen dunklen Stoff, der neben den Bekleidungsstücken lag.

»Dies haben die Gerichtsmediziner mit einer Pinzette aus seiner rechten Hand gezogen.«

Christin blickte von dem ausgefransten Stofffetzen auf den Aufnäher der alten Jacke. Eindeutig, auf dem kleinen Fetzen Stoff war das gleiche Emblem genäht wie auf der alten Jacke.

»Freddie«, sie räusperte sich und deutete auf beide Symbole, »dies hier ist irgendein Abzeichen. Beide sind gleich. Woher kommen sie? Vielleicht können wir das herausfinden? Und warum hat der Tote eines in seiner Hand? Also, warum hat er es mit in den Tod genommen?«

* * *

Als Oskar und später auch Mathilda im Bett waren, setzte sich Christin noch in ihr Büro. Die Möbel waren überwiegend alt, massives, dunkles Holz. Manfred Lindemann hatte alle seine persönlichen Besitztümer mitgenommen, bis auf einige Bücher, die er bei einem künftigen Besuch noch abholen wollte. Christin ihrerseits hatte bisher wenig Eigenes hineingeräumt. Sie wusste, dass sich der Raum von ganz alleine füllen würde, ob sie wollte oder nicht.

Sie setzte sich an den großen Schreibtisch und nahm sich die Unterlagen, die ihr das Landeskirchenamt Düsseldorf geschickt hatte, zur Hand. Darin ging es um den Neubau eines Gemeindehauses. Wie erwartet, hatte ein Sachverständiger nur den Kopf geschüttelt, als er gefragt wurde, ob man den beschädigten Pavillon wieder aufbauen könne. Jetzt mussten die Presbyter ihrem vorgesetzten Amt in Düsseldorf genau mitteilen, welchen Anforderungen ein Neubau genügen musste.

Die Schreibtischlampe beleuchtete nur einen kleinen Ausschnitt des Büros. Abwesend starrte die Pfarrerin auf die Unterlagen. Der Anblick der alten Knochen in dieser Metallbox ging ihr nicht aus dem Kopf. Und daneben die traurigen Überreste der Kleidung.

Fürchte dich nicht, denn ich habe dich erlöst, ich habe dich bei deinem Namen gerufen, du bist mein.

Wie mochte der Name des Toten lauten? Es habe keine Toten bei dem Zugunglück gegeben, hatte Heinrich Wuwer gesagt. Tatsache sei, dass die Knochen ungefähr hundert Jahre alt sind. Hatte die Duisburger Gerichtsmedizin gesagt. Niemand interessierte sich für den Toten.

Außer ihr.

Christin schüttelte den Kopf. Dann fiel ihr Blick wieder auf die Bücher.

Voerde: Elf Dörfer eine Stadt, Spuren Spellener Geschichte, Die Hochbahn.

Die Hochbahn! Das Buch von diesem Heinrich Wuwer!

Schlagartig war sie wieder munter. Sie griff nach dem Buch von dem freundlichen älteren Mann und begann zu lesen.

Christin nippte an ihrer Traubenschorle. In den seltenen Stunden, die sie für sich hatte, trank sie eigentlich gerne mal ein Glas Rotwein, aber da Fastenzeit war, verzichtete sie auf Alkohol. Sie hatte mittlerweile die Schreibtischlampe heller gedimmt und ihre Füße auf einen Hocker gelegt. Neben vielen Erläuterungen zum Bahnbetrieb zwischen Oberhausen und Wesel, die für sie nicht so interessant waren, gab es doch immer wieder Passagen, die sie sehr spannend fand. Es waren die Stellen, in denen es konkret um die Menschen aus dem jetzigen Voerder Stadtgebiet ging, die sie fesselten. Sie musste schmunzeln, auch Löhnen hatte mal einen Haltepunkt gehabt! Es musste eine unglaubliche Arbeit gewesen sein, all diese Fakten zusammenzutragen. Und dazu auch noch immer die Quellenangaben korrekt anzugeben. Ihre Hochachtung vor dem rundlichen, älteren Herrn, den sie bei ihrem Erkundungsspaziergang am Bahndamm getroffen hatten, wuchs.

Christin hatte sich auch den zweiten Band des Buches *Spellener Geschichte* des katholischen Pastors von Spellen, Werner Heckes, gegriffen. Sie hatte den Kollegen schon bei ihrer Amtseinführung kennengelernt, und auch vor dessen Fleißarbeit, die verschiedenen Fakten und Spuren der Dorfhistorie zu sammeln und niederzuschreiben, hatte sie größten Respekt.

Sie nahm noch einen Schluck Schorle.

Auf ihrem Schoß lag das Buch über die Hochbahn, aufgeschlagen auf der Seite mit einem Bild von dem Unfall, der sich am 30. November 1911, also vor etwas mehr als hundert Jahren, ereignet hatte.

Das eigentlich recht scharfe Bild zeigte im Hintergrund mehrere, aufeinander geschobene Eisenbahnwaggons. Der mittlere, der ihrer Ansicht nach auch eine Lok sein könnte, ragte, leicht nach vorne gekippt, in den Himmel. Auf dem linken Waggon, von dem sie nur das Ende sah, saßen oben auf der Kante zwei Männer. Der rechte hatte den linken Arm abgewinkelt auf seinem Oberschenkel liegen. Beide waren wie Arbeiter gekleidet. Etwas weiter vorne, vor der hoch aufragenden Lok, standen drei Männer, ein weiterer saß. Drei von ihnen sahen eher wie Bahnbeamte aus, in ordentlichen Jacken mit wahrscheinlich goldenen Knöpfen und Mützen auf den Köpfen. Der vierte hatte einen weißen Hemdkragen, einen Hut auf und Stiefel an. Wieder etwas weiter im Hintergrund waren noch zwei Männer, der eine stand in einem umgekippten Waggon, der andere saß auf ihm. Sie sahen eher wie einfache Bahnbeamte aus, zwar auch mit weißen Hemdkragen und Schaffnermützen, aber ohne leuchtende Knöpfe. Der Abstand zum Fotografen und seiner Kamera gab dem aufmerksamen Betrachter Aufschluss über die Position in der Rangordnung, fand die Pfarrerin. Auch die Kleidung bestätigte ihre Meinung, dass die höher gestellten Männer auch näher an der Kamera waren. Trotz der Rangunterschiede schauten alle Männer ernst in die Kamera. Sie wusste nicht viel über die Fotografie zu dieser Zeit, konnte sich aber denken, dass die Männer sehr lange ausharren mussten, damit das Bild richtig belichtet werden konnte. Und das bei der Kälte! Sie betrachtete das Bild sehr lange und musste schmunzeln.

Da kletterten die Männer einfach auf den Trümmern der Waggons und der Lok herum! Keine Berufsgenossenschaft, kein Absperrband!

Und da stand es, schwarz auf weiß, wie Wuwer es gesagt hatte:

Personen wurden hierbei nicht verletzt.

6. Kapitel

Nach dem Gottesdienst am Sonntag war es normalerweise üblich, noch gemeinsam eine Tasse Kaffee zu trinken. Da aber kein Gemeindehaus mehr zur Verfügung stand, in dem sich eine größere Gruppe gemütlich zusammensetzen konnte, bat Christin nur das Ehepaar Wuwer, das sie unter den Gottesdienstbesuchern ausgemacht hatte, in ihre Küche. Frau Wuwer war das genaue Gegenteil von ihrem Mann: Wo er rund war, war sie schlank, eher sogar drahtig und während er langsam und mit Bedacht sprach, konnte man mit ihr gleich vertraut losplaudern.

»Der Leichenfund hat meinen Mann ziemlich aufgewühlt«, vertraute Gerda Wuwer der Pfarrerin an, »er wälzt täglich alle möglichen Unterlagen, die er noch hat, aber er kann sich keinen Reim darauf machen.«

»Herr Wuwer«, Christin senkte etwas die Stimme. Sie wusste nicht, ob das, was sie ihm jetzt erzählen wollte, eigentlich vertraulich war, aber da Freddie ihr nicht gesagt hatte, sie dürfe mit keinem darüber sprechen, wollte sie jetzt einfach einen Vorstoß wagen. »Am Freitagabend hat Herr Neumann, der Polizist, mit dem Sie mich am Bahndamm getroffen haben, mir die Gebeine und die Reste der Bekleidung, die noch an dem Skelett waren, gezeigt. Ich habe ein paar Fotos davon gemacht, also nur von der Bekleidung. Würden Sie sich vielleicht mal die vergrößerten Ausdrucke davon ansehen?«

»Ja, kann ich machen. Zeigen Sie mal her!«

Konnte sie tatsächlich eine Spur von Aufregung in seiner sonst so ruhigen Art erkennen?

Sie stand auf und holte aus ihrer Schreibtischschublade die Fotos.

Langsam, eins nach dem anderen, betrachtete Heinrich Wuwer die Vergrößerungen. Wenn er eins beiseitelegte, nahm seine Frau das Foto in die Hand und betrachtete es ebenfalls genau.

Er schüttelte leicht den Kopf.

»Hm«, brummte er, »da kann ich nichts Besonderes mehr dran erkennen.« Nachdenklich runzelte er die Stirn. »Das könnte damals jeder Arbeiter getragen haben.«

Bewusst hielt Christin die zwei letzten Ausdrucke noch etwas zurück.

»Dann schauen Sie sich jetzt bitte diese Bilder auch noch ganz genau an.« Sie legte die Ausdrucke vor ihn hin.

Gespannt starrte der alte Bahnbeamte auf die Bilder. »Das«, sagte er bedächtig und tippte auf das Papier, »das ist ganz eindeutig das Wappen der Königlichen Eisenbahndirektion.«

* * *

»Tjaaa«, zog die Pfarrerin das Wort in die Länge, ihre Lieblingsmethode, um Zeit zum Nachdenken zu gewinnen, »Herr Kämpe, das hört sich wirklich gut an, aber Sie wissen sicher, dass ich Ihnen auf keinen Fall irgendetwas zusichern kann. Natürlich«, sie hob beschwichtigend die Hände, denn Johannes Kämpe wollte sie unterbrechen, »wollen wir alle, dass dieser Auftrag in Voerde bleibt, das wird Düsseldorf sicher auch berücksichtigen, aber erst einmal müssen wir abwarten, welches Budget zur Verfügung steht, und dann werden das Presbyterium und ich weitersehen.« Christin versuchte, freundlich zu bleiben.

Johannes-Paul Kämpe war schon vor einer Stunde auf dem Gemeindehof aufgetaucht. Immer noch waren nicht alle Spuren von dem Sturm beseitigt, aber mit seinem großen Mercedes Geländewagen hatte er kaum Schwierigkeiten, sehr dicht an ihrem Pfarrhaus zu parken. Er hatte auch keine Schwierigkeiten, bei ihr zu klingeln und zu versuchen, sich selber zu einem Kaffee einzuladen.

»Johannes Kämpe«, stellte er sich breit lächelnd vor und reichte ihr die Hand, »wir haben uns noch nicht kennengelernt. Ich bin Presbyter in der evangelischen Gemeinde in Spellen, bei Ihrem Kollegen Jürgen.«

»Guten Tag, Herr Kämpe«, begrüßte Christin ihn, »was kann ich denn für Sie tun? Ich mache gerade mit meinen Kindern Hausaufgaben«, signalisierte sie eindeutig und verwies die kläffende Laika auf deren Decke im Flur.

»Na, Ihre Kinder sind doch wohl alt genug, ihre Hausaufgaben alleine zu machen! Schönes Tier! Ein echter Großspitz? Sehr schön!«

Kämpe wollte die Hündin streicheln, aber Christin stellte sich dazwischen.

»Ich wollte Sie nur ganz kurz wegen der Baumaßnahmen hier sprechen. Das können wir ja auch beim Kaffee machen, da haben Sie Ihre beiden dann auch im Blick.« Er zwinkerte ihr tatsächlich zu.

Christin versuchte, ihre spontane Abneigung gegen diesen Mann zu unterdrücken. Da sie nicht wusste, welchen Platz er in dem städtisch-dörflichen Gefüge hatte, versuchte sie, höflich zu bleiben und sich nicht manipulieren zu lassen. Kämpe schien es gewohnt zu sein, anderen seinen Willen aufzwingen zu können. Obwohl er bestimmt schon über siebzig war, hatte er auf eine gutsherrenhafte Art noch etwas sehr Attraktives an sich. Er war recht groß und schlank, hielt sich sehr gerade, seine noch üppigen, weißen Haare waren modisch geschnitten und fielen ihm leicht unordentlich ins Gesicht.

Letztendlich hatte er es zwar nicht in ihre Küche geschafft, sie aber doch, nachdem er ihr erläutert hatte, welche Firma ihm gehörte, in ein längeres Gespräch über den Neubau des Gemeindehauses verwickelt.

»Ich will nur«, Christin hatte das Gefühl, dass er sie streng musterte, »dass Sie keine Zeit verschwenden. Wenn Sie sich umhören, werden Sie von allen zu hören bekommen, dass meine Firma hier das leistungsstärkste Bauunternehmen ist. Ich arbeite mit allen Architekten hier Hand in Hand, und außerdem fühle ich mich der evangelischen Gemeinde sehr verbunden, sodass ich einige Arbeiten selbstverständlich als eine Art Eigenleistung sehen werde.«

»Wie ich schon sagte«, entgegnete die Pfarrerin jetzt auch energisch, »es wird alles seinen Gang nehmen. Außerdem«, das konnte sie sich jetzt doch nicht verkneifen, »ist es vielleicht auch mal innovativer, wenn Menschen etwas gestalten, die vorher noch nicht zusammengearbeitet haben.«

In diesem Moment fuhr ein Auto auf den Parkplatz der Kirche. Erleichtert seufzte Christin auf, Freddie würde dieser müßigen Diskussion jetzt hoffentlich ein Ende machen. Tatsächlich verabschiedete sich Johannes Kämpe mit einem kurzen Blick auf den Polizisten. Die Pfarrerin konnte sehr gut erkennen, wie der Bauunternehmer zwischen ihr und Freddie hin und her schaute, sich aber weitere Fragen verkniff.

»Eineinhalb Stunden Zeit habe ich jetzt«, erfreut lächelte die Pfarrerin den Polizisten an, als Kämpe mit seinem Geländewagen vom Kirchhof gefahren war, »und mittlerweile müsstest du wissen, was das bedeutet!«

Fast eine Woche war seit ihrer letzten Begegnung vergangen.

»Ja, ich weiß, kein Kaffee, dafür Gassigehen.« Auch Freddie lächelte. »Was wollte der denn von dir?«

»Sich einen Auftrag sichern«, genervt verzog Christin das Gesicht.

»Was hältst du davon, wenn wir nach Wesel fahren und dort am Rhein entlang spazieren?«, schlug Christin vor.

»Ziemliche Zeitverschwendung, die Fahrerei«, sagte Freddie.

»Lass uns trotzdem dahinfahren.« Christin griff sich den Autoschlüssel.

Auf der Fahrt zum Rhein guckte Christin stur geradeaus. Freddie tat ihr nicht den Gefallen, das unangenehme Schweigen zu brechen.

Die Pfarrerin gab sich einen Ruck. »Ich kann in Voerde nicht ständig mit dir gesehen werden«, sagte Christin.

»Tja, da ist es dann wohl besser, in Wesel gesehen zu werden? Das ist ja kaum auffällig!« Freddie lachte spöttisch.

»Was ist denn dabei, wenn eine Pfarrerin und ein Polizist über eine alte Leiche reden? Das ist doch schließlich dienstlich, oder?«

Freddie wollte sie provozieren, das spürte sie und wurde wütend. »Hör mal zu, ich bin eine Pfarrerin, und auch wenn wir uns rein dienstlich treffen, ist es eine Tatsache, dass du alleinstehend bist und ich alleinstehend bin«, Christin atmete langsam aus, »und da ich erst ein paar Wochen hier in Voerde bin, möchte ich nicht, dass über mich geredet wird.«

»Wenn die Leute reden wollen, werden sie reden. Du kannst mir nicht erzählen, dass du sonst nicht mit anderen Männern mal alleine bist, also ich meine, während deiner Arbeit.« Freddie blieb gelassen. »Hör zu«, fuhr er fort, »ich habe keinen Bock auf Versteckspielen. Wir sind zwei erwachsene Menschen. Und wir leben im 21. Jahrhundert. Wenn du meinst, dass wir jetzt anfangen müssen, uns heimlich zu treffen, dann ohne mich. Klar?«

Christin antwortete nicht. Noch nicht.

Als sie die Frankfurter Straße Richtung Lippedorf fuhren, suchten ihre Augen den alten Verlauf der Hochbahn. Jetzt passierten sie die Stelle, an der die Bahn unterbrochen war.

Langsam musste sie sich entscheiden. Aber warum eigentlich? Im Grunde waren sie nur zwei alte Bekannte, die versuchten, ein Rätsel zu lösen.

»Okay, du hast recht«, antwortete sie ihm endlich, als sie links abbogen. »Heißt das jetzt hier eigentlich auch Willy-Brandt-Straße?«

Er ließ sich nicht auf den abrupten Themenwechsel ein. »Ja. Bist du eigentlich geschieden?«

Christin schaute weiter stur geradeaus. »Nein. Verwitwet.«

»Das tut mir leid.«

Sie fuhren an der Zitadelle vorbei.

»Warst du schon einmal im Preußen-Museum?«, fragte sie Freddie.

»Das heißt jetzt Niederrhein-Museum, und nein, will ich seit Jahren mal rein, habe es aber irgendwie noch nicht hinbekommen. Und du? Als du mal hier zu Besuch warst vielleicht?«

»Nein, aber ich nehme es mir auch immer fest vor.«

Auf sein Geheiß hin bog sie links in die Fischertorstraße ein und parkte direkt an der Rheinpromenade.

Es waren nur wenige Menschen unterwegs an diesem kalten und windigen Februarnachmittag. Laika trabte sofort los und erkundete den Grünstreifen. Freddie lief an Christins linker Seite. Langsam gewöhnte sie sich an die zwei Seiten von Freddie. Während sie im Auto auf seine versehrte, linke Gesichtshälfte geäugt hatte, die sie immer noch etwas irritierte, sah sie jetzt in seiner rechten Gesichtshälfte den Freddie, in den sie früher verknallt gewesen war.

»Konntest du in den alten Polizeiakten irgendetwas finden?« Christin schaute ihn hoffnungsvoll an.

Freddie schüttelte den Kopf. »Leider gibt es keine Polizeiakten mehr aus dieser Zeit.«

»Aber es muss doch alles aufbewahrt werden? Die Preußen waren doch so genau?«, bohrte Christin nach.

»Also«, setzte Freddie nun zu einer längeren Erklärung an, »wonach sollen wir genau suchen? Nach Unterlagen über ein Verbrechen können wir ja schlecht suchen, dann wäre die Leiche ja gefunden worden. Also bleibt nur eine Vermisstenanzeige. Meine alten Kollegen wissen nicht, wie oder wo man früher Anzeigen oder Akten aufbewahrt hat, aber auf jeden Fall stehen da keine im Keller herum. Ich habe mal mit dem Stadthistoriker gequatscht, Ingolf Isselhorst …«

»Von dem habe ich ein Buch im Büro stehen!«, unterbrach ihn Christin.

»Genau der!«, fuhr Freddie fort, »sehr netter Typ, ist Lehrer und sieht mit seiner Nickelbrille und seinem Pullunder wirklich wie der typische Historiker aus«, grinste der Polizist. »Nun, der wohnt auch selber in der Nähe des Bahndamms, und dann habe ich«, Freddie hob dramatisch die Stimme, »wie das hier auf dem Land so üblich ist, Information gegen Information getauscht.«

»Ja und?«, drängelte Christin.

»Also, der Isselhorst ist sich sicher, dass es wahrscheinlich keine Akten mehr gibt. Zum einen war Spellen 1911 noch eine eigenständige Gemeinde, in der es höchstens einen Dorfpolizisten gab.«

»Ja, aber wenn jemand eine Straftat beging?«, unterbrach Christin ihn wieder.

Freddie genoss es sichtlich, die Spannung zu steigern. Seine Begleiterin war bis zur Nasenspitze in einen

Schal eingemummelt, nur ihre großen Augen blickten ihn aufgeregt an. Er spürte seit Langem mal wieder eine Spur Hoffnung in sich, vielleicht doch noch die Frau fürs Leben zu finden. Oder zumindest erst einmal für die nächste Zeit. »Dann kam er nach Dinslaken, da gab es wohl in der Burg ein Gefängnis«, antwortete Freddie. »Erst später, in den zwanziger Jahren, als Spellen, Möllen und Voerde sich zusammenschlossen, gab es im neu gebauten Rathaus an der Frankfurter Straße eine Polizeiwache. Also«, folgerte er, »wenn es überhaupt eine Vermisstenanzeige gab, also auch schriftlich, wird die nirgends mehr zu finden sein. Viele Akten sind sowieso im Zweiten Weltkrieg vernichtet worden.«

»Also eine Sackgasse?«

»Wahrscheinlich«, musste Freddie zustimmen, »eine Möglichkeit wäre, bei Familie Wennies nachzufragen.«

»Kenne ich nicht«, Christin schaute ihn fragend an, »wer ist das?«

»Das ist die Familie, die seit ewigen Zeiten im alten Depot neben dem alten Spellener Bahnhof wohnt«, beantwortete Freddie Christins Frage, »der Isselhorst sagte, der alte Wennies, der schon lange tot ist, war der letzte Vorsteher vom Spellener Bahnhof, also bis 1950. Später kaufte er das alte Lagerhaus für Transportgut, das direkt neben dem alten Bahnhof steht. Er baute es zu einem Wohnhaus um und zog mit seiner Frau dort ein. Jetzt lebt sein Sohn mit dessen Familie dort, wahrscheinlich auch nur noch mit seiner Frau, denn der ist schließlich auch schon in den Siebzigern.«

»Ja, aber der Wuwer hat uns doch schon gesagt, dass es bei diesem Unfall keine Toten, geschweige denn Vermisste gab!«, entgegnete Christin, »was sollen wir den denn fragen?«

»Der Isselhorst vermutet, dass Wennies wahrscheinlich sehr viele alte Papiere und vielleicht sogar noch Fotos hat.«

»Wieso vermutet?«, fragte Christin, »hat er selber noch nicht die Unterlagen durchgeguckt?«

»Nein, durfte er bisher nicht«, wieder verzog sich Freddies rechte Gesichtshälfte, »Wennies ist ein streitlustiges, prügelndes Arschloch.«

* * *

Johannes-Paul Kämpe, von allen Hannes genannt, fuhr zurück nach Spellen. Um 19 Uhr hatte er ein Treffen mit der Werbegemeinschaft im Gasthaus Wessel, und er überlegte, ob es sich lohnte, dort schon einzukehren oder vorher noch nach Hause zu fahren. Als größter Bauunternehmer im Voerder Stadtgebiet saß er selbstverständlich mit im Vorstand der Spellener Werbegemeinschaft, so wie er auch Presbyter war, Vorstandsmitglied der Schützenvereine von Spellen und Mehr-Ork-Gest, aktiver Feuerwehrmann bei der Freiwilligen Feuerwehr und natürlich auch im Ortsverband der CDU Spellen sehr engagiert war.

Er musste die Begegnung mit Pfarrerin Christin Erlenbeck überdenken. Er fand, dass sie eine sehr attraktive Frau war, aber das hatte er ja schon auf der Karnevalsfeier feststellen können, auf der er sie von der Sektbar aus beobachtet hatte. Aber im Moment wusste er nicht, was ihn mehr ärgerte. Dass er sich in ihrer

Gegenwart vorhin so alt gefühlt hatte, oder dass ihn jemand so Junges, und dann noch eine Frau, einfach abgefertigt hatte. Nein, so jung war sie auch nicht mehr, er war einfach schon so alt.

Nein, dachte er energisch, erst dreiundsiebzig.

Und fairerweise musste er zugeben, dass sie sich ganz schön tough verhalten hatte. Auch wenn es ihn ärgerte.

Was ihn am meisten fuchste, war, dass er, wenn seine Pläne gelingen sollten, er ab jetzt zu allen immer freundlich sein musste.

In zwei Jahren würde der neue Bürgermeister gewählt werden – und das wollte er sein.

* * *

Falsche Selbsteinschätzung hatte Freddies Leben für immer verändert.

Nur weil er geglaubt hatte, mal eben eine Gruppe von betrunkenen Jugendlichen, die Nazilieder gegrölt hatten, alleine bändigen zu können.

Und Christin glaubte das jetzt auch.

»Karl-Heinz Wennies ist ein stadtbekannter Raufbold«, warnte er sie eindringlich, als sie wieder nach Voerde zurückfuhren, »und du wirst bestimmt nicht alleine da einfach anklingeln und ihn bitten, irgendwelche Kisten in seinem Keller durchsuchen zu dürfen.« Er redete sich in Rage. »Hör zu, Chrissi, jetzt ist Schluss mit der Recherche. Was soll das denn noch? Wir sind jetzt an einem Endpunkt. Herr Wuwer hat gesagt, es gebe keine Toten, und der hat schließlich Zugang zu allen Dokumenten. Und Polizeiakten gibt es nicht mehr.«

Nun wurde Christin laut. »Freddie, es ist doch logisch, dass der Wuwer und die Bahn das meinen, es gab ja damals keine Leiche, die wurde ja schließlich jetzt erst gefunden. Aber es ist auch eine Tatsache, dass der Tote eine Jacke der Eisenbahn trug.«

»Vielleicht ein Landstreicher, der die irgendwo geklaut hat? Den hätte auch keiner vermisst.«

»Und wie erklärst du dir das abgerissene Emblem, das bei ihm gefunden wurde? Das ist doch sehr merkwürdig.«

»Und was willst du auf alten Fotos oder Dokumenten finden? Irgendeinen Kringel um irgendeinen Kopf, mit einem Pfeil an dem steht *Leiche, die 2018 gefunden wird* und daneben noch ein Kringel und noch ein Pfeil *Mörder von Leiche, die gefunden wird* und unter dem Bild *von links nach rechts Hinz, Kunz, Müller und Meier*?«

Nun mussten beide lachen.

»Im Ernst, bitte, Wennies ist zwar ein alter Sack, aber total asozial. Warum, weiß kein Mensch, der war schon immer so. Wir haben schon öfter versucht, seiner Frau zu helfen, wenn sich eine Notaufnahme wegen einer Platzwunde bei uns gemeldet hat, aber sie hat immer behauptet, Küchenschranktür, Treppe und so weiter, also das Übliche.«

»Okay«, versprach sie ihm, »ich werde nichts Unüberlegtes tun. Mal was anderes, kennst du diesen Kämpe, der vorhin bei mir war?«

»Nicht persönlich. Ich weiß, wer er ist.«

»Und, was hältst du von ihm?«, bohrte die Pfarrerin nach. Sie parkte den Wagen auf dem Parkplatz der Kirche. Ihre Kinder schienen noch nicht da zu sein, so blieb sie vor dem Haus stehen und bat Frederick nicht zu sich herein.

»Naja«, Freddie zuckte mit den Schultern, »irgendwie hat jedes Dorf so seine Typen. Er ist der reiche, joviale, überall engagierte Unternehmer, oder auch Dorfbonze, ist mit jedem gut Freund, tut immer das Richtige. Er kann wohl auch anders, klar, als Geschäftsmann muss man bestimmt auch hart sein können, aber ich selber weiß davon nichts.«

»Und seiner Firma geht es gut?«, bohrte Christin nach.

Wieder zuckte Freddie mit den Schultern.

»Ja, ich glaube schon. Keine Ahnung, warum fragst du?«

»Weil er für meinen Geschmack etwas zu …«, sie suchte nach dem richtigen Wort, »forsch um den Auftrag des Neubaus warb. Ich finde, das kann schnell auch etwas Verzweifeltes haben.«

»Nein, echt keine Ahnung.«

»Ist ja auch egal«, sie trat einen Schritt auf Freddie zu, »also, ich muss jetzt …« Sie druckste etwas herum und schaute zu ihrer Haustür. Anderen Personen hätte sie jetzt einfach die Hand geschüttelt, aber in diesem Fall kam ihr das zu unpersönlich vor. Zumal sie ja eigentlich das Gegenteil wollte.

»Habe verstanden.« Freddie drehte sich um und ging zu seinem Auto.

* * *

Schon im Zug packte sie das Fieber.

Je mehr sich der ICE Wiesbaden näherte, umso unruhiger wurde sie. Sie konnte sich nicht mehr auf den

Bildschirm ihres Laptops konzentrieren, schaute ständig auf die Uhr.

»Noch einen wichtigen Termin in Wiesbaden?«, fragte der freundliche, ältere Herr, der schon seit Düsseldorf neben ihr saß.

»Ja«, Michaela seufzte übertrieben, »noch ein Meeting.«

»Ich habe auch noch geschäftlich zu tun«, verschmitzt lächelte er ihr zu, »vielleicht können wir uns ja später noch auf einen Absacker in Ihrer oder meiner Hotelbar treffen?«

»Ich glaube, bei mir wird es ziemlich spät«, entschuldigend schaute sie ihn an, »das wäre bestimmt nett gewesen. Sorry«, Michaela erhob sich, »ich packe schon mal zusammen. War sehr angenehm mit Ihnen, nächste Woche fahre ich wieder Düsseldorf-Wiesbaden, vielleicht klappt es ja dann?«

Mit ihrer kleinen Reisetasche in der linken Hand und ihrem Trenchcoat über dem rechten Arm stöckelte sie zur Toilette. Sie verriegelte sorgfältig die Tür und stellte die Tasche auf dem geschlossenen Toilettendeckel ab.

Sie fühlte sich ungepflegt und würde sich als Erstes gründlich waschen.

Ganz ruhig. Eins nach dem anderen, nicht hektisch werden.

Mittlerweile hatte sie eine gewisse Übung mit dem Prozedere des Waschens, Schminkens und Umziehens in der beengten Zugtoilette. Und obwohl sie sich die ganze Woche auf das Wochenende in Wiesbaden freute, zog sich jetzt ihr Magen zusammen. Aus der Tasche holte sie ihr tief dekolletiertes, kurzes, schwarzes Kleid heraus, das sich so wunderbar leicht an ihre schlanke Figur schmiegte, und hängte es an den Kleiderhaken an der Tür. Die langweilige, weiße Bluse und den klassischen, grauen Bleistiftrock zog sie aus und ließ sie in der Tasche verschwinden. Sie kontrollierte, ob ihre Nylonstrumpfhose noch in Ordnung war.

Ja, alles gut.

Dann band sie mit einem Haargummi ihre langen, schwarzen Haare zusammen und wusch ihr Gesicht, um sich anschließend neu zu schminken.

Haare ausschütteln und bürsten, Kleid anziehen, Parfum auflegen und lächeln.

Als sie wieder auf den Gang trat, ging sie in die andere Richtung. Sie wollte nicht noch einmal ihrem Sitznachbarn begegnen. Aus der seriösen Geschäftsfrau war soeben ein Partygirl geworden.

Um nicht zu schwitzen, verzichtete sie bei dieser Kälte auf einen Schal, nur ihre schwarzen Fingerhandschuhe aus feinem Nappaleder hatte sie übergestreift. Der Trenchcoat wärmte sie nicht richtig, aber vor lauter Aufregung spürte sie die frostigen Temperaturen nicht. Die Reisetasche hatte sie in ein Schließfach am Bahnhof geschlossen, sie hatte nur eine kleine Handtasche bei sich, die wie ein etwas zu groß geratenes Brillenetui aussah.

Ihre Nervosität legte sich langsam, und als sie das wunderschöne, hell erleuchtete Gebäude des Casinos vor sich sah, durchströmte sie die ungemeine Zuversicht, dass in dieser Nacht alles gut werden würde.

»Einen wunderschönen guten Abend, Frau Wennies! Geben Sie mir Ihren Mantel. Das Übliche zu trinken?«

Wenn man so begrüßt wurde, hatte man es geschafft.

Sie schlenderte über den weichen Teppich zu den Spieltischen. Wenn sie die stilvolle Holzvertäfelung, die kostbaren Kristallleuchter und die elegant gekleideten Gäste betrachtete, konnte man fast vergessen, dass die meisten hier, so wie sie, Junkies waren – Spieljunkies. Das Casino Wiesbaden war für sie nicht nur eine bessere Spielhalle, es verkörperte für sie auch alles, wovon sie schon als Kind geträumt hatte. Kein provinzielles Spellen, kein originelles, aber mangels Geld baufälliges Elternhaus und keine engstirnige, biedere Mutter, die vor dem prügelnden Vater kuschte.

Langsam ging sie an den Roulettetischen vorbei, um die anderen Spieler zu mustern. Ihr Puls hatte sich beruhigt, und das Rauschen in ihrem Kopf wurde leiser. Sie entschied sich für einen Tisch, wartete, bis das Spiel vorbei war, und setzte sich dann.

Der Croupier begrüßte sie mit einem Nicken.

Sie war eine begabte Mathematikerin, und wenn sie sich heute richtig konzentrierte, würde sie es schaffen, viel Geld zu gewinnen.

Wenn sie es nicht schaffte, heute Abend 120.000 Euro zu gewinnen, wäre es nur noch eine Frage der Zeit, bis sie ins Gefängnis kam.

7. Kapitel

Genau eine Woche war nach ihrem gemeinsamen Spaziergang am Rhein in Wesel vergangen, und Freddie hatte sich immer noch nicht wieder bei ihr gemeldet.

Christin war dies ganz recht, ihr war das Verhältnis zu dem Polizisten zu vertraut geworden, und so konnte sie emotional wieder den Abstand gewinnen, den sie als Pfarrerin und Frau brauchte. Sie war gerne mit ihm zusammen, aber mehr auch nicht. Außerdem hatte sie weder eine Telefonnummer noch eine Adresse von ihm, und auf der Wache konnte sie natürlich auch schlecht hereinspazieren und nach Freddie verlangen.

Über Freddies Warnung, nicht alleine zu Familie Wennies zu gehen, setzte sie sich nun hinweg. So schlimm würde es schon nicht werden. Sie ging ja nicht zu den Mansons.

Sie parkte ihren Wagen am rechten Straßenrand hinter einem teuer aussehenden BMW. Die kalte Märzluft schlug ihr entgegen, als sie aus ihrem Auto stieg.

Sie schaute sich um und blickte über die großen Wiesen, die dem alten Bahnhofsgebäude und dem umgebauten Depot gegenüberlagen.

Jetzt wirkte alles grau und trist, aber im Frühjahr, wenn die Wiesen tiefgrün waren, sah es hier bestimmt wie im Bilderbuch aus.

Rechts und links von ihr standen hohe, alte Bäume. Wahrscheinlich Linden, dachte sie.

Freddie hätte gar nicht versuchen müssen, ihr Angst einzujagen, denn der Anblick des heruntergekommenen, ehemaligen Bahndepots reichte aus, um sie abzuschrecken. Die vorderen Rollläden waren heruntergelassen, und sie entdeckte zwei Schilder, die vor Hunden warnten. Das ganze Grundstück um das Haus herum war mit irgendwelchen Gegenständen vollgestellt, nirgendwo irgendeine hübsche Dekoration.

Links neben dem alten Depot war das Bahnhofsgebäude. Direkt dahinter ragte der alte Bahndamm empor. Die Pfarrerin straffte ihre Schultern und ging entschlossen zur Haustür.

Wennies las sie und klingelte schnell, bevor sie es sich anders überlegte.

Tatsächlich setzte sofort Hundegebell ein. Für sie hörte es sich aber eher nach dem Gekläff eines kleinen Hundes an, als nach den auf den Warnschildern abgebildeten Dobermännern. Sie war froh, Laika nicht mitgenommen zu haben.

Nach einer längeren Zeit, in der sie geduldig wartete, konnte sie durch das Glas der Haustür sehen, wie jemand die Flurtür aufmachte.

»Ruhig, Dolly!«, versuchte eine Frau den aufgeregt bellenden und hüpfenden Hund zu beruhigen.

»Ja?«, fragte eine ältere Frau kurz angebunden.

»Guten Tag«, Christin strahlte sie an, »darf ich mich kurz bei Ihnen und Ihrem Mann vorstellen, ich bin die neue Pfarrerin.« Entschlossen trat Christin einen Schritt nach vorne.

Die Frau war sichtlich verunsichert. »Neue Pfarrerin?«

»Ja, also von der Grünstraße«, Christin lächelte sie aufmunternd an, »vielleicht darf ich reinkommen und mit Ihnen und Ihrem Mann kurz sprechen?«

»Tja, also, es ist gerade …«, setzte Frau Wennies an, wurde aber aus dem Hintergrund laut unterbrochen.

»Mensch Gisela«, brüllte eine männliche Stimme, »was ist da los? Wer ist da?«

Gisela zögerte. »Hier ist die neue Pastorin, die will reinkommen und sich vorstellen.«

»Neue Pastorin? Ist der Pastor Müller denn weg?«

»Dann kommen Sie eben kurz rein«, Frau Wennies machte die Tür nun ganz auf und ließ Christin eintreten. Sie folgte ihr durch den Flur in eine große Küche.

Die Einrichtung war irgendwann in den siebziger Jahren angeschafft worden. Die hellbraunen Kacheln des Fliesenspiegels waren tatsächlich mit Pril-Blumen beklebt.

Am Küchentisch saß ein alter Mann, unrasiert und mit ausgebeulter Hose. Ihm gegenüber saß eine Frau, die absolut nicht in diese Küche passte. Langes, schwarzes Haar, perfekt geschminkt, moderne, taillierte Daunenjacke, schwarze Lederstiefel.

Eindeutig die Besitzerin des BMW, dachte Christin. Das Alter konnte sie schlecht schätzen, sie tippte aber, dass diese Frau älter als sie selbst war.

Seit Christin wieder in Voerde lebte, blickte sie jedem jüngeren Menschen genau ins Gesicht, immer in der Erwartung, jemanden von früher wiederzuerkennen. Aber nein, diese Frau kannte Christin nicht.

Zwischen den beiden lagen Papiere und Zeichnungen unordentlich verstreut auf dem Tisch.

Trotz der elegant gekleideten Frau und der bequemen Kleidung des Hausherrn merkte die Pfarrerin sofort, dass sie zu einem schlechten Zeitpunkt gekommen war und hier kein gemütliches Beisammensein stattfand. Karl-Heinz Wennies hatte einen zornesroten Kopf und presste die Lippen fest zusammen. Die Frau hatte die Finger zu Fäusten geballt und schaute mit großen Augen zur Decke.

Es sah aus, als versuchte sie, Tränen zu unterdrücken.

»Guten Tag, darf ich mich vorstellen, mein Name ist Christin Erlenbeck und ich bin die neue Pfarrerin in der evangelischen Gemeinde an der Grünstraße.«

Mit ausgestreckter Hand ging sie auf den alten Wennies zu. Etwas überrumpelt hob er die rechte Hand vom Küchentisch und erwiderte ihren Händedruck schlaff. Mit ausgestreckter Hand ging sie auch zu der Frau auf der anderen Seite des Küchentischs.

»Das ist unsere Tochter Michaela, sie kommt uns aus Düsseldorf besuchen.«

Die ältere Frau Wennies bemühte sich, der Situation etwas Freundliches zu geben, scheiterte aber, da ihre Tochter die Pfarrerin weder ansah, noch ihr die Hand gab.

»So, und was wollen Sie nun bei uns? Sammeln Sie hier für eine Kollekte oder so?«, fragte Wennies sie.

»Nein, natürlich nicht«, langsam bereute Christin ihre Entscheidung, hierhergekommen zu sein, »ich wollte mich nur kurz vorstellen, also, wie gesagt, ich bin hier …«

»Jaja«, unterbrach Wennies sie, »die neue Pfarrerin. Wissen Sie, wie lange ich schon nicht mehr in der Kirche war? Das interessiert mich alles nicht.«

»Vielleicht können wir uns dann ja so etwas unterhalten? Ich möchte niemanden bekehren oder so, einfach nur ein bisschen reden.« Christin machte eine kleine Pause. »Sie wohnen ja in einem schönen, historischen Haus!« Normalerweise hätte Christins Taktgefühl ihr geboten, sich sofort zu verabschieden, sie spürte, dass sie wahrscheinlich in eine heftige Auseinandersetzung geplatzt war, aber sie wollte unbedingt wissen, ob in diesem Haus noch irgendwo die alten Dokumente waren, die ihr bei ihrer Recherche vielleicht helfen würden.

»Ja, ein wirklich schönes Haus!«, höhnte Wennies. »Möchten Sie hier einziehen?«

Christin ahnte langsam, warum Freddie sie gewarnt hatte. »So alte Häuser sind ja meistens eng mit historischen Ereignissen verknüpft. Haben Sie eigentlich noch irgendetwas aus der Zeit, als die Bahn noch in Betrieb war?«

Flucht nach vorne.

»Was wollen Sie eigentlich?« Nun stand Wennies auf. Seine Frau, die sich bis jetzt im Hintergrund gehalten hatte, machte einen Schritt nach vorne, Michaela schaute interessiert von der Pfarrerin zu ihrem Vater, als erwartete sie gleich ein großes Schauspiel. Der kleine Hund trollte sich in den Flur.

Christin entschied sich für die Wahrheit. »Wie Sie sicher wissen, ist doch dort oben«, sie deutete vage zum Bahndamm, »das Skelett eines Menschen gefunden worden. Bei der Untersuchung der Funde wurde eine Jacke mit einem Eisenbahnabzeichen gefunden und ein Stofffetzen, mit dem gleichen Emblem. Da Ihr Vater ja der letzte Bahnhofsvorsteher hier in Spellen war und dann auch noch dieses Haus hier direkt neben dem alten Bahnhof gekauft hat, dachte ich, dass es hier vielleicht noch alte Dokumente oder Fotos gibt, die Aufschluss über die Identität des Toten geben könnten.«

»Hm, ach so!«

Wennies fixierte die Pfarrerin und lächelte leicht. Schlagartig zogen sich seine Mundwinkel von einem Lächeln nach unten, zu einer bösen Grimasse. »Darf man als Pfarrerin eigentlich lügen?« Wennies sprach ganz leise. Gefährlich leise. »Ich dachte wirklich, Sie wollten uns besuchen, um zu erfahren, wie es Ihren Schäfchen so geht! Und stattdessen wollen Sie in unserem Haus rumschnüffeln?« Mit gesenktem Kopf und geballten Fäusten ging er einen Schritt auf die Pfarrerin zu.

»Karl–Heinz«, nun wurde seine Frau lauter, »ist doch gut jetzt. Frau, ähem, vielen Dank für Ihren Besuch, aber jetzt ist es wirklich schlecht.«

Energisch führte sie Christin durch den Flur zur Haustür.

»Ja, verschwinden Sie sofort«, blaffte der Alte, »ich habe kein Problem damit, Ihnen zu zeigen, wer hier der Hausherr ist, egal ob Sie eine Frau, eine Pfarrerin oder der Papst sind!«

»Entschuldigen Sie bitte meinen Mann, wir hatten gerade eine unangenehme Besprechung mit unserer Tochter, die hat ihn ganz aufgewühlt«, Gisela Wennies konnte ihr vor der Haustür kaum in die Augen schauen, »wissen Sie, unsere Tochter ist sehr besorgt um uns und meint, dass das Haus vielleicht schon zu viel Arbeit für uns sei, ach, ist ja egal, auf Wiedersehen.«

* * *

Michaela Wennies starrte weiter auf die zum Teil gesprungenen Fliesen auf dem Boden der Küche.

Wieder war der Besuch bei ihren Eltern wie eine Zeitreise. Alles in ihr zog sich zusammen, ihr Magen rumorte.

Obwohl sie sich ihrer äußeren, schönen, gepflegten Hülle bewusst war, fühlte sie sich im Inneren schmutzig und hässlich, so wie sie sich als Kind und später als Teenager gefühlt hatte. Ihr Ausbildungsplatz bei der Landeszentralbank in Düsseldorf und der Umzug dorthin waren für sie der befreiende Schritt aus dem verhassten Elternhaus gewesen. Sie musste zwar abends kellnern, um sich die kleine Wohnung leisten zu können, aber sie war so glücklich wie noch nie.

»Nun zu dir«, ihr Vater drehte sich zu ihr um, trat an den Tisch und fegte mit einem Schlag alle Papiere vom Tisch, »du wirst hier, in diesem Hause, nie wieder von diesen idiotischen Plänen sprechen, hast du verstanden? Du musst nicht meinen, wenn du hier mit deinen albernen Stiefeln hereinstolzierst und deine lächerlichen, schwarz gefärbten Haare hier rumschleuderst, dass du uns alles erzählen kannst. Da musst du schon warten, bis ich tot bin.« Die letzten Worte giftete er ihr ins Gesicht.

Automatisch duckte sich Michaela etwas zur Seite. Früher hätte er ihr mindestens eine Ohrfeige verpasst, dies wagte er heute nicht mehr. Die würde wahrscheinlich aus irgendeinem nichtigen Grund später ihre Mutter bekommen.

Sie dachte an alles, was sie erreicht hatte, ihre Ausbildung, ihre Karriere, ihre Freunde, ihre Unabhängigkeit, um sich nicht wieder schäbig und klein zu fühlen. Diese Art der Beleidigung war eine Spezialität ihres Vaters. Obwohl er mit den Händen grob war, konnte er mit Worten die viel treffenderen und verletzenderen Schläge austeilen.

Mit so viel Selbstbeherrschung wie möglich stand Michaela auf und ging hoch erhobenen Hauptes zur Küchentür, in der ihre Mutter das Geschehen mit Tränen in den Augen verfolgte. Sie ging an ihr vorbei, zur Haustür.

Gisela Wennies folgte ihr.

»Michaela, mein Schatz«, flüsterte sie, »das hättest du dir doch denken können! Das wären zu große Veränderungen, dafür sind wir zu alt!«

»Ist schon gut, Mama«, Michaela trat in die kalte Märzluft, »tschüss!« Sie blickte sich nicht mehr um.

Die erste Schlacht hatte sie verloren, damit hatte sie gerechnet. Sie durfte jetzt nicht in dieses dunkle Loch fallen, das sie völlig lähmen würde, sondern musste weiter nachdenken, wie sie ihre Pläne umsetzen konnte.

* * *

Den Rest des Tages funktionierte Christin wie ein Roboter. Mit Ursula musste sie einige organisatorische Dinge besprechen, ein Gemeindemitglied im Krankenhaus besuchen, die Messe für Sonntag vorbereiten.

Immer wieder versank sie ins Grübeln, an welchem Punkt ihr der Besuch am Morgen entgleist war. Der Umgang mit schwierigen Menschen war absolut nichts Neues für sie. Aber diese offene Aggressivität hatte sie aus der Bahn geworfen.

Um halb fünf wollte sie gerade ihre Kinder zum Hallenbad fahren, als Freddie auf den Hof fuhr.

»Wolltest du etwa gleich ohne mich mit Laika gehen?« Breit grinsend schlenderte Freddie auf Christin und die Kinder zu. »Was hältst du davon, wenn wir heute mal nach Lohberg fahren und uns dort das Kreativquartier angucken?«

»Erst fährt Mama uns ins Hallenbad, und du musst dann aber hinten sitzen, weil Matti vorne sitzen darf!«, krähte Oskar, der sich offenbar über den Besuch des Polizisten freute.

»Oskar! Sei nicht so vorlaut!«, wies Christin ihren Sohn zurecht.

»Nein, ist schon okay«, Freddie ging zur hinteren Tür auf der Fahrerseite, »wenn das vorher abgemacht war!«

»Warum bist du so still?«, fragte Freddie Christin, als sie auf der Frankfurter Straße in Richtung stillgelegtes Kraftwerk fuhren. »Weil ich mich seit letzter Woche nicht gemeldet habe? Fahre gleich links in die Rahmstraße, dann kommen wir zur B 8.«

»Nein. Du hast mir gegenüber ja keine Meldepflicht.«

»Aber irgendetwas ist doch mit dir los!«

Christin holte tief Luft, dann erzählte sie Frederick ihr Erlebnis mit Familie Wennies am Morgen.

Freddie sagte nichts dazu.

Auf der B 8 wies er sie an, links in die Augustastraße zu fahren. In Lohberg angekommen, zeigte er ihr, wo sie parken sollte. Noch immer hatte er kein Wort zu ihrem Erlebnis gesagt. Erst als beide an der Heckklappe standen, um Laika herauszulassen, explodierte er.

»Wie kann man nur so ... so ... Wie konntest du das tun?« Freddie schnappte nach Luft, er rang sichtlich mit seiner Selbstbeherrschung. »Hattest du mir nicht geglaubt? Meinst du, ich warne dich so eindringlich vor jemanden, der eigentlich nur etwas grantig ist?« Der Polizist umfasste mit beiden Händen ihre Schultern und schüttelte sie leicht. »Guck mich an!« Er näherte sich ihr mit seinem Gesicht und drehte ihr seine linke, entstellte Gesichtshälfte zu. »Da! Guck genau hin!«, presste er heraus, »ich war auch mal so oberschlau und dachte, ich könnte alles alleine schaffen.«

Christin traten Tränen in die Augen. »Es tut mir leid, du hast recht«, sie schluckte, »ich weiß auch nicht, was ich mir dabei gedacht habe! Ich will einfach nur alles getan haben, um die Identität des Toten zu erfahren.«

Freddies Hände ließen ihre Schultern los und umfassten sanft ihr Gesicht. Dann küsste er sie.

Christin schaute ihm in die Augen. Erwiderte den Kuss. Strich zart über seine Narben.

Er ließ sie los. »Komm, lass uns gehen.« Er nahm Laikas Leine und wandte sich dem Kreativquartier zu.

Seite an Seite spazierten sie über das ehemalige Zechengelände.

Der Polizist brach das Schweigen. »Hör zu. Ich möchte, dass dir zwei Sachen klar sind.«

Christin schaute ihn fragend an.

»Erstens. Wenn wir weiter versuchen herauszufinden, wer der Tote ist, dann stimmen wir alles gemeinsam ab, das heißt konkret, dass du keine Alleingänge machst, verstanden?«

Sie nickte.

»Gut, ich werde mich daran halten. Und was ist die zweite Sache?«

»Ich lasse mich nur auf weitere Detektivspiele ein, weil ich scharf auf dich bin und mit dir zusammenkommen möchte.«

Christin nickte und hatte sehr große Mühe damit, ein idiotisches Grinsen zu unterdrücken. »Gut. Das habe ich dann jetzt zur Kenntnis genommen.«

»Okay«, zufrieden nickte Freddie, »dann ist das ja klar. Ich weiß nicht, ob ich als Polizist irgendwie Zugang zum Haus von Wennies bekomme. Weißt du, der ist nicht dumm. Wenn er mit jemandem Streit anfängt, lässt er es immer so aussehen, als wäre er provoziert worden. Ich habe mal mit ein paar alten Kollegen über ihn gesprochen. Es gibt da eine echt böse Geschichte über ihn. Vor über dreißig Jahren hat er wahrscheinlich mal einen Verehrer von seiner Tochter vom Mofa gestoßen. Andreas Bleckmann. Ich sehe ihn manchmal auf den Schützenfesten oder auf der Kirmes. Also, der ist jetzt behindert.«

»Oh, mein Gott, wie schrecklich!« Christin schüttelte den Kopf.

»Als der von seinem Mofa gefallen ist, ist er mit dem Kopf aufgeschlagen und lag dann bis morgens mit seiner Kopfverletzung bewusstlos im Graben. Das hat einige Schäden im Gehirn verursacht.«

»Aber man konnte Wennies nichts nachweisen?«

»Nein«, Freddie schüttelte den Kopf. »Nichts. Man konnte wohl einen eventuellen Tathergang rekonstruieren, aber man hatte keine Beweise. Wennies stritt natürlich alles ab. Das, was damals die Kollegen so schockiert hatte, war Wennies kaltschnäuziges und herzloses Gerede. Er hat allen Ernstes gesagt, der Bleckmann habe das verdient und er sei schon vorher ein Idiot gewesen.«

Schockiert riss die Pfarrerin die Augen auf. »Mein Gott! Das kann nicht wahr sein!«

»Doch, das habe ich meinem Kollegen sofort geglaubt. Also«, er schaute Christin an und hob warnend seinen Finger, »keine Besuche bei diesem Typen nur für ein paar alte Papiere!«

»Jaja, ich mache das bestimmt nicht wieder.«

»Aber Schlüter, mein Kollege, hatte noch eine andere Idee. Er meinte, manchmal schalten die Angehörigen auch Zeitungsanzeigen, um jemanden zu finden. Vielleicht könnten wir recherchieren, ob wir so eine Anzeige finden?«

Christin überlegte.

»Ja, das wäre eine Idee. Weißt du, ich denke nicht, dass das ein Landstreicher war.«

Nachdenklich starrte sie auf den Weg, der einen Rundgang über das Gelände der ehemaligen Zeche von Lohberg ermöglichte. »Tatsache scheint doch zu sein, dass der Tote in irgendeinem Zusammenhang mit diesem

Zugunglück 1911 beim Bau der Bahn steht. Außerdem ist es eine Tatsache, dass er anscheinend Bekleidung von dieser Königlichen Eisenbahndirektion anhatte. Also muss es irgendwo Unterlagen über ihn geben. Dass ein Landstreicher gerade in dem Moment, wo diese Waggons umgekippt sind, da vorbeispaziert und unbemerkt verschüttet wird, ist doch sehr unwahrscheinlich.«

Freddie nickte. »Da hast du recht.«

»Also«, fuhr Christin fort, »frage ich den Wuwer, wo die alten Dokumente der Bahndirektion gelagert sind. Vielleicht kann man da ja die Namen der Arbeiter erfahren?«

Wieder nickte Freddie. »Gut, zum Wuwer lasse ich dich auch alleine gehen, von dem droht dir wohl keine Gefahr. Höchstens ihm von dir, wenn du ihn mit deiner Neugierde zu sehr nervst!«

Beleidigt verzog die Pfarrerin ihren Mund.

»Oh, nee«, Freddie schubste sie mit seinem Ellenbogen leicht an, »komm, war ein Spaß!«

Christin lächelte wieder. »Ja, weiß ich.«

»Chrissi«, Freddie wurde wieder ernst, »denke daran, dass du mir versprochen hast, alles mit mir abzustimmen.«

»Ja, mache ich auch«, ungeduldig fuhr sie fort, »dann müssen wir in Erfahrung bringen, welche Zeitungen es damals gab. Ich werde mal mit meinem katholischen Kollegen Werner Heckes sprechen. Er hat zwei Bücher über Spellen geschrieben und so umfangreich und exakt, wie seine Bücher sind, scheint er sich ausgesprochen gut in Sachen Recherche und Spurensuche auszukennen.« Mit einem Seitenblick auf Freddie fügte sie hinzu: »Willst du mich da begleiten oder darf ich zu ihm auch alleine gehen?«

Der Polizist schnaubte.

»Ey, du machst mich gerade ziemlich wütend! Oder«, Freddie verstellte ihr den Weg, »flirtest du gerade mit mir, Frau Pfarrerin?«

Laika war etwas verwirrt und umrundete an der Leine die beiden Menschen, so dass sie sehr nahe aneinander gedrückt wurden.

Christin spürte ein Ziehen in der Magengrube. Sie räusperte sich und versuchte, sich aus der Leine zu befreien.

»Laika, bleib stehen, komm, Freddie, ich muss die Kinder abholen, es ist Zeit. Und nein«, Christin fummelte immer noch an der Leine herum, »ich versuche nicht, mit dir zu flirten.«

Freddie löste den Karabiner von Laikas Halsband und stieg über die Leine.

»Komm Laika!«, rief er die schöne, schwarze Hündin und rannte mit ihr zum Auto.

* * *

Gisela Wennies öffnete mit zitternden Händen die Haustür. Sie zitterte nicht wegen der nassen, eisigen Kälte, durch die sie mit Dolly spaziert war, sondern vor Angst vor der schlechten Laune ihres Mannes, die sie unweigerlich erwarten würde. Nachdem diese Pfarrerin und Michaela am frühen Vormittag aus dem Haus gestürzt waren, fing Karl-Heinz Wennies erst recht an, zu toben.

Sie hatte keinen Einfluss auf ihren Mann, so versuchte Gisela, sich genauso unsichtbar zu machen, wie ihr Hund Dolly das schaffte. Karl-Heinz hatte innerhalb kürzester Zeit drei Gläser Schnaps gekippt.

Gisela fand die Pläne ihrer Tochter im Grunde sehr überlegt und vernünftig. Obwohl sie davon überzeugt war, dass Michaela ihren Vater nicht würde umstimmen können, hoffte sie im Geheimen, dass sie hartnäckig blieb und ihren Vater vielleicht doch bei seiner Geldgier packen könnte.

Etwas Gutes hatte die rasende Wut ihres Ehemannes. Sein Blutdruck erreichte wieder gefährliche Höhen, und sie tagträumte, ihn vielleicht tot auf dem Sofa zu finden. Das wäre das Ende ihres Martyriums und der Anfang des glücklichen Rests ihres Lebens.

Umso enttäuschter war sie, ihren Mann ruhig und konzentriert am Küchentisch sitzen zu sehen. Vor ihm lagen Papiere, Fotos und Pläne, nicht die neuen, auf weißem Papier gedruckten Dokumente, die ihre Tochter am Morgen vor ihnen ausgebreitet hatte, sondern leicht gewellte, vergilbt aussehende Unterlagen. Neben ihm, auf einen Küchenstuhl, den er sich herangezogen hatte, um sich nicht bis auf den Boden bücken zu müssen, stand ein alter Karton, ebenfalls stark vergilbt, mit ausgeblichenen Schriftzügen gekennzeichnet. Vor dem Küchenschrank standen zwei weitere alte Kartons. Die ganze Küche roch nach der muffigen, leicht feuchten Pappe.

Karl-Heinz Wennies hielt mit ungewohnter Vorsicht ein Foto in der Hand. Mit gerunzelter Stirn starrte er es an, um es dann auf einen Stapel anderer Fotos rechts von ihm zu legen.

»Was machst du da?« Gisela konnte sich diese Frage nicht verkneifen, »Warum hast du die alten Dinger hochgeholt? Willst du die doch der Pfarrerin geben?«

»Quatsch, bestimmt nicht«, raunzte er seine Frau an, »lass mich einfach in Ruhe und nerve mich jetzt hier nicht.«

Wennies nahm das nächste Papier und legte es nach einem kurzen Blick auf einen anderen Stapel. Dann nahm er wieder ein Foto, das an den Rändern schon sehr gewellt war, wie Gisela sehen konnte. Dieses Bild legte er vorsichtig auf das, das er zuvor schon abgelegt hatte.

»Verschwinde jetzt«, schrie Wennies, »mein Gott, muss man dir alles zweimal sagen? Und wehe, du rufst Michaela an und heulst ihr was vor«, er drehte sich zu ihr um, »dann werde ich dir mal wieder zeigen, wo hier dein Platz ist, verstanden?«

Gisela huschte erschreckt aus der Küche.

Dokument für Dokument, Foto für Foto nahm er behutsam aus der Pappschachtel, die auf dem Küchenstuhl stand, bis nichts mehr darin war.

Dann warf er den alten Karton in den Flur und nahm den nächsten vom Küchenboden auf und stellte ihn auf den Stuhl.

Ein durchdringender, beißender Geruch stieg ihm in die Nase, als er diesen Karton öffnete. Er konnte die Schimmelsporen förmlich durch seine Nasenlöcher strömen sehen, wie sie ihren Weg bis zu seinen Lungen fanden und sich dort ansiedelten.

Er schüttete sich noch einen Klaren ein und atmete genüsslich das scharfe Schnapsaroma. Das würde wohl den Schimmel vertreiben, dachte er zufrieden, kippte mit einem Mal die Flüssigkeit hinterher und bleckte die Zähne. So, jetzt war die Speiseröhre auch desinfiziert.

Draußen war es längst stockdunkel, von seiner Frau und dem Hund sah und hörte er nichts mehr. Alle drei Pappkartons waren ausgeleert, mehrere Stapel Dokumente, Papiere, Fotos und Pläne waren auf der Plastiktischdecke des Küchentischs verteilt. Die Dokumente hatte er chronologisch geordnet, auf allen war das jeweilige Datum entweder per Hand geschrieben oder bei jüngeren mit Stempel aufgedruckt. Es waren Unterlagen, die den Betrieb des alten Spellener Bahnhofs betrafen, alte Fahrpläne, Schichtpläne, Materialbestelllisten, alles, was das deutsche Beamtenherz erfreute.

Die Fotos aber waren das eigentlich Interessante.

Wenn der alte Bahner sie betrachtete, wurde er in eine andere Zeit versetzt.

Lange besah er sich ein Bild, auf dem sein Vater, Karl-Friedrich, zu sehen war. Es zeigte ihn mit leicht säuerlichem Blick in die Kamera schauend, einen Blumenstrauß in der Hand. Auf der Rückseite stand in akkurater Schreibschrift: *1950, letzter Tag in Spellen*. Also seine Verabschiedung als Oberbahnhofsvorsteher. Da war sein Vater 47 Jahre alt gewesen und er selber elf.

1950 wurden die Spellener Bahnbeamten alle versetzt, da der Bahnhof durch eine im weiteren Streckenverlauf Richtung Wesel im Zweiten Weltkrieg zerbombte Brücke an Bedeutung verloren hatte. Es hatte nur noch ein paar tägliche Verbindungen von Oberhausen nach Spellen und zurück gegeben, sodass lediglich eine Agentur den Kartenverkauf betrieb. Als diese dann in den sechziger Jahren auch schließen musste, wurde das Gebäude, in dem früher ankommende und ausgehende Güter gelagert wurden, als Wohnhaus zum Kauf angeboten. Karl-Heinz' Vater griff zu. Ob aus nostalgischen Gründen oder ob ihn die etwas einsamere Lage und die dazugehörenden riesigen Wiesen reizten, konnten seine Frau und seine Kinder nicht sagen.

Mit 25 Jahren heiratete Karl-Heinz Gisela Brunner, eine Dinslakenerin, die, wie er, bei der Bahn arbeitete. Das junge Ehepaar zog zu seinen Eltern in das von allen so genannte »alte Depot«.

Er konnte sich noch gut an den Umzug 1950 nach Dinslaken erinnern und an die schleichende Veränderung seines Vaters. Er war nun oft jähzornig und schlug seine Frau und Kinder. Die Kriegserlebnisse, die entbehrungsreiche Nachkriegszeit und dann die Versetzung vom gemächlichen Arbeitsalltag in Spellen zum hektischen, von strengen Vorgesetzten bestimmten Dienst nach Oberhausen hatten wohl zu viel Stress in ihm ausgelöst. Posttraumatische Belastungsstörung. Hatte er mal etwas drüber gelesen und sofort seinen Vater vor Augen gehabt. Nur seiner Mutter zuliebe zog er als frisch verheirateter Ehemann mit seiner Gisela zu seinen Eltern.

Das war ein Fehler gewesen.

Schnell legte er das Foto zur Seite und nahm eines von einem anderen Stapel in die Hände.

Auf diesem lagen die Bilder vom Bau der Hochbahn.

Die Trasse, die sich wie ein Fremdkörper nackt durch die Felder schlängelte. Meter für Meter von einem Heer von Arbeitern angelegt. Eine Glanzleistung preußischer

Ingenieurskunst. Den Stolz auf ihr Werk konnte man den Männern, die auf den Fotos posierten, ansehen. Gerade, mit herausgestreckter Brust und blank polierten Knöpfen auf der Uniform.

Jetzt lagen die Bilder von dem Auffahrunfall von 1911 vor ihm.

Natürlich hatte der alte Wennies das Gerede über die gefundenen Knochen in seiner Stammkneipe bei Ilona mitbekommen. Und die Frau Pfarrerin hatte noch mehr Informationen beigesteuert. Karl-Heinz rutschte mit dem Stuhl nach hinten und erhob sich. Hektisch suchte er nach der Lupe, die Michaela ihrer Mutter zum Geburtstag geschenkt hatte. In einer Schublade fand er sie und setzte sich wieder auf den Stuhl zurück.

Lange fixierte er die Bilder mit Hilfe der Lupe. Drehte zwei Fotos immer wieder um und las die handgeschriebenen Kommentare dazu. Nahm von einem anderen Stapel ein Papier und studierte das Geschriebene. Verglich es wieder mit der Rückseite des Fotos.

Blickte zum Papier.

Noch war er sich nicht sicher. Aber das war zumindest eine interessante Spur. Er lächelte.

* * *

Wie immer war Michaela Wennies die Erste am Morgen in der kleinen Privatbank *Rothmann und Schubert* im Herzen der Düsseldorfer Altstadt. Nach einem unruhigen Wochenende hatte sie sich heute besonders sorgfältig geschminkt. Trotzdem sie, da sie nicht nach Wiesbaden gefahren war, eigentlich völlig ausgeruht hätte sein müssen, fühlte sie sich gerädert und unausgeschlafen.

Entzug, dachte sie.

Aber sie hatte es geschafft. Sie hatte es auch geschafft, nicht in irgendeine billige, kleine Spielhölle zu gehen, um dort ihr Glück zu versuchen. Stattdessen hatte sie sich den Kopf darüber zerbrochen, wie sie ihren Vater dazu bringen konnte, ihren Plänen zuzustimmen.

Sie hatte ihren Rechner schon hochgefahren, um als Erstes zu prüfen, ob irgendjemand versucht hatte, auf die »Parallelkonten«, die sie verwaltete, zuzugreifen. Sie hatte dafür einen Schutzwall errichtet, der eventuelle Zugriffe anzeigen würde. Aber nein, beruhigt sah sie, dass es kein entsprechendes Protokoll gab.

Sie trank schlückchenweise den heißen Kaffee. Einfachen Filterkaffee, nur mit etwas Milch.

In manchen Dingen hatte sie noch immer einen, wie sie fand, provinziellen Geschmack. Lieber eine Scheibe Graubrot als ein Brötchen. Lieber Salzkartoffeln als gratiniertes Irgendetwas, lieber Filterkaffee als Café au lait.

War vielleicht ganz gut so, dachte sie mit einem schiefen Lächeln um die Mundwinkel, so würde ihr die Umstellung auf Gefängniskost nicht so schwerfallen. Den bequemen Chefsessel würde sie dagegen sehr vermissen. Wenn man auf einem so teuren Sessel arbeiten und jederzeit seine eigene Sekretärin rufen konnte, hatte man es geschafft. Sie schmiegte sich mit ihrer Kaffeetasse in der Hand in das weiche Polster.

Norbert Schubert hatte ihr am Freitagnachmittag per WhatsApp mitgeteilt, dass er sie direkt am Montagmorgen sprechen müsse. Es musste sehr dringend sein, per

Smartphone zu kommunizieren war nicht seine Art. Normalerweise wies er seine Sekretärin an, Termine abzusprechen.

Sie hatte schon längere Zeit das Gefühl, dass Schubert etwas ahnte. Letzte Woche hatte sie einen Zwischenbericht über ihre Arbeit mit *Hazelwood Corp* abliefern müssen. Sehr ungewöhnlich.

Sie hatte einen hervorragenden Ruf in der Investmentbranche. Deswegen war sie es gewohnt, dass man sie in Ruhe ihre Arbeit machen ließ. Dass Schubert sie sprechen wollte und das auch noch erst nach dem Wochenende war für sie das Zeichen, dass er auf eine Unregelmäßigkeit gestoßen war, aber anscheinend noch keine Beweise oder konkrete Informationen hatte. So konnte das Gespräch noch ein harmonischer Austausch sein.

Denn, wenn er etwas gegen sie in der Hand hätte, wäre sie schon verhaftet worden.

Sie versuchte, nach außen einen gelassenen Eindruck zu machen.

Gleich halb acht, sie hörte schon ihre Sekretärin Jennifer auf dem Flur. Schubert würde auch bald eintreffen.

Jennifer wünschte ihr einen guten Morgen und setzte sich, bewaffnet mit ihrem MacBook, ihr gegenüber.

»Legen Sie die Acht-Uhr-Telko mit Brandler um, Herr Schubert wollte mich gleich sprechen. Sagen Sie mir Bescheid, wenn er kommt. Ich weiß nicht, worum es geht, aber halten Sie mir den Rücken frei, falls es länger dauert. Und sorgen Sie dafür, dass die Zahlen von Hazelwood als Erstes zu mir kommen.«

Jennifer machte sich an die Arbeit, Michaela war mit sich zufrieden. Ruhig und bestimmt, wie immer.

Um Viertel nach acht wurde sie unruhig. Sie wollte wissen, woran sie war. Sie konnte sich kaum beherrschen, ihre Sekretärin nach Schubert zu fragen. Unkonzentriert öffnete sie ihre E-Mails.

»Frau Wennies«, Jennifer stand direkt vor ihr, »oh, Entschuldigung, ich wollte Sie nicht erschrecken! Ich dachte, Sie hätten mein Klopfen gehört!«

»Was gibt es denn?«

»Herr Schubert hat gerade ausrichten lassen, dass er im Krankenhaus liegt.«

»Oh mein Gott!«, rief Michaela, »was ist los?«

Jennifer antwortete mit einem leicht erstickten Tonfall: »Er hatte wohl einen leichten Herzinfarkt.«

»Oh, nein, hoffentlich übersteht er alles gut. Halten Sie mich auf dem Laufenden, und geben Sie mir sofort Bescheid, wenn Sie etwas Neues über seinen Zustand erfahren. Und versuchen Sie später, mich mit Susan Schubert zu verbinden. Stellen Sie jetzt die Telko mit Brandler her.«

Michaela ließ langsam die Luft aus ihrem Brustkorb entweichen. Sie hatte gar nicht gemerkt, wie lange sie schon nicht mehr tief durchgeatmet hatte.

Gerettet.

Vorerst.

8. Kapitel

Erst am Dienstag hatte Christin wieder Zeit, ihrer Recherche nachzugehen und Heinrich Wuwer anzurufen.

Nachdem eine schwere Erkältung die kleine Familie ans Krankenlager gefesselt hatte, war es ihr schon wieder deutlich besser gegangen und auch die Kinder wollten wieder in die Schule. Oskar war fit genug, aber Mathilda hatte ihr noch Sorgen gemacht. Bis Samstag hatte sie Fieber gehabt und nur sehr unruhig geschlafen. Sie träumte immer sehr intensiv, genau wie Christin selber, aber in den letzten Nächten weinte und jammerte sie auch im Schlaf. So hatte sie sich auch nicht über den Anruf aus dem Schulsekretariat gewundert, sie möge doch bitte ihre Tochter abholen, sie habe wahrscheinlich wieder Fieber.

Mit schlechtem Gewissen bat die Pfarrerin Ursel darum, Mathilda an der Schule einzusammeln, da sie selber eine Besprechung hatte, die sie schon auf Freitag verschoben hatte.

Während Mathilda ihr im Büro, auf der Besuchercouch, dösend Gesellschaft leistete, rief sie den pensionierten Bahnbeamten an.

»Hallo, Herr Wuwer«, meldete sie sich, »Pfarrerin Erlenbeck hier. Darf ich Sie noch einmal etwas wegen dem toten Mann am Bahndamm fragen?«

Matti öffnete ihre Augen und guckte überrascht ihre Mutter an. Diese ärgerte sich sofort über ihre Wortwahl.

»Hallo, Frau Erlenbeck«, Heinrich Wuwer sprach wie immer mit einer ruhigen Gelassenheit, um die Christin ihn beneidete, »ich dachte mir schon, dass Sie sich deswegen noch einmal melden werden. Sie scheinen eine sehr hartnäckige Frau zu sein.«

Sie konnte sein Schmunzeln heraushören.

»Schießen Sie los, was möchten Sie noch wissen?«

»Ich bin mit dem Fund«, Christin äugte zu ihrer Tochter, »noch nicht ganz fertig. Vielleicht ist es auch schon fast professionelles Interesse, als Theologin bin ich natürlich mit der Geschichte ganz eng verbandelt, aber wenn ich nicht alles tue, was mir möglich ist, um herauszufinden, wer dieser Mann war, wird das immer an mir nagen.«

»Ich kann das verstehen, aber wie ich schon mal sagte, viel werde ich Ihnen nicht helfen können.«

»Können Sie mir denn sagen«, kam Christin nun zu ihrer eigentlichen Frage, »ob es noch Unterlagen von dieser Königlichen Eisenbahndirektion gibt? Also, da muss es doch auch einen riesigen Verwaltungsapparat gegeben haben, der alles Mögliche abgeheftet und gelagert hat. Eben auch Personallisten oder Lohnlisten!«

»Ja, natürlich«, Wuwer schwieg kurz und fuhr dann fort, »die Eisenbahndirektion war natürlich bis ins kleinste Glied, wie zum Beispiel dem Spellener Bahnhof, durchorganisiert. Die Direktion saß in Essen, aber ich weiß, dass diese alten Unterlagen alle im neuen Landesarchiv Nordrhein-Westfalen im Duisburger Innenhafen gelagert sind. Ich glaube aber nicht, dass Sie da auf irgendwelche Personallisten stoßen«, Wuwer machte eine kurze Pause, »es war damals so, ein gewisser Wilhelm Lemm hatte die Bauleitung für den Streckenabschnitt Spellen übertragen bekommen. Aber der hatte überwiegend Ausländer, also Italiener oder Polen als Arbeitskräfte eingestellt. Die waren wahrscheinlich billiger. Aber ich kann mir nicht vorstellen, dass es darüber Listen gab.«

»Aber diese Männer sind doch entlohnt worden, das muss doch dieser Wilhelm Lemm dokumentiert haben«, unterbrach Christin ihn.

»Ja, aber ich habe noch nie so eine Liste gesehen. Und ich habe wirklich viele Dokumente in den Händen gehabt! Ich stelle mir das so vor«, fuhr Wuwer fort, »der Bauleiter hatte wahrscheinlich ein zugewiesenes Budget, von dem er dann die Arbeiter einfach entlohnte. Bar. So war das damals!«

»Also ist meine Suche völlig hoffnungslos? Wahrscheinlich wäre es dann noch nicht einmal aufgefallen, wenn ein Ausländer gefehlt hätte, warum auch immer!«

»Hm«, Heinrich Wuwer ließ sich wieder Zeit mit einer Antwort. »Ich will Ihnen keine Hoffnungen machen, aber irgendetwas kommt mir an der ganzen Sache auch komisch vor.«

»Was denn?« Christin war ganz Ohr.

»Wissen Sie, tatsächlich komme ich nicht über die Bekleidung der Leiche hinweg. Solch eine Jacke, mit diesem Abzeichen, trugen nur Angestellte der Eisenbahn. Einfache Arbeiter nicht. Und Bahnangestellte sind bestimmt in irgendwelchen Unterlagen zu finden!«

»Also würde es sich doch lohnen, mal nach Duisburg zu fahren?«

»Ich an Ihrer Stelle würde mich erst einmal mit Pastor Heckes oder Peter Hallen in Verbindung setzen.«

»Peter Hallen?«, fragte Christin. Der Name kam ihr bekannt vor.

»Ja, richtig. Peter Hallen, von der BIG, der Bürger Interessen Gemeinschaft Spellen. Er betreut das Archiv in Spellen und kennt sich sehr gut aus. Zudem ist er, wie sagt ihr jungen Leute immer, sehr gut vernetzt. Der kennt bestimmt sogar noch Zeitzeugen von damals!« Wuwer lachte.

Auch Christin musste schmunzeln.

»Vielen Dank, Herr Wuwer. Mit Pastor Heckes wollte ich sowieso sprechen, aber auf Peter Hallen wäre ich jetzt nicht gekommen.«

Sofort nachdem sie das Telefonat beendet hatte, legte Mathilda los.

»Mama«, sie flüsterte fast, »von welchem toten Mann hast du geredet?«

Christin wunderte sich, dass Matti bisher nichts von dem Leichenfund im Januar gehört hatte. Aber vielleicht redeten die anderen Eltern in Voerde auch nicht unbedingt vor ihren Kindern von Knochen, die ausgebuddelt worden waren. Sie selber hatte den Kindern verschwiegen, welch grausiges Fundstück Laika bei ihrem Ausflug im Januar gemacht hatte.

»Matti, dieser Mann ist schon ganz lange tot. Erinnerst du dich an den Sturm, kurz nachdem wir hier eingezogen sind? Durch einen umgekippten Baum sind menschliche Knochen an die Erdoberfläche gekommen. Und ich forsche nur mal ein bisschen herum, ob man noch in Erfahrung bringen kann, wer dieser Mann war.«

Ihre Tochter schien sich mit dieser Antwort zufriedenzugeben, und die Pfarrerin schaute wieder in ihre Unterlagen.

Sie griff erneut zum Telefon.

»Mama?« Christin zuckte zusammen. Ein alter Reflex aus ihrer Ehe.

Mit wem telefonierst du?

»Hm?«

»Mama, ich möchte mitkommen, wenn du nach Duisburg fährst. Vielleicht kann ich dir ja suchen helfen?«

Christin schaute ihre Tochter an. Nach jeder Krankheit, die ihre Tochter hinter sich gebracht hatte, kam sie ihr älter und größer vor. Sie lächelte ihre Tochter an. »Das ist eine super Idee! Vier Augen sehen mehr als zwei.«

Mathilda strahlte.

Der Anruf bei Peter Hallen war schnell erledigt. Nachdem sie sich vorgestellt und ihr Anliegen erklärt hatte, verabredete sie sich mit dem ehrenamtlichen Dorfarchivar für Freitagnachmittag. Da das Archiv in Spellen in der Bücherei untergebracht war, konnten sie nur zu den Öffnungszeiten der Bibliothek in den Keller, in dem es untergebracht war.

Mathilda schaute sie mit großen Augen erwartungsvoll an.

»Da kannst du nur mit, wenn du mindestens ab morgen Abend fieberfrei bist!«

»Ja, Mama, ich gebe mir Mühe!«

Christin musste lächeln.

»Gut, abgemacht.«

Der Anruf bei ihrem katholischen Amtskollegen verlief leider ergebnislos. Sie sprach ihm auf den Anrufbeantworter und bat um Rückruf.

Zufrieden lehnte sie sich zurück.

Jetzt hatte sie erst einmal das in Bewegung gesetzt, was möglich war, und nun würde sie sich wieder auf das konzentrieren, wofür sie bezahlt wurde.

* * *

Pünktlich um halb fünf fuhr Freddie am Donnerstag auf den Parkplatz ihrer Kirche.

»Hast du donnerstags eigentlich nie Spätschicht?«, fragte Christin ihn. Ihr Strahlen konnte sie dabei allerdings nicht verbergen.

»Hi Freddie! Diesmal sitze ich vorne. Matti geht heute nicht schwimmen, die war krank.« Oskar strahlte ihn auch an, und die sonst so gelassene Laika rannte aufgeregt zwischen dem Polizisten und den Autos hin und her.

»Nein, im Moment nicht«, er wandte sich an Oskar, »und ist okay, dann gehe ich wieder nach hinten. Aber nur, wenn du diesmal eine vernünftige Mütze mitnimmst! Wo ist Mathilda?«

»Sie kann eine Stunde alleine sein, ihr geht es schon wieder besser, aber Schwimmen ist auf keinen Fall drin.«

»Und, wo sollen wir heute spazieren gehen?«, fragte Freddie sie, als sie Oskar am Schwimmbad abgesetzt hatten.

»Vielleicht einfach am Kanal?« Christin wartete, bis er etwas dazu sagte, bevor sie den Wagen startete.

»So nah an deiner Gemeinde?«, frotzelte Freddie.

»Ich habe über die ganze Sache hier nachgedacht. Du hast recht, wenn einer will, findet er immer etwas zu lästern. Ich bin tatsächlich sehr oft mit Männern alleine, das lässt sich absolut nicht vermeiden. Also werde ich ganz normal mit einem alten Bekannten spazieren gehen.«

Sie fuhr an.

»Also Kanal.« Freddie nickte zufrieden.

Christin fuhr über die Frankfurter Straße Richtung Wesel, dann überquerte sie die Kanalbrücke und bog direkt links in die Holzstraße ein. Dort suchte sie sich einen Parkplatz auf einem Seitenstreifen. Nach ein paar Metern waren sie schon am Kanal und liefen in Richtung der Emmelsumer Schleuse. Obwohl es nicht mehr so frostig war, waren sie ganz alleine auf dem Weg.

»Du siehst müde aus«, Freddie konnte sich noch zurückhalten, Christin über die Wange zu streicheln. *Langsam.*

»Warst du auch krank?«

Sie nickte.

»Ja, aber war halb so wild.«

»Wer kümmerte sich um euch?«

»Na, meine Eltern natürlich!«

»Ach ja, stimmt. Also«, Freddie räusperte sich, »wenn irgendetwas ist, kannst du mich natürlich auch anrufen!«

»Danke.«

»Hast du etwas Neues in Erfahrung gebracht?«, erkundigte sich Freddie.

Christin berichtete ihm von den Gesprächen mit Wuwer und Hallen.

»Gut! Da bin ich gespannt, was du morgen entdeckst! Mein Gott«, er deutete zum Wesel-Datteln-Kanal, der ganz ruhig neben ihnen lag, »was haben wir hier früher für einen Mist gemacht! Stell dir vor, wir sind von der Brücke da vorne gesprungen und haben uns nicht um die Kanalschiffe geschert.«

»Du hast insgesamt viel Mist gebaut«, stellte Christin fest.

»Ja, stimmt. Leider einmal zu viel.«

Christin schwieg. Dann spürte sie, dass jetzt eine gute Gelegenheit war, ein paar Dinge zu klären.

»Freddie, die Kinder und ich haben auch einiges im Gepäck. Mathilda ist seit dem Tod ihres Vaters sehr sensibel, beängstigend sensibel. Sie hat eine ganz feine Beobachtungsgabe und denkt sehr lange und intensiv über alles Mögliche nach.« Sie guckte sich nach Laika um, die einige Meter hinter ihnen versuchte, einen Weg zum Wasser hinunter zu finden. »Laika! Hier!«

Die Hündin überlegte kurz, ob sie hören sollte oder nicht, kam dann aber angerannt. Christin wuschelte ihr durch das dichte Fell. »Oskar«, fuhr Christin fort, »scheint ganz normal zu sein, aber auch das beunruhigt mich eher.«

»Und du?«, fragte Freddie. »Wer beobachtet dich? Ich weiß zwar nicht, was dich als Witwe hierhin zurückgebracht hat, aber du scheinst ja ganz gut zu funktionieren. Aber das kenne ich.«

Er versperrte ihr den Weg.

Ganz dicht stand er vor ihr und nahm sie langsam in den Arm.

»Wenn es so weit ist, bin ich für dich da.«

Christin ließ sich umarmen und legte ihre Wange an seine dicke Winterjacke. Es hatte nichts Kumpelhaftes oder Besitzergreifendes, sie fühlte sich im Moment einfach so wohl, wie schon lange nicht mehr.

»So, jetzt erzähle ich dir, was ich noch in Erfahrung gebracht habe.«

Freddie ließ sie vorsichtig los und ging weiter.

»Also, nicht sehr viel, mach dir keine Hoffnungen. Ich habe mal mit jemandem in der Polizeiverwaltung gesprochen. Er sagte mir, dass alle alten Akten, also wirklich alte Fälle, im Landesarchiv von Nordrhein-Westfalen in Duisburg gelagert seien.« Stolz grinste der Polizist Christin an.

»Das trifft sich sehr gut!«, übermütig animierte die Pfarrerin Laika zu einem kleinen Wettlauf. »Da wollten Matti und ich ja auch hin.«

Nach etwa einem halben Kilometer drehten sie um und gingen den gleichen Weg wieder zurück.

»Im Moment scheint dich alles zu dieser alten Hochbahn zu führen, ist ja schon fast gruselig!«

»Wieso?« Christin guckte sich verwirrt um.

»Schau mal da«, Freddie zeigte mit dem Finger auf altes Mauerwerk am linken Wegrand. »Und jetzt guck mal gegenüber, auf die andere Kanalseite.«

Christin schaute hin und her und begriff.

»Die alte Hochbahn! Hier verlief sie! Stell dir vor, hier war 1945 Kriegsschauplatz, die Alliierten rückten vor und die Nazis gaben den Befehl, alle Brücken zu sprengen, darunter auch die hier, über die die Hochbahn fuhr.«

Zu erkennen waren auf beiden Seiten noch große Gesteinsbrocken, die wohl der Unterbau der Brücke waren. Ansonsten säumten auch hier, wie auf dem Rest der Strecke, viele Bäume die Böschung der alten Hochbahn.

Christin legte ihren Finger auf den Mund und schloss die Augen.

»Es ist so ruhig und friedlich hier! Kaum zu glauben, was hier vor 73 Jahren los war.«

Freddie zog Christin wieder in seine Arme. »Ich habe noch nie eine Frau in den Armen gehalten, die bei einem romantischen Spaziergang von gesprengten Brücken geredet hat.«

Lachend löste sich Christin aus der Umarmung. »Dies ist kein romantischer Spaziergang! Und los, wir müssen Oskar einsammeln.«

9. Kapitel

Da Mathilda am Donnerstagabend fieberfrei war, fuhren Mutter und Tochter gemeinsam am nächsten Nachmittag nach Spellen. Vor der Bücherei, die im Erdgeschoss des Seniorenheims untergebracht war, wartete bereits Peter Hallen.

»Jetzt weiß ich auch, wohin ich dich, Entschuldigung, Sie, zuordnen kann! Sie sind doch die Tochter von Wolfgang Hülser, nicht wahr?« begrüßte Hallen sie.

»Das Du ist in Ordnung, ja, die bin ich.«

»Irgendwann kommen sie alle zurück«, er strahlte, »der Niederrhein ist eben auch sehr schön. Ich heiße Peter.«

Sie schüttelten sich die Hände.

»Dann kommt mal mit, ich hoffe, ich kann euch helfen.«

Sie gingen durch die hellen Räume der Bücherei, an deren Theke zwei Damen ihnen zunickten.

Sie gingen in den Keller hinunter.

»Da wären wir.« Peter Hallen schloss eine Tür auf.

»So«, er öffnete zwei Büroschränke, »und hier sind alle unsere gesammelten Werke über Spellen archiviert. Schaut euch ruhig in Ruhe um, ihr dürft gerne die Ordner, die euch interessieren, herausnehmen und aufblättern. In den Kisten sind auch noch viele alte Fotos. Wir versuchen, so gut wir können, da irgendwie eine Ordnung zu halten, aber es ist schon sehr zeitintensiv.« Entschuldigend zuckte er mit den Schultern.

»Das kann ich mir denken, man kommt wahrscheinlich immer von Höcksken auf Stöcksken, wenn man einmal anfängt.«

»Mama«, Mathilda legte ihrer Mutter eine Hand auf den Arm, »wann war jetzt dieser Unfall?«

Mit schiefgelegtem Kopf suchte ihre Tochter die Ordner ab.

»Unterlagen über die Hochbahn habe ich hier nur sehr wenige und, soweit ich weiß, über diesen Unfall gar nichts. Aber«, er stellte eine Pappkiste auf den Tisch in die Mitte, »hier sind einige Fotos von der Hochbahn drin, auch vom Bau, der Eröffnung und dem Bahnsteig. Allerdings sind da auch andere Bilder mit drin.«

Begierig setzten sich Christin und Mathilda sofort auf die Stühle, die um den Tisch herumstanden, und nahmen vorsichtig die ersten Bilder heraus. Christin schaute Peter fragend an.

»Ja, klar, seht sie euch an! Aber bitte haltet die Reihenfolge ein!«, lachte er, »ich ordne jetzt ein paar aktuelle Zeitungsartikel ein, fragt ruhig, wenn ihr Fragen habt.«

Foto für Foto schauten die beiden die Kiste durch. Christin war überrascht, wie interessiert ihre Tochter die Bilder betrachtete.

»Guck mal Mama, *Rauchklub Blaue Wolke, Kurze Heide 1910*«, Matti zeigte ihr ein altes Bild, auf dem eine Gruppe von eher jungen Männern um einen Tisch mit weißer Tischdecke standen. Hinter dem Tisch stand nur eine einzige Frau, das ganze Arrangement befand sich auf einer Wiese. Die Männer hielten alle eine langstielige Pfeife in der Hand, die Frau vermutlich einen Blumenstrauß. Bis auf drei schauten alle Männer, wie es früher üblich war, sehr ernst in die Kamera. »Ob es den wohl heute noch gibt?«

Peter Hallen schmunzelte. »Wohl kaum, der wäre heute wahrscheinlich unter Androhung von Haftstrafen verboten worden! Aber tatsächlich weiß keiner von uns, wer die Herren waren oder sonst irgendetwas über das Bild.«

Christin war fasziniert von den alten Bildern, die Zeugen einer längst vergangenen Zeit waren. Da ihr Elternhaus an der Frankfurter Straße stand, war ihr auch der Spellener Ortskern sehr vertraut, und sie versuchte, das ihr Bekannte auf den Bildern wiederzuerkennen und das Unbekannte zu ergänzen.

»Hier Mama, guck mal, hier sind Bilder von dieser Eisenbahn.« Christin blickte auf die Bilder, die ihre Tochter in der Hand hatte.

»Ach, schau mal«, rief sie, »hier ist eines der Bilder, das in dem Buch von Herrn Wuwer ist. Das ist nach dem Unfall aufgenommen worden«, Christin griff sich den Stapel, »zeig mal, ob da noch andere sind.«

Auf den Bildern waren immer wieder Gruppen von Männern mit Schaufeln oder Spitzhacken abgelichtet. Wieder fiel Christin auf, dass ein Teil der Männer die

»Uniform« der Königlichen Eisenbahndirektion trug und ein Teil nur einfache, dunkle Jacken. Es gab auch Bilder, auf denen die riesig anmutenden Holzwände zu sehen waren, zwischen denen der Bahndamm aufgeschüttet worden war.

»*Baauarrbeiiiten 1911*«, las Mathilda ihrer Mutter die Unterschrift des Bildes vor, »Bauleiter Wilhelm Lemm, die Brüder Kämpe ...«

»Was?« Christin blickte auf das Bild, »gib mal bitte her!« Sie studierte das alte Foto genau.

»Kämpe, den Namen kenne ich! Haben die hier auf dem Bild etwas mit dem Bauunternehmer Johannes Kämpe zu tun?«

Peter Hallen schüttelte den Kopf. »Das kann ich dir nicht sagen! Kämpes gibt es hier doch wie Sand am Meer! Da fragst du ihn am besten selber.«

»Na, ich glaube, dass schenke ich mir. Darf ich das abfotografieren?«

Hallen musste grinsen. »Ja, klar, mach ruhig! Obwohl, wenn das Vorfahren von unserem Hannes Kämpe sind, will der bestimmt noch an den Rechten des Bildes verdienen!«

Christin und Matti schauten sich noch weitere Bilder an.

»Hier, Mama, *Lehrer Folke mit Haushälterin Mia und Kind 1912*. Guckt der streng! Den möchte ich aber nicht als Lehrer haben!« Christin ahmte den verkniffenen Gesichtsausdruck des alten Lehrers nach.

»Ihr wisst gar nicht, wie gut es euch heute geht.«

Hallen stimmte zu. »Ich bin hier zur Schule gegangen, und zu meiner Zeit gab es noch den Rohrstock, und vor allen Dingen verteilten die Lehrer gerne Kopfnüsse.«

»Habt ihr auch Zeitungen von 1911?«, fragte Christin.
»Nein«, Peter schüttelte den Kopf, »aber die müssten im Stadtarchiv im Rathaus sein. Da kannst du dich an Frau Belting wenden, die leitet das Voerder Stadtarchiv und ist sehr hilfsbereit.«

»Was bist du so still, Matti?«, fragte Christin auf dem Nachhauseweg.
»Ach Mama«, Mathilda seufzte, »die Menschen auf den Bildern sahen alle so ernst aus, fast traurig. Auch diese Mia. Sie hielt das Kind so, als ob es eine Puppe wäre und nicht ein kleines Baby.«
»Das kommt uns heute nur so vor. Man musste früher, wenn man fotografiert wurde, sehr lange stillstehen, damit die Kamera belichten konnte, da konnte einem das Lächeln wahrscheinlich schnell vergehen«, erklärte ihre Mutter.
Mathilda schwieg wieder.
»Mama?«
»Ja?«
»Hat deine Suche etwas mit Papa zu tun?«

Am Abend, Oskar schlief schon, setzte sich Christin zu ihrer Tochter ans Bett. Mathilda schaute von ihrem Buch auf.
»Matti«, Christin strich ihrer Tochter eine Strähne ihrer blonden Locken hinters Ohr, »ich bin dir eine Antwort auf deine Frage heute Nachmittag schuldig. Also das mit Papa.« Christin fiel es sichtlich schwer, ihre Tochter dabei anzugucken. »Ja. Es hat etwas mit Papa zu tun«, fuhr sie fort. »Du weißt, unter welchen Um-

ständen Papa ums Leben gekommen ist«, Tränen liefen ihr die Wangen hinunter, »und du weißt auch, dass man ihn bisher nicht gefunden hat, also«, sie suchte nach den richtigen Worten, »seine Leiche. Ich, wir, konnten uns nicht verabschieden!« Christin schluchzte laut auf. »Ich wünsche mir so sehr, dass, sollte sein Körper irgendwann einmal gefunden werden, irgendjemand ihn wenigstens ordentlich beerdigt und Papa seinen Frieden finden kann.«

»Mama«, Mathilda schlang ihre Arme um ihre Mutter und hielt sie ganz fest, »Mama! Papa hat jetzt seinen Frieden! Er liebte das Meer und dort ist er jetzt.«

April 1912

Maria-Johanna Hassel, von allen nur Mia genannt, wusste nicht, was sie im Moment schlimmer fand – die stickige Luft in der kleinen Kammer, die sie für die Geburt ihres Kindes für sich alleine hatte, oder den Schmerz in ihrem Rücken, der ihr bei jeder Wehe die Luft zum Atmen nahm.

Seit der Messe am Vortag hatte sie Wehen.

Doktor Paul Schlichthaar, der zufällig an diesem Sonntag die Kirche St. Peter in Spellen besuchte, hatte sie streng gemustert.

»Du bist sehr blass, Mia, spürst du schon ein Ziehen im Unterleib? Soll ich dich mit der Kutsche nach Hause fahren?«, hatte er sie nach der Messe gefragt.

Wie gerne hätte sie dieses Angebot angenommen, aber bevor sie antworten konnte, hatte sich ihr Vater vor sie hingestellt.

»Ihr geht es gut, Herr Doktor, vielen Dank der Nachfrage. Jetzt wird ihr etwas Laufen guttun«, antwortete ihr Vater für sie, »komm, Mia.«

»Weiß Frau Mölleken Bescheid?«, rief der Arzt ihr noch hinterher.

»Ja, danke, Herr Doktor«, konnte Mia noch über die Schulter zurückblickend antworten.

Joseph Hassel wand sich unter der Aufmerksamkeit, die seiner hochschwangeren Tochter zuteilwurde. Obwohl er als Arbeiter der Brauerei Baaken in Ork nicht zu den Wohlhabenderen in der Gegend zählte, war er doch sehr stolz. Zudem hatte er eine kleine Schafherde, deren Lämmer er alljährlich gut verkaufen konnte, da sie als robust galten und eine besonders weiche Wolle lieferten. So haderte er sowohl mit dem Mitleid, das seiner sitzen gelassenen Tochter entgegenschlug, als auch mit dem üblen Gerede, das über sie verbreitet wurde.

Auf dem kleinen Hof an der Annastraße angelangt, hatte Mia es gerade noch die Stiege hoch in ihre alte Kammer geschafft, als die erste, richtige Wehe sie in die Knie gehen ließ. Sie hatte das Gefühl, als ob ihr jemand von hinten die Hüften umfasste und auf beiden Seiten mit eisernem Griff zudrückte. Zugleich drückte ihr der Schmerz so auf die Brust, dass sie würgen musste.

»Bleib am besten liegen«, hatte ihre Mutter geraten.

»Wenn der Schmerz nachlässt, versuche zu schlafen. Ich bringe dir gleich ein wenig Brühe.«

Auguste Hassel wusste, wovon sie redete.

Nach der Geburt von acht Kindern, von denen noch fünf lebten, konnte sie ihre Erfahrung an ihre Tochter weitergeben. Auch sie konnte sich nicht recht über ihr erstes Enkelkind freuen. Sie hatte immer ein mulmiges Gefühl dabei gehabt, dass Mia und Heinrich sich nicht an die richtige Reihenfolge – Verlobung, Hochzeit, Hochzeitsnacht – gehalten hatten, da sie wusste, dass Heinrichs Eltern mit ihrer Tochter nicht ganz einverstanden waren.

Kämpes waren stolze Besitzer eines großen Hofes, mit dreizehn Milchkühen. »Dreizehn!«, schnappte die alte Kämpe stets affektiert, wenn sie mit jemandem aus dem Dorf zusammenstand und tratschte, »Dreizehn bringt Unglück. Aber mein Mann kauft bald die vierzehnte.« Sie hätte sich für ihren Erben Heinrich eine bessere Partie gewünscht, als Mia es war, konnte die Tochter eines

Tagelöhners und kleinen Bauern als Mitgift doch nur ein paar handbestickte Leinentischdecken und einige besonders weiche Schaffelle mit in die Ehe bringen.

Was Kämpes aber am meisten gegen das fleißige, kluge und hübsche Mädchen aufbrachte, war, dass Mia katholisch war.

Heinrich hielt hartnäckig an seiner Liebe zu Mia fest. Und da das junge Mädchen einen beruhigenden Einfluss auf den temperamentvollen Hoferben hatte, arrangierten sich die alten Kämpes mit ihr.

Dass sie auch noch sehr hübsch war, gefiel wohl nur dem alten Kämpe, nicht aber seiner Frau Berta.

Nachdem Heinrich seine Ankündigung, dass er nach Amerika wollte, wahrgemacht hatte, dauerte es nicht lange, bis sein jüngerer Bruder Johannes Mia vom Hof schickte.

Ihre Tochter stand kurz vor dem zweiten Adventssonntag mit ihrem Bündel vor der Tür ihres Elternhauses. Obwohl es noch nicht fror, hatte es geregnet und ein eisiger Wind wehte über die freien Felder zwischen dem Kämpe-Hof in Mehr und dem kleinen Hof der Hassels in Ork.

»Es ist doch ihr Enkelkind«, hatte Auguste Hassel nur kopfschüttelnd gesagt. Mehr nicht. Mit einem einzigen Blick hatte sie gesehen, dass ihre Tochter alles Unbeschwerte verloren hatte und vielleicht nie wieder das fröhliche Mädchen werden würde, das sie mal war.

Dies alles ging Auguste durch den Kopf, als sie das schmerzverzerrte Gesicht ihrer Tochter sah. Sie hoffte nur, dass sich Mia nach der Geburt wieder schnell erholte, denn die Vorkehrungen, die Auguste für die Zukunft ihrer Tochter getroffen hatte, setzten voraus, dass Mia bald wieder arbeiten konnte.

»Wie lange geht das denn noch so?«, hatte Mia mit erstickter Stimme gefragt.

»Ach, das wird noch dauern, das Kind liegt noch sehr hoch, und die Blase ist dir auch noch nicht geplatzt.« Ihre Mutter hatte ihr jede Hoffnung auf ein schnelles Ende der Schmerzen genommen.

»Wann sagst du der Frau Mölleken Bescheid?«

Margarethe-Lisette Mölleken war die Dorfhebamme. Sie wohnte in der Hallenstraße in Emmelsum. Das würde bedeuten, dass sie die ganze Böskenstraße entlangfahren müsste, durch Spellen durch und dann noch die ganze Mehrumer Straße bis zur Annastraße in Ork. Zudem waren die Straßen, die nicht viel mehr als bessere Trampelpfade waren, nach dem Winter und dem Regen der letzten Wochen noch sehr matschig.

»Ich warte noch morgen früh ab, dann schicke ich Anton los.« Anton war ihr jüngerer Bruder.

»Keine Sorge, meine Liebe«, ihre Mutter hatte sich überwunden und ihrer Tochter zärtlich die Haare aus dem Gesicht gestrichen, »wenn es doch schneller geht, wird Papa anspannen und die Mölleken holen. Aber beim ersten Kind dauert es meistens sehr lange. Jetzt versuche, dich auszuruhen.«

Kraft brauchte ihre Tochter jetzt.

Kraft und eine gute Brühe.

10. Kapitel

Karl-Heinz Wennies schaffte es gerade noch, sich an der Reling der Theke in seiner Stammkneipe *Zum Döhmer* festzuhalten, als er fast vom Barhocker rutschte. Genervt verzog Ilona das Gesicht. Es war schon nach zehn Uhr, und sie hatte genug. Den ganzen Freitagabend über hatte sie nur die vier üblichen Stammgäste am Tresen hocken gehabt, wovon nur Wennies ordentlich zugelangt hatte. Die anderen drei hatten sich jeder an zwei Bier festgehalten, während Karl über die geplanten Renovierungen an seinem alten Haus schwadronierte.

»So«, pustete sie den Rauch ihrer Zigarette in die Luft, »Schluss für heute. Karl, schaffst du es alleine rüber?«

»Ilona«, lallte er, »und wenn ich blind wäre, bräuchte ich doch im Moment nur dem Leichengestank folgen!«

»Ja, Karl, ist gut, hast dich jetzt genug zu diesem Thema ausgelassen. Tschüss jetzt!«

Ilona führte ihn mit sanfter Gewalt am Oberarm die Eingangstür hinaus. Von ihr ließ Karl-Heinz Wennies sich das gefallen, mit ihr wollte er es sich nicht verscherzen. Die Wirtin konnte noch durch das Fenster sehen, wie der alte Mann torkelte. Er brauchte, um nach Hause zu kommen, nur quer über den Parkplatz zu gehen, dann über die zu dieser Zeit wenig befahrene Rheinstraße, dann ein kleines Stück rechts, unter der Unterführung der alten Hochbahn durch und nur noch links, in die Scheltheide.

An der kalten Februarluft wurde der alte Wennies nur wenig nüchterner. Er verspürte nun auch den Druck auf seiner Blase und überlegte, ob er es noch bis nach Hause schaffte, oder ob er sich rechts an den Zaun der Pferdekoppel stellen sollte, um zu pinkeln.

Vor und zurück schwankend schaffte er es, sich am Zaun zu erleichtern. Fest entschlossen, es ohne hinzufallen nach Hause zu schaffen, ging er auf die Rheinstraße zu. Ohne nach rechts oder links zu schauen, stolperte er auf die Straße. Um diese Uhrzeit fuhr kaum ein Auto über die gut ausgebaute Strecke, die nach Spellen führte.

Den Blick fest auf seine Füße gerichtet, sah er nicht den dunklen Wagen, der sich von links langsam näherte. Das Auto hatte kein Licht an. Es schien so, als ob es den Betrunkenen im Visier hätte.

Und richtig, als Karl-Heinz Wennies gerade über den Mittelstreifen der Straße wankte, trat der Fahrer des Wagens auf das Gaspedal.

* * *

Gisela Wennies stand aus ihrem Fernsehsessel auf und machte das Gerät aus. Sie streckte sich und gähnte dabei laut. Natürlich war sie vor dem Fernseher eingeschlafen. Diesen Abend hatte sie wieder Ruhe vor ihrem Mann gehabt. Sie musste nur zusehen, dass sie jetzt schnell in das alte Kinderzimmer ihrer Tochter kam, wo sie sich einschließen konnte.

Da es Freitagabend war, wunderte sie sich nicht, dass ihr Mann noch nicht zu Hause war. Jahrzehntelange Gewohnheiten konnte man nicht plötzlich mit der Pensionierung ablegen – unter der Woche wurde zu Hause, auf dem Sofa vor dem Fernseher gesoffen, freitagabends dann in der Kneipe. Jahrelange Erfahrung hatte sie gelehrt, ihrem betrunkenen Mann aus dem Weg zu gehen. Dann wurde er nämlich noch aggressiver, als er es nüchtern schon war, und nicht selten hatte er sie geschlagen.

Ihre Tochter lebte schon lange in Düsseldorf, ihr Sohn Stephan lebte in Köln. Er arbeitete als Koch, wechselte aber sehr oft die Stelle. Wovon er genau lebte, wussten sie nicht genau. Stephan war auch nicht verheiratet. Irgendwann hatte er ihr erklärt, dass er nie wieder einen Fuß in sein Elternhaus setzen würde. Sie vermutete, dass er nicht mehr mit den ständigen Angriffen seines Vaters auf seine etwas weibische Art zurechtkam.

Leider hatte ihre Tochter mit der Ehe auch kein Glück gehabt, sie hatte sich vor ein paar Jahren scheiden lassen und war kinderlos geblieben. Einerseits bedauerte Gisela es, keine Enkelkinder zu haben, andererseits war es vielleicht auch gut so, hier, in diesem trostlosen Haus, mit so einem mürrischen Großvater hätten sie sich sowieso nicht wohlgefühlt.

Gisela beeilte sich jetzt, nach oben zu gehen. Schnell überprüfte sie, ob im Napf ihrer kleinen Mischlingshündin noch genügend Wasser war. Dann ging sie noch schnell ins Bad, nahm ihr Nachthemd, ging dann in Michaelas Kinderzimmer und schloss die Zimmertür ab.

Es war reiner Zufall gewesen, dass sie auf der Suche nach einem Schraubenzieher, mit dem sie einen lockeren Handtuchhalter wieder festziehen wollte, im Arbeitskeller ihres Mannes auf das Versteck mit den Schlüsseln gestoßen war. Karl-Heinz hatte es nicht geduldet, dass sich irgendjemand in der Familie einschloss. Deswegen hatte er von jeder Zimmertür den Schlüssel abgezogen und versteckt. Weder sie noch ihre Kinder hatten sich getraut, ihre Zimmerschlüssel einzufordern. Seit etwa drei Jahren hatte sie nun einen Schlüssel und versteckte ihn nun ihrerseits, damit sie sich einschließen konnte. Mittlerweile aber hatte er abends so einen hohen Alkoholpegel, dass er fast immer auf dem Sofa einschlief und gar nicht mehr die Kraft hatte, vor der verschlossenen Tür zu wüten. Trotzdem fühlte sie sich so besser.

Morgen musste sie Michaela anrufen. Mit diesem Gedanken schlief Gisela ein.

* * *

Betrunkene und Kinder beschützt der liebe Gott.

Dieses Sprichwort musste sich Karl-Heinz Wennies im Laufe des nächsten Tages mehrmals anhören. Alle lachten nur, als er ihnen immer wieder von dem Auto erzählte, das direkt auf ihn zugehalten habe.

Stark unterkühlt, eingenässt und voller Erbrochenem fand ihn ein Radfahrer gegen drei Uhr nachts am Straßenrand liegen. Der Radfahrer rief mit seinem Handy einen Krankenwagen herbei, der ihn nach Wesel ins Marienhospital brachte. Er hatte Prellungen am ganzen Oberkörper und Schürfwunden im Gesicht und an den Händen. In der Brieftasche fand man den Namen und die Adresse. Telefonisch konnte die Nachtschwester der Notaufnahme Gisela Wennies aber nicht erreichen, deswegen bat sie die Polizei in Voerde um Hilfe. Auf deren Klingeln gegen vier Uhr morgens reagierte Gisela auch nicht.

»Weißt du was«, sagte Freddie zu seinem Kollegen, als sie ratlos vor der Haustür des alten Depots standen, »wir sagen der Frühschicht, dass die hier noch mal gegen neun vorbeikommen sollen. Frau Wennies ist wahrscheinlich froh, ihre Ruhe zu haben.«

»Ja, du hast recht, die wird hier nicht vor Sorge auf und ab tigern!«, grinste Christian, der Kollege.

Alle Polizisten, die in Voerde Dienst taten, kannten den alten Wennies und sein streitlustiges Verhalten auf allen Dorffesten. So beschlossen sie, Gisela Wennies erst einmal mit weiterem Ärger zu verschonen.

Am Morgen, als Gisela ins Bad ging, nahm sie die Stöpsel aus den Ohren.

Kurz darauf hörte sie das Klingeln der Frühschicht an der Haustür.

»Nein«, sagte sie ihnen und schüttelte den Kopf. Sie hatte den beiden Polizisten eine Tasse Kaffee angeboten, die diese gerne annahmen.

»Ich habe ihn nicht vermisst und mich auch nicht gewundert. Freitagabends ist er immer drüben, beim *Döhmer* und ich bin meistens schon im Bett, wenn er nach Hause kommt.«

Verlegen starrte sie in ihre Kaffeetasse.

»Wenn er nachts nach Hause kommt, poltert er im ganzen Haus herum, deswegen stecke ich mir was in die Ohren«, fuhr sie fort. »Muss er denn länger im Krankenhaus bleiben?«

Die beiden Polizisten konnten die unterdrückte Hoffnung der leidgeprüften Ehefrau erkennen, ihren Mann für ein paar Tage los zu sein.

»Nein«, schüttelte Polizeioberkommissar Schlüter den Kopf, »maximal noch bis morgen. Vielleicht wird er noch genauer in der Geriatrie untersucht. Er behauptet, dass ein Auto versucht hätte, ihn anzufahren, und er sich nur durch einen Sprung nach vorne in Sicherheit bringen konnte. Könnte das stimmen? Oder könnte er von seinem Alkoholmissbrauch oder einer beginnenden Demenz, nun ja«, er zögerte etwas, weiterzusprechen, »Wahnvorstellungen haben? Ist Ihnen schon mal so etwas bei ihm aufgefallen?«

»Nein«, nun schüttelte Gisela den Kopf, »er fühlte sich schon immer von allem und jedem angegriffen, er wurde ja schon oft genug angezeigt, wie Sie wissen. Aber mir ist nicht aufgefallen, dass es in letzter Zeit schlimmer geworden ist, oder er sich wirklich etwas ausdachte. Ich hatte eher das Gefühl«, sie zögerte, suchte nach den richtigen Worten, »dass er besser gelaunt war. Also, für seine Verhältnisse.«

»Frau Wennies«, Schlüter legte ihr vorsichtig seine Hand auf den Arm, »holen Sie sich unsere Hilfe, wenn Sie sich unsicher fühlen. Bitte! Es gibt Stellen, die Ihnen und Ihrem Mann helfen können. Vor allem Ihnen.« Eindringlich sah er sie an.

»In der Kirche an der Grünstraße ist doch eine neue Pfarrerin. Die ist sehr nett und macht einen sehr engagierten Eindruck. Sie soll eine Zusatzausbildung und einiges an Erfahrung im Umgang mit schwierigen Männern haben, an die können Sie sich bestimmt auch wenden.«

»Danke«, Gisela seufzte, »ich werde mit meiner Tochter sprechen, wie es weitergeht, aber es wird sich sowieso nichts ändern, Karl-Heinz ist ja anscheinend gesund und munter. Aber danke, ich werde es weiterhin schaffen.«

* * *

Jürgen Müller war genervt. Johannes Kämpe war laut und redete fast ununterbrochen. Nach dem Gottesdienst traf man sich noch zu einer Tasse Kaffee, und einer oder mehrere Presbyter halfen beim Kaffeekochen und der Bewirtung. Johannes war immer sehr selbstbewusst und riss gerne die Unterhaltung an sich, aber heute fand der Pfarrer ihn noch anstrengender als sonst.

Die Gespräche der Gottesdienstbesucher drehten sich fast ausschließlich um den alten Wennies.

»Die arme Gisela«, äußerte sich eine ältere Kirchgängerin, »die hat es nicht leicht mit diesem Kerl. Früher hätte sie auch hier mit uns zusammengesessen, aber ich glaube, die schämt sich zu sehr für ihren Mann!«

»Ja«, stimmte ihr ihre Tischnachbarin zu, »wie lange soll er denn im Krankenhaus bleiben? Hannes, hast du was gehört?«

Johannes Kämpe wollte sich eigentlich gerade setzen, blieb aber stehen, um die Frage zu beantworten. »Ich war gestern Abend bei Gisela«, mit ernster Miene guckte er in die Runde, »sie macht sich sehr große Sorgen. Karl-Heinz bleibt noch bis Dienstag oder Mittwoch im Krankenhaus, er hat einige Prellungen, aber die sind nicht so schlimm. Mehr Sorgen machen sich Gisela und Michaela über seinen Geisteszustand, er hat wohl behauptet, er wäre angefahren worden.« Kopfschüttelnd setzte er sich. »Im Krankenhaus checken die jetzt, ob er, na ja, vielleicht eine beginnende Demenz hat.«

»Mein Gott, der armen Gisela bleibt auch nichts erspart!« Die Runde war sich einig.

»Na«, Jürgen Müller erhob nun auch seine Stimme, »jetzt warten wir mal ab, was die Ärzte sagen. Und Gisela hat genug Hilfsangebote in den letzten Jahren bekommen, auch von ihrer Tochter, die wird auch weiterhin wissen, was sie will. Vielleicht kann einer von euch morgen noch einmal bei ihr vorbeischauen und mit ihr reden?«

»Ich habe ihr schon gesagt, dass ich morgen noch einmal vorbeikomme!«, antwortete Hannes sofort.

Der Pfarrer warf ihm einen mahnenden Blick zu. »Bist du sicher, dass Gisela nicht mit einer Frau reden möchte?«

»Nein, ich hatte das Gefühl, sehr willkommen zu sein.« Kämpe sah Müller fest in die Augen.

»Dann bestell ihr jedenfalls einen lieben Gruß von der ganzen Gemeinde«, seufzte Müller ergeben.

»Jürgen«, wechselte ein anderes Gemeindemitglied das Thema, »was hältst du von deiner neuen Kollegin in Voerde?«

»Ich denke, ich werde sehr gut mit ihr auskommen.« Mehr wollte er nicht zu diesem Thema sagen.

»Freitag war sie hier, in der Bücherei, mit Peter Hallen und hat sich eine ganze Menge alte Papiere angeguckt.«

»Ja«, stimmte Müller ihm zu, »sie versucht noch ein bisschen über die Leiche am Bahndamm herauszufinden.«

»So ein Leben möchte ich auch einmal haben!«, rief Hannes Kämpe aus. »Sie scheint ja eine Menge Zeit zu haben, dabei weiß ich, dass sie noch einiges für den Bauantrag des neuen Gemeindehauses auszufüllen hat. Soll sie doch die alten Knochen ruhen lassen!«

»Johannes«, der Pfarrer presste die Lippen zusammen und atmete hörbar scharf ein. Leise, aber gerade laut genug, damit die anderen jedes Wort mithören konnten, antwortete er dem Bauunternehmer: »Spar dir deine Kommentare zu Dingen, die dich nichts angehen.«

Augenblicklich war es still an der Kaffeetafel.

Johannes lachte. »Jürgen, das war ein Spaß! Aber Tatsache ist, dass jetzt fast drei Monate seit dem Sturm vergangen sind und sich langsam mal etwas in Sachen neuem Gemeindehaus tun muss. Weiß sie denn jetzt endlich, wem die Knochen gehören? Vielleicht Napoleon, der marschierte doch auch mal hier durch!«

Die gespannte Stimmung blieb, trotzdem einige schmunzeln mussten.

* * *

»Was hältst du davon, wenn wir in den Osterferien zusammen nach Duisburg ins Stadtarchiv fahren?«

Christin und Freddie hatten das Auto zwischen dem Spellener Sportplatz und der Tennisanlage geparkt. Sie hatten besprochen, ihren Spaziergang in der Nähe von Kämpes Hof zu beginnen, da die Pfarrerin den Bauunternehmer zu dem im Dorfarchiv gefundenen Foto befragen wollte. Freddie wollte sie nicht alleine gehen lassen, und Christin war das ganz recht, so würde Kämpe sie vielleicht nicht wieder wegen des ausstehenden Neubaus des Pavillons bedrängen.

»Ich muss gucken, welche Schicht ich habe, aber generell natürlich gerne!«

»Man muss die Unterlagen, die man einsehen möchte, mindestens zwei Tage vorher anfordern«, erklärte Christin, »vielleicht kannst du mir ja per Whatsapp deine Schichten schicken?« Sie versuchte ein möglichst unbeteiligtes Gesicht zu machen, als sie ihn indirekt aufforderte, ihr seine Handynummer zu geben.

»Oh!«, natürlich musste er sie aufziehen, »willst du etwa meine Handynummer?«

Christin kniff die Lippen zusammen. »Sonst können wir ja wohl schlecht auf Whatsapp schreiben.«

»Ich gebe dir gerne meine Handynummer, aber dann müssen wir leider trotzdem miteinander sprechen, ich habe kein Smartphone und somit auch kein Whatsapp«, wieder grinste er anzüglich, »aber das stelle ich mir sowieso schöner vor, abends, vor dem Zubettgehen, noch kurz mit dir zu sprechen, statt irgendwelche Smileys hin- und herzuschicken.«

Christin musste ihr Lächeln unterdrücken und setzte stattdessen eine strenge Miene auf. »Es geht um deine Schichten, um nichts anderes sonst. Außerdem«, fuhr sie fort, »telefoniere ich nicht gerne.« Sie zückte ihr Handy. »Jetzt gib mir mal deine Nummer.«

Erstaunlicherweise wusste der Polizist seine Handynummer auswendig.

Dann standen sie vor Kämpes Hof.

Christin hatte ein mulmiges Gefühl, sie konnte sich noch zu gut an das letzte Mal erinnern, als sie vor einem fremden Haus hielt und klingelte. Freddie hatte ihr von Wennies Unfall erzählt, und sie hoffte für Gisela, dass ihr Mann erst einmal längere Zeit im Krankenhaus bleiben musste.

Aber diesmal schien die Sonne, und auf diesem stattlichen Haus lag auch nicht die Tristesse, die auf dem alten Bahngebäude gelegen hatte. Beeindruckend, dachte Christin, nicht unbedingt ihr Traumhaus, aber doch beeindruckend.

Das große Haus mit seinen Nebengebäuden war mit einem rustikalen, roten Backstein verklinkert. Die Fensterrahmen waren dunkelgrün, in den Blumenkästen leuchteten geschmackvolle Tulpen- und Narzissen-Arrangements mit der Märzsonne um die Wette. Die kleine Weide in der Mitte des Vorgartenbeetes war mit bunten Ostereiern geschmückt. Die Haustür war zweiflügelig und einem alten Hoftor mit Rundbogen nachempfunden, zwei Kränze aus Heu, an dem kleine Vogeleier und bunte Bänder gesteckt waren, baumelten auf Stirnhöhe der Besucher an jedem Türflügel herunter. Ein Mann in blauer Latzhose fegte den Hof. Er schaute nicht auf, und als Christin einen Schritt auf ihn zumachte, um ihn nach dem Hausherrn zu fragen, hielt Freddie sie zurück.

»Lass mal«, flüsterte er, »das ist Andreas Bleckmann, der Behinderte, von dem ich dir erzählt habe.«

»Ach, der arbeitet hier?«
»Ja, schon ganz lange.«

Kämpe schien doch netter zu sein, als sie gedacht hatte.

Christin und Freddie klingelten.

Irgendwo schlug ein Hund an. Freddie straffte Laikas Leine fester um sein Handgelenk, er wollte keinen Ärger zwischen zwei Hunden, die sich vielleicht nicht mochten. Dem tiefen Bellen nach, musste der Hofhund ein größeres Kaliber sein.

Andreas Bleckmann unterbrach seine Arbeit immer noch nicht, obwohl er das Klingeln bestimmt gehört hatte. Mit gleichmäßigen Bewegungen fegte er weiter den großen Hof.

Christin zuckte zusammen, als plötzlich die Haustür geöffnet wurde.

Laika, die die ruckartige Bewegung ihrer Herrin sofort erschreckte, knurrte. Freddie, überrascht, zog den Hund einen Schritt mit sich zurück.

Verblüfft starrte Hannes Kämpe die beiden Besucher an.

Hastig begrüßte Christin ihn sofort. »Guten Tag, Herr Kämpe«, sie lächelte ihn an, »entschuldigen Sie den unangekündigten Besuch, aber ich möchte Ihnen gerne eine Frage zu einem alten Bild stellen.«

Mit einem unfreundlichen Blick auf Freddie antwortete der Bauunternehmer: »Ich habe diese Person noch nie gesehen. Ab jetzt rede ich nur noch in Gegenwart meines Anwalts.«

Christin war sprachlos. »Herr Kämpe, also, Sie wissen doch noch gar nicht …«

Kämpe lachte laut los. »Das war ein Spaß!«, polterte er, »So sagt man das doch in den Krimis, oder? Vor allen Dingen in Gegenwart eines Polizisten!«

Erleichtert lachte Christin mit.

»So, jetzt erst einmal richtig hallo!« Kämpe streckte ihnen die Hand entgegen. »Möchten Sie reinkommen, auf eine Tasse Kaffee? Sie natürlich auch sehr gerne, Herr ... obwohl man mit so einer charmanten Dame auch gerne mal alleine ist? Nicht wahr, Herr Polizist?«

»Guten Tag, Herr Kämpe«, Freddie gab sich Mühe, freundlich zu sein, »aber wir wollen Sie wirklich nicht lange stören. Frau Erlenbeck und ich sind auch ganz privat hier!« Er nickte zu Laika. »Kann ich die Leine wieder lockerer lassen? Oder kommt gleich ein Höllenhund um die Ecke?«

»Nein, nein«, beruhigte Kämpe ihn, »Seppi ist im Zwinger, den könnte ich gar nicht frei herumlaufen lassen, der ist scharf. Den lasse ich nur nachts frei und auch nur dann, wenn wir keinen Besuch mehr erwarten.«

»Herr Kämpe«, schaltete sich nun Christin wieder ein, »Herr Neumann und ich versuchen noch ein bisschen mehr über die Leiche am Bahndamm herauszufinden, aus reiner Neugierde«, versicherte sie ihm, »wir haben natürlich nur wenige Hinweise zur Identität des toten Mannes, aber, wie gesagt, es ist auch ein bisschen spannend«, Christin merkte, wie sie sich verhaspelte und ärgerte sich über sich selbst, »nun ja, ich bin im Spellener Archiv auf ein Foto gestoßen, das ich Ihnen gerne mal zeigen möchte.«

»Ich habe schon von Ihrem neuen Hobby gehört und auch, dass Sie donnerstags immer ein festes Date, Entschuldigung, einen festen Termin haben«, Kämpe schaute von Christin zu Freddie und lächelte süffisant.

Die Pfarrerin ging auf diesen Seitenhieb nicht ein. Sie zog den Reißverschluss ihres Parkas etwas herunter und griff in die Innentasche. Dann holte sie den laminierten Ausdruck des Fotos hervor.

»Da bin ich aber gespannt, was ich mit der Leiche zu tun haben könnte! Ganz sicher kein Anwalt nötig?« Kämpe grinste.

Freddie bemühte sich ebenfalls um ein lockeres Lächeln. »Nur wenn Sie wesentlich älter sind, als Sie aussehen! Dann kämen Sie vielleicht als Täter infrage!« Freddie merkte in dem Moment, als er diesen kleinen Witz riss, dass die Anspielung auf das Alter bei so einem Mann nicht so gut ankam.

Kämpes starres Lächeln bestätigte ihm seine Vermutung. »Na, dann zeigen Sie mal«, Kämpe griff nach dem Foto, »da bin ich gespannt.«

Kämpe rückte seine Brille zurecht und fixierte das Bild. Er las leise die Bildunterschrift vor, schaute Christin und Freddie an.

»Deswegen kommen Sie zu mir! Die Brüder Kämpe!«

»Kennen Sie die?« Christin beugte sich nun ebenfalls über das Foto, »sind das Verwandte von Ihnen?«

»Puh«, der Bauunternehmer betrachtete das Bild aus mehreren Winkeln, »ziemlich unscharf! Aber meine Vorfahren kommen alle hier vom Hof, ich wüsste nicht, dass einer von ihnen bei der Bahn gearbeitet hat. Was hat das Bild denn überhaupt mit dem Skelett zu tun?«

Christin überlegte, wie viel sie ihm erzählen konnte. Sie spürte, dass Freddie auch zögerte. »Der Mann ist

1911 bei einem Zugunglück verschüttet worden. Und, nun ja, wir wundern uns, dass niemand davon wusste oder ihn vermisste.«

»Tja«, Kämpe fixierte noch immer das Bild, »nein, keine Ahnung! Ich weiß auch nicht, wie ich Ihnen helfen kann. Mein Vater ist schon ein paar Jahre tot und nein«, er schüttelte den Kopf, »mir fällt auch niemand ein, den ich fragen könnte!«

»Ist der Hof Ihrer Vorfahren schon immer hier, an dieser Stelle gewesen?«, wollte Christin von ihm wissen.

»Ja, eigentlich schon«, antwortete Kämpe, »also, das ursprüngliche Bauernhaus stand früher an dieser Stelle«, er deutete zu den Nebengebäuden, vor denen Andreas immer noch fegte, »aber natürlich war es schon sehr alt und unmodern, noch dazu mussten wir den Hof natürlich für das Bauunternehmen komplett umorganisieren. Warum fragen Sie?« Wieder lächelte er sie auf kokette Art an.

Freddie trat einen Schritt nach vorne und stellte sich genau neben Kämpe, sodass er in die gleiche Richtung blickte. »Also«, Freddie hob seinen Arm und deutete nach Osten, »genau in dieser Richtung liegt der Bahndamm. Und ich finde, dass das gar nicht so weit weg ist. Deswegen dachten wir, dass gesunde, junge Burschen bei diesem doch recht großen Bau in ihrer Nähe mitgearbeitet haben könnten«, Freddie stellte sich wieder neben Christin, »aber, das ist wirklich alles sehr lange her.«

»Waren denn im Spellener Archiv noch mehr Bilder?«

»Nein«, antwortete Christin, »also, ja, natürlich noch viele andere, aber dieses Bild war das einzige, das im direkten Zusammenhang mit diesem Bahnunglück stand.«

Wieder lachte Kämpe laut los. »So, ich glaube, Freispruch aus Mangel an Beweisen, oder?«

»Na, abwarten«, nun lächelte Christin kokett, »wer weiß, was wir in irgendwelchen Archiven noch finden! Aber, vielen Dank, Herr Kämpe, dass wir Sie so überfallen durften! Komm Freddie, wir müssen los!«

* * *

Kämpe zuckte zusammen, er hatte Brigitte nicht kommen hören.

»Wer war das denn?«

Ein ganz zarter Duft von Chanel No 5 wehte mit seiner Frau zur geschlossenen Haustür, an der er noch immer stand.

»Was guckst du so ernst? Wer war das?«, hakte sie nach.

»Die Erlenbeck hat mal kurz Hallo gesagt, sie hatte eine Frage zum Neubau des Pavillons, nichts Wichtiges«, sagte Kämpe und schüttelte den Kopf, »wo gehst du denn jetzt schon wieder hin?«

»Sie scheint dich ziemlich zu beeindrucken«, Brigitte spitzte die Lippen, »etwas jung, nicht wahr? Mach dich bitte nicht lächerlich, Johannes.«

Zielstrebig ging sie an ihm vorbei zur Haustür und öffnete sie. Kämpe hielt sie am Handgelenk fest.

»Und du?«, fragte er, »Mach du dich nicht unglücklich.« Brigitte riss sich los.

»Danke für deine Fürsorge, aber genau das Gegenteil habe ich heute vor – mich wenigstens etwas glücklicher zu machen!«

Nachdenklich stand Kämpe immer noch im Flur, auch als seine Frau schon längst die Türe zugeknallt hatte.

Er versuchte, seine Gedanken zu ordnen. Konnte die Pfarrerin etwas gefunden haben? Wo gab es eventuell noch mehr von diesen vermaledeiten Bildern?

* * *

»Ich fand Kämpes Reaktion auf das Bild trotzdem ungewöhnlich«, Christin und Freddie warteten im Auto auf Oskar, der sich beim Umziehen nach seiner DLRG-Stunde wohl Zeit ließ, »auch wenn du meinst, ich solle keine Gespenster sehen. Ich bleibe dabei, das hatte etwas Aufgesetztes.«

Freddie versuchte, die beschlagene Windschutzscheibe mit einem Tuch freizuwischen.

»Ich mag ihn, genau wie du, auch nicht so recht, aber ich finde, man sollte auch nicht überinterpretieren. Es gibt wirklich massenweise Kämpes hier in der Gegend. Und falls du vorhast, in seiner Familiengeschichte zu forschen, rate ich dir davon ab. Das geht zu weit.«

Christin verdrehte die Augen. »Da muss ich dir leider recht geben. Also bleibt uns nur noch, in alten Zeitungen nach Vermisstenanzeigen zu suchen, die alten Dokumente der Reichsbahn zu durchforsten und alte Polizeiakten durchzustöbern.«

* * *

Christin starrte ihr Handy an. Es lag mitten im Lichtkegel der Schreibtischlampe.

Alles um sie herum war still, bis auf Laika, die zu ihren Füßen leicht schnarchte. Matti und Oskar schliefen tief und fest in ihren Zimmern.

Mathildas Bemerkung ging ihr nicht aus dem Sinn.

»Hat deine Suche etwas mit Papa zu tun?«

Vielleicht.

Das war aber die eine Sache.

Die andere Sache war, dass Mathilda, Oskar und sie weiterleben wollten. Unbeschwert. Und sie spürte, dass es ihnen hier gelingen könnte.

Christin griff zum Handy.

11. Kapitel

April 1912

Das elektrische Licht der Wandlampen im Gasthaus *Hußmann* strahlte mit den erwartungsvollen Augen der jungen Frauen um die Wette.

Am Vorabend des ersten Tages im Mai trafen sich die jungen Leute aus Spellen, Ork und Mehr zum Tanz.

Das Wetter war für diese Jahreszeit noch ungewöhnlich kühl, aber der Gastraum hatte sich durch die vielen Menschen schon aufgeheizt. An der hinteren Wand spielten drei Polen, Tagelöhner der Reichsbahn, wilde Tänze mit ihren Instrumenten. Obwohl die Lieder und Märsche, die die drei spielten, sich für die ortsansässigen Niederrheiner etwas fremd anhörten, tat das der Tanzlust keinen Abbruch. Einen Rheinländer bekam man auch zu diesen Rhythmen hin.

Josef Wenting saß am Tresen und genoss den zweiten Krug von dem Bier, das der Wirt in seiner eigenen Brauerei in Ork herstellte.

»Na«, Hußmann gesellte sich zu dem Dorfpolizisten und stieß ihm mit dem Ellenbogen in die Seite, »trinkst du dir Mut an, um deiner Angebeteten endlich eine Birke vor die Tür zu stellen?«

Es war ein offenes Geheimnis, dass Wenting Christine Mölleken, eine Tochter der Hebamme Margarethe-Lisette Mölleken, verehrte. Keiner der anderen Dorfbewohner konnte verstehen, warum die beiden nicht schon längst geheiratet hatten, da auch sie ihn offensichtlich mochte. Das zeigten die vielen Spaziergänge, die die beiden gemeinsam machten, wenn Christine zu Besuch bei ihren Eltern in Emmelsum war.

»Christine ist mit ihrer Mutter zu einer Geburt, wird wohl schwierig, da soll sie helfen«, brummte Wenting in den Krug.

»Gibt es in Wesel auch so viele Masernfälle wie hier?«

»Das weiß ich nicht, ich habe sie noch nicht getroffen«, antwortete der Polizist. Seine Laune verschlechterte sich noch mehr, da Hußmann genau das Problem ansprach, das er mit Christine hatte.

Er bewunderte ihre Selbstständigkeit, die sie mit ihrer Arbeit als Lehrerin an einer Schule in Wesel erlangte, verfluchte aber ihren Eigensinn, nicht die Frau eines Dorfpolizisten in Spellen werden zu wollen. Und nach Wesel wollte er nicht ziehen, da er sein kleines Haus auf der Gest nicht verlassen wollte. Trotz der ständigen Angst vor dem Hochwasser des Rheins liebte er den weiten Blick über die Wiesen, und das stetige Fließen des Flusses beruhigte ihn mehr als das Bier von Baaken.

Wieder rammte der stattliche Wirt Joseph den Ellenbogen in seine Seite. »Es gibt noch genug andere Mädchen hier, die gerne eine Maien morgen früh vor ihrem Haus hätten«, raunte er Wenting zu, »lass sie doch in der großen Stadt glücklich werden, die ist eh schon ein bisschen überreif!«

Hußmann grinste breit.

Gerade als der Polizist dem Gastwirt eine passende Antwort geben wollte, ging die Tür zum Gastraum wieder auf.

Für einen kurzen Moment wurde es still. Den Bruchteil einer Sekunde gefror das Bild der lärmenden und tanzenden Menschen ein, Krüge standen kurz in der Luft, bevor sie an die Lippen gesetzt wurden, und noch soeben lachende Münder schlossen sich. Dann war plötzlich alles wieder so laut und lebendig, wie vor dem Öffnen der Tür.

Hereingekommen war Johannes Kämpe. Hoch erhobenen Hauptes schlenderte er durch die Tanzenden und stellte sich an den Tresen. »Ein Bier für mich«, orderte er.

Hußmann blickte nur kurz auf und stellte ihm dann wortlos einen Krug Bier hin.

Wenting musterte Kämpe. Dann sprach er ihn an. »Ich habe gehört, dass man dir zu einem gesunden Neffen gratulieren kann.« Er hob seinen Bierkrug leicht in Kämpes Richtung.

»Keine Ahnung«, entgegnete dieser, »wenn er wirklich vom Heinrich ist, wollte der anscheinend doch nix mit dem zu tun haben.«

»Was heißt hier ›wenn‹, von wem denn sonst? Die beiden waren ja schon verlobt!« Der Polizist wurde sofort wütend.

Kämpe setzte langsam sein Bier ab und wischte sich bedächtig den Schaum von den Lippen. Dann blickte er Wenting an.

»Mein Bruder hat das scheinbar nicht so gesehen, sonst wäre er wohl nicht klammheimlich auf und davon. Vielleicht bekam er Zweifel an Mias Treue?«

»Was willst du damit sagen?«

»Nun ja, sie hat ja auch einige Zeit beim Lehrer Folke verbracht, und wie ich gehört habe, wird sie ihm wohl, wenn die Masernepidemie vorbei ist, den Haushalt führen und in der Schule sauber machen«, Johannes grinste anzüglich, »die darf sogar das Kind mitbringen! Sehr großzügig von dem Herrn Lehrer!«

Wenting richtete sich zu seiner vollen Größe auf und trat einen Schritt auf den Bauern zu.

Laut und deutlich antwortete er ihm. »Die Mia hat den Heinrich aufrichtig geliebt. Dafür hat sie sich sogar von deiner Mutter schikanieren und rumschicken lassen. Und Heinrich wäre nie ohne ein Wort zu sagen abgehauen. Das hätte er weder der Mia noch seinen Eltern angetan. Und du«, er stieß Johannes den Finger gegen die Brust, »führst dich jetzt als Erbe auf!« Wenting wurde immer lauter. »Du tust so, als ob der Heinrich gar nicht vorhat zurückzukommen. Das finde ich verdächtig!«

Nun richtete sich Johannes ebenfalls auf. Um sie herum war alles still, die kleine Kapelle ließ die Instrumente sinken, alle starrten gebannt auf die Streitenden. »Und was willst du jetzt damit sagen?«, zischte der Bauer leise und fixierte Wenting.

»Was ich damit sagen will? Dass das Verschwinden deines Bruders verdächtig ist. Findest du das etwa nicht?«

»Nein«, schrie Kämpe jetzt, »verdammt noch mal! Heinrich hatte keine Lust mehr auf Mia und ein Baby, der wollte immer nach Amerika, meinst du im Ernst, der hätte das vorher mit irgendjemandem besprochen? Der hat sich einfach aus dem Staub gemacht, und auch wenn er morgen wieder vor Vaters Tür stünde, würde der den sowieso wegjagen!«

»Also wartet ihr nicht einmal mehr auf eine Nachricht von ihm?« Jetzt schrie auch der Polizist.

»Nein!« Johannes schüttelte den Kopf, »Doch! Aber egal, was jetzt von ihm kommt, er hat sich aus dem Staub gemacht.« Jetzt drehte sich Kämpe zu den anderen Gästen im Saal um. »Und? Was glotzt ihr so? Heinrich wäre doch nicht der Erste, der ein schwangeres Mädchen sitzen lässt, oder? Hätte halt besser aufpassen sollen!« Er hob seinen Bierkrug und prostete in die Runde.

»Gut, dann werde ich jetzt ein Bier für jeden auf die Geburt von Mias Sohn ausgeben, wer weiß«, jetzt grinste er verschmitzt, »vielleicht ist er ja mein Neffe? Oder«, er drehte sich zu Wenting um, »vielleicht auch das Kind von einem anderen Herren?«

Gerade noch rechtzeitig schaffte Hußmann es, Wenting von hinten in den Schwitzkasten zu nehmen, bevor dieser auf Johannes Kämpe losgehen konnte.

»Du gehst jetzt«, befahl er dem jungen Burschen, »los, heute ist hier Schluss für dich.«

»Gut, dann werde ich jetzt mal eine Birke schlagen gehen, mal sehen, wem ich sie vor die Tür stelle. Aber natürlich nur einem ehrbaren Mädchen, das noch brav bei seinen Eltern wohnt!« Mit diesem Satz verließ er das Lokal.

Hußmann ließ Wenting los. »Kannst du mir mal verraten, was dich das alles angeht, hä?«, schnauzte der Wirt Wenting an, »warum legst du dich so für Mia ins Zeug?«

Der Dorfpolizist schaute zur Decke und schüttelte dann den Kopf. »Die Mia«, begann er, »die war im Januar bei mir. Total verfroren kam sie zu mir und wollte eine Vermisstenanzeige aufgeben. Mein Gott, so ein hübsches Mädchen lässt man doch nicht so einfach sitzen!«

»Ja und«, drängte der Wirt, »was hast du gesagt?«

»Erst habe ich ihr erklärt, dass das eigentlich die Eltern machen müssten, dann hat sie aber so geweint, dass ich einfach die Anzeige aufgenommen habe.«

»Und?«

»Was und?« Wenting nahm einen großen Schluck Bier. »Die habe ich dann zum Landrat nach Dinslaken geschickt. Mehr kann ich nicht tun.«

* * *

Christin Erlenbeck wurde von ihren Nachforschungen abgelenkt. Sie hatte viel mit den Vorbereitungen für die Ostertage zu tun, wollte sie doch ihr erstes Osterfest in ihrer neuen Gemeinde besonders schön gestalten. Dazu kamen viele Besprechungen, die den Neubau des Pavillons betrafen, denn die Landeskirche hatte den Anstoß gegeben, zu überdenken, ob man sich nicht die neuerbauten Räume an der Rönskenstraße teilen könne.

Deswegen hatte Kämpe sie bei ihrem Besuch nicht mehr darauf angesprochen, dachte Christin, er hatte wahrscheinlich schon davon gehört.

Zu der vielen Arbeit in der Gemeinde kamen ihre Kinder, die in der letzten Schulwoche vor den Ferien noch Klassenarbeiten schrieben.

Am Donnerstag machte sie mit Freddie wieder ihren mittlerweile schon traditionellen Hundespaziergang.

Sie sprachen über den alten Wennies und dessen Unfall.

»Das musste so kommen«, sagte Freddie.

»Schade, dass er nicht länger im Krankenhaus geblieben ist, vielleicht hätte mir seine Frau erlaubt, mal einen Blick in ihren Keller zu werfen«, seufzte Christin auf.

»Klar, damit ihr Mann sie grün und blau prügelt, wenn er davon Wind bekommt«, spottete Freddie.

Diesmal hatten die beiden Christins Renault am Kapal-Haus geparkt, von wo aus sie losgingen. Vage Erinnerungen an steife Familienfeste kamen in ihr hoch. Dunkel lag das in Privatbesitz befindliche Gebäude auf einer Anhöhe, die großen Fenster schauten über die Rheinwiesen.

Christin beneidete Laika um ihr dichtes, warmes Fell, es war immer noch sehr kalt am Niederrhein, und die Sonne zeigte sich an diesem Tag gar nicht.

»Was für ein usseliges Wetter!« Christin drückte beide Hände tief in die Taschen ihres Parkas.

Freddie umfing sie mit seinen Armen.

»Perfektes Wetter, um ungestört hier spazieren zu können«, murmelte er in ihre Mütze.

Sie genoss diese Nähe.

»Oh Mann«, grinste Freddie, als sie weitergingen, »hier habe ich einige heiße Feten gefeiert.« Verträumt guckte er zum Kapal-Haus.

»Danke, mehr möchte ich gar nicht wissen«, Christin schubste ihn mit ihrer rechten Schulter.

»Ich finde es mal ganz angenehm, anstatt über alte Knochen über das Leben zu reden«, Freddie schaute geradeaus, »und vielleicht auch mal über eine lebendige Zukunft.«

Die Pfarrerin zog die Schultern hoch und schwieg.

»Alles klar«, der Polizist winkte ab, »das war nur ein kleiner Vorstoß!«

»Apropos alte Knochen, bisher habe ich auf meinen Nachforschungsantrag zur Bereitstellung der alten Bahn- und Polizeidokumente vom Landesarchiv noch nichts gehört.«

»Schade«, bedauernd sah Freddie seine Begleiterin an, »du bleibst aber am Ball?«

»Ja. In der Osterwoche habe ich eh viel zu tun, ich habe die Arbeit und die Termine etwas unterschätzt. Aber ich habe einen Termin im Dinslakener Stadtarchiv ausgemacht. Dort gucke ich mal die Zeitungen von damals durch.«

»Die gibt es noch?« Verwundert runzelte Freddie die Stirn.

Christin musste genau hinsehen, um sein Mienenspiel zu deuten. An die flächigen Narben der linken Gesichtshälfte gewöhnte sie sich langsam, aber die Fratzen, die manchmal unfreiwillig entstanden, irritierten sie immer noch sehr.

»Ja, aber ich bekomme natürlich nur die Mikrofilme zu sehen, auf die die Originale übertragen wurden.«

Freddie zerrte mit Laika an einem Stock, den sie apportiert hatte. »Was kannst du da finden?«, keuchte er.

Freddie gewann und schmiss den Stock wieder weit weg, diesmal über einen Zaun auf eine Weide.

»Spellen gehörte damals zur Bürgermeisterei Götterswickerhamm, die wiederum irgendwann 1911 in Bürgermeisterei Voerde umbenannt wurde. Übrigens«, Christin hob ihren Finger, »stell dir vor, wo heute ein Yoga-Institut ist, war früher der Amtssitz dieser Bürgermeisterei, bevor er in das neugebaute Rathaus zog ... Was guckst du mich so komisch an?«

»Ich stelle mir gerade vor, wie du mit diesem erhobenen Zeigefinger, einer Brille und einem strengen Zopf, aber sonst komplett nackt ...«

»Freddie!« Christin sah ihn empört an, Laika tänzelte um ihre Beine, sodass sie beinahe hinfiel und Freddie sie im letzten Moment auffangen musste.

Er schlang beide Arme fest um seine Begleiterin.

»So«, nuschelte er in ihre Haare, »was hat das alles jetzt mit Dinslaken zu tun?«

Christin drückte sich etwas von seiner Brust weg, um ihn beim Weitersprechen anzugucken.

»Die Bürgermeisterei Götterswickerhamm, später Voerde, gehörte zum Kreis Dinslaken und deswegen sind dort auch Zeitungen, die damals hier gelesen wurden, archiviert.«

»Wie kommst du da jetzt drauf?«

»Peter Hallen, der mich in das Spellener Archiv gelassen hat, hat mich auf das Voerder Stadtarchiv hingewiesen, die Angestellte dort hat mir wiederum gesagt, dass ich auch mal in Dinslaken anrufen soll.«

»Oh Mann«, Freddie lief wieder an ihrer Seite, »du hast wirklich Ausdauer!«

»Aber vielleicht lohnt es sich. Die Archivarin in Dinslaken hat mir auf jeden Fall zugesichert, dass ich nächste Woche kommen könnte, um mir die Mikrofilme anzuschauen. Ich gucke mal, was über den Unfall auf der Hochbahn berichtet wurde und ob es irgendeinen Hinweis auf einen Vermissten gibt.«

»Gehst du da alleine hin?«

»Wenn du nicht mitmöchtest, ja. Die Kinder sollen sich verabreden, das ist dort bestimmt nicht so spannend für sie.«

»Ich habe nächste Woche einige Nachtschichten«, antwortete Freddie, »das wird schwierig für mich.«

»Gut, ich werde dir dann berichten.«

* * *

Als Christin am Abend noch einmal in ihr Büro ging, sah sie, dass sie eine E-Mail bekommen hatte. Gelangweilt schaute sie auf den Absender, wurde aber hellwach, als sie in einem Teil der E-Mail-Adresse *lav.nrw* herauslas.

Sofort setzte sie sich hin und öffnete die Mail. Aufgeregt las sie das lange Antwortschreiben eines Archivbeamten.

Sehr geehrte Frau Erlenbeck,
vielen Dank für Ihre Anfrage zur Lokalgeschichte im Raum Voerde ... konkrete Namen der beteiligten Arbeiter ... drei Akten ... fraglichen Zeitraum ... leider keinerlei Akten zu Vermisstenfällen vor ... eine kleine Chance, dennoch auf einen gesuchten Vermisstenfall stoßen zu können, nämlich über

das sogenannte Deutsche Fahndungsblatt ... Da Sie mir als gewünschten Zeitraum für eine Einsichtnahme der Akten die Osterferien angaben, legen wir Ihnen diese am Mittwoch, den 04. April um 10 Uhr bereit ...

* * *

Immer wenn die Eingangstür aufging, zuckten beide leicht zusammen und sahen sich unauffällig um, wer gerade hereingekommen war. Obwohl die Wahrscheinlichkeit sehr gering war, dass sie irgendjemanden in diesem chinesischen All-you-can-eat-Restaurant treffen würden, den sie kannten, blieb doch ein Rest Angst.

Die Stadt, in der sie sich trafen, lag genau in der Mitte zwischen ihren jeweiligen Wohnorten und war zudem linksrheinisch. So hatten beide das Gefühl, dass die Möglichkeit, jemand Bekanntes zu treffen, noch geringer sei.

»Karl-Heinz ist wieder quicklebendig.«

»Ja.«

Das Wasser in dem Glas schimmerte von den Lampions, die überall hingen, rötlich.

»Unkraut vergeht nicht.«

»Irgendetwas muss passieren.«

»Ja.«

Beide blickten sich ratlos an.

»Die Zeit läuft mir davon.«

»Ich hasse ihn. Ich will auch nicht länger warten. Ich kann nicht mehr länger warten.«

* * *

Theo Bleckmann lockerte langsam die Umklammerung, mit der er seinen Sohn festhielt. Die Spritze, die seine Frau Andreas in den Körper gerammt hatte, lag zwischen den Resten ihres gemeinsamen Abendessens, sie selber starrte gegen die Decke, die Tränen liefen ihr über das Gesicht.

Theo hatte nicht die Kraft, Andreas auf den Boden zu betten, noch nicht. Erst einmal musste er sich selber beruhigen.

Die Krampfanfälle seines behinderten Sohnes wurden immer heftiger, vielleicht wurden er und seine Frau auch immer schwächer. Jedes Mal dachten sie, so gehe das nicht weiter, sie müssten sich etwas für die Zukunft überlegen. Aber dann kehrte der Alltag zurück und sie schoben den Gedanken, ihr einziges Kind in ein Heim zu geben, wieder von sich.

Erfahrungsgemäß schlief Andreas nach so einem Anfall viele Stunden tief und fest, dann folgte ein Mix aus Desorientierung und Fressattacken, bevor er wieder seiner Arbeit auf Kämpes Hof nachgehen konnte.

Andreas Schließmuskel hatte sich, wie immer, auch bei diesem Anfall komplett gelöst.

Das bedeutete, dass sie den schweren, reglosen Mann ausziehen, säubern und wieder anziehen mussten. Ihn vom Boden in sein Bett zu tragen ersparten sie sich mittlerweile, sie würden ihm dort in der Küche, wo er lag, aus Kissen und Decken ein bequemes Lager herrichten.

»Ich hasse Karl-Heinz Wennies aus tiefstem Herzen.«

Theo Bleckmann erschreckte sich kurz, als er seine Frau dies sagen hörte. »Ja«, seufzte er, »ich auch.«

* * *

Da die Mitarbeiterin ihr zugesichert hatte, dass sie ruhig auf dem Parkplatz vor dem Stadtarchiv parken dürfe, steuerte Christin Erlenbeck direkt den Elmar-Sierp-Platz in Dinslaken an und hatte sogar Glück, dort eine Parklücke zu finden.

»Frau Erlenbeck, nett Sie jetzt einmal persönlich kennenzulernen«, wurde sie von Doris Gerhards begrüßt, der Leiterin des Archivs, mit der sie sich schon über ihr Anliegen telefonisch ausgetauscht hatte.

»Wie ich Ihnen schon letzte Woche am Telefon gesagt habe, finden Sie vielleicht irgendwelche Vermisstenanzeigen im Landesarchiv in Duisburg, aber meine Mitarbeiterin hat Ihnen auf jeden Fall die Spulen mit den betreffenden Ausgaben der *Hamborner Volkszeitung* herausgesucht.«

Da 1911 Hamborn gerade noch zum Landkreis Dinslaken gehörte, hoffte Christin auf ihr Glück, in dieser Zeitung etwas zu finden, das ihr weiterhalf.

Die Pastorin mochte Doris Gerhards auf Anhieb, sie war nicht nur schon am Telefon in der vergangenen Woche sehr hilfsbereit gewesen, sondern lächelte sie auch jetzt sehr herzlich an.

Die Mitarbeiterin zeigte Christin den kleinen Raum, direkt unter dem Dach des Archivs, in dem das Mikrofiches-Lesegerät stand, und legte ihr den ersten Film ein, der den Zeitraum vom 2.11.1911 bis zum 30.12.1911 erfasste. Sie wollte der Pastorin noch erklären, wie man das Gerät bediente, aber Christin winkte ab. Während ihres Studiums hatte sie schon in anderen Archiven geforscht und hatte noch nicht vergessen, wie man ein solches Gerät bediente.

Fast vergessen allerdings hatte sie, wie anstrengend das Lesen alter Dokumente war. Es dauerte etwas, bis sie sich wieder an die alte Druckschrift gewöhnt hatte und die inhaltliche Struktur der Zeitung erfasst hatte.

Im Grunde war diese über hundert Jahre alte Zeitung den heutigen sehr ähnlich. Zuerst kamen die Berichte über das Deutsche Kaiserreich, dann die Berichte über die wichtigsten Geschehnisse im Ausland, dann, versetzt mit viel Werbung, die lokalen Ereignisse.

Aber obwohl sie ab dem 1. Dezember jeden kleinen Bericht im Lokalteil überflog, fand sie keinen Hinweis auf das Bahnunglück in Spellen, geschweige denn eine Vermisstenanzeige.

Als sie schon dachte, fündig geworden zu sein, stellte sie fest, dass die Bilder, die trotz der schlechten Qualität deutlich eine Unglücksstelle erkennen ließen, nicht umgekippte Waggons zeigten, sondern Reste von zerstörten Häusern.

Erdbeben in Margrethausen lautete der Untertitel. *Am 16.11.dJ kam es im Württembergischen Margrethausen zu einem tragischen Unglück. Mitten am helllichten Tag bebte die Erde. Vor den Augen ihrer liebenden Verwandten wurden Menschen von einstürzenden Häusern erschlagen, verschüttet oder von abrutschenden Erdmassen mitgerissen. Wie viele Tote es zu beklagen gibt, war bis dato hier nicht bekannt.*

Verschüttet und mitgerissen.

Christin starrte gedankenverloren auf das grobkörnige Bild. Als plötzlich die angelehnte Tür aufgestoßen wurde, zuckte sie zusammen.

»Entschuldigung, ich wollte Sie nicht erschrecken!«

Frau Gerhards stand im Türrahmen und hielt in jeder Hand eine Tasse Kaffee. Christin berichtete von ihrer vergeblichen Recherche.

»Gesetzt den Fall, Ihre Leiche hatte überhaupt Angehörige, die ihn vermissten, grenzen Sie vielleicht den Zeitraum zu sehr ein«, gab die Archivarin zu bedenken. »Sie müssen sich vorstellen, dass wahrscheinlich niemand, der dem Toten näherstand, das Verschwinden mit diesem Unglück in Verbindung gebracht hat, sonst wäre das ja sofort aufgefallen.«

Christin dachte nach. »Da haben Sie recht, also wäre das vielleicht erst viele Monate später aufgefallen!«

»Ja, früher war es absolut nicht ungewöhnlich, viele Monate von nahestehenden Verwandten nichts zu hören. Da konnte eine lange Zeit vergehen, bis man aktiv zu suchen anfing.«

»Oh Gott! Wie soll ich das denn dann schaffen?« Die Pfarrerin guckte auf die Uhr. »Ich muss jetzt auch schon wieder los.«

»Kommen Sie am besten mit ganz viel Zeit wieder. Vielleicht können Sie noch jemanden mitbringen, der Ihnen beim Suchen hilft? Dann stellen wir Ihnen noch ein zweites Gerät zur Verfügung!«

12. Kapitel

Ostern

Mit enormer Anstrengung schaffte sie es, ihre Augen aufzureißen.

Stocksteif lag Christin in ihrem Bett und versuchte, die Grenze zwischen Traum und Wirklichkeit auszuloten. Nur wenige Sekunden zuvor waren Matti, Oskar und sie Sebastian hinterhergewandert.

»Sebastian! Das ist zu nahe an der Kante«, rief sie ihrem Mann nach vorne zu, gegen den Wind und den Regen, »wir gehen dir nicht mehr hinterher, ich gehe mit den Kindern jetzt zurück. Los! Oskar, Mathilda, sofort umdrehen! Wir warten am Turm auf Papa.«

Ihr Mann drehte sich nun langsam zu ihnen um. Völlig ausdruckslos starrte er seine Familie an, sagte kein Wort. Der Regen lief über sein Gesicht, bahnte sich einen Weg durch die tiefen Furchen an seinen Nasenflügeln, über das Kinn, in den Kragen der Jacke hinein.

Dann blickte er nach rechts und lächelte. Christin starrte wie gebannt auf sein Lächeln, als ihr Mann von einer enormen Masse über die Klippe geschoben wurde.

Ihr Herz hämmerte in ihrer Brust, das ganze Haus war totenstill, ihr fiel ein, dass die Kinder bei ihren Großeltern schliefen.

Sie bekam kaum Luft und griff nach ihrem Handy, das auf ihrem Nachttisch lag. Sie drückte eine Kurzwahltaste.

»Hey«, sie spürte die Zärtlichkeit in seiner Stimme, bekam aber kein Wort heraus.

»Was ist los, Chrissi? Christin?«

Endlich schaffte sie es, ihren Mund zu öffnen und einen Laut herauszubringen.

»Komm!«

Nur wenige Minuten später hämmerte es an ihrer Haustür.

Christin fiel Freddie in die Arme.

Sie brauchte ihm nichts zu sagen. Er wusste aus eigener Erfahrung, dass es Dämonen gab, die einfach irgendwann auftauchten, oft nur durch eine kleine Erinnerung ausgelöst.

Durch ihr dünnes Nachthemd spürte er ihr Zittern, er hielt sie einfach nur fest und versuchte, sie wenigstens etwas zu wärmen.

»Es war so wirklich«, schluchzte sie.

»Psst, ist ja gut, wo sind die Kinder?«

»Nicht da«, schüttelte sie den Kopf.

Er strich ihr die Locken aus dem Gesicht und küsste ihr die Tränen von den Augen. Dann hob er sanft ihr

Kinn an und küsste sie auf den Mund. Es überraschte ihn, mit welcher Leidenschaft sie seinen Kuss erwiderte. Freddie hob Christin hoch.

»Du wirst krank, hier im kalten Flur«, nuschelte er in ihre Haare und trug sie die alte Holztreppe hoch, während sie sich weiter küssten.

Mit einem Blick erkannte er, welches Zimmer ihr Schlafzimmer war, und legte sie vorsichtig auf ihr Bett ab.

Christin hielt seine Hand fest in ihrer und zog ihn zu sich aufs Bett.

»Zieh dich aus«, flüsterte sie, »ich will dich spüren.«

Sie zog ihr Nachthemd über den Kopf und schmiegte sich an ihn. Dann setzte sie sich auf seinen Unterleib, umfasste mit beiden Händen seinen Brustkorb, beugte sich vor und schmiegte ihr Gesicht an seine Haut. Freddie schlang seinen Arm um ihren Nacken, zog ihren Mund zu seinem und küsste sie.

»Ich muss zurück«, er küsste sie ganz sanft auf die Wange. Sie schaute schläfrig unter der Bettdecke hervor.

»Du Armer, du hast ja Nachtschicht.«

»Kommt ihr morgen Nachmittag zum Osterfeuer nach Spellen? Das wäre doch auch etwas für die Kinder!«

»Ich melde mich bei dir.«

Freddie zog leise die Haustür hinter sich zu.

Pures Glück durchströmte ihn.

* * *

Der Scheiterhaufen war errichtet. Der Winter sollte verbrannt werden, der Sonne, der Wärme und dem Erwachen des Frühlings geopfert werden. Hoch ragten die abgeschnittenen Äste in den Himmel, blattlose, tote Gerippe.

Kinder kreischten und rannten aufgeregt umher, Mütter versuchten, nicht zu besorgt zu wirken, keine wollte sich die Blöße geben, ungelassen zu wirken. Dazugehörende Väter und Ehemänner standen, Bierflaschen haltend, in kleinen Gruppen zusammen. Die meisten von ihnen waren schon selber als Kinder hier herumgerannt.

Auch die Feuerwehrmänner und -frauen waren hier schon in die Schule gegangen und kannten jeden Winkel des Geländes. Routiniert hatten sie alle notwendigen Vorbereitungen für das große Feuer getroffen, die Wasserschläuche ausgelegt, Verbindungen festgezogen, Dichtungen geprüft.

Trotzdem standen sie der Katastrophe hilflos gegenüber.

In sicherer Entfernung zum Osterfeuer waren die Imbiss- und Getränkestände aufgebaut. Die Freiwillige Feuerwehr versorgte an ihrem riesigen Grill vor dem Haupteingang der Schule die Besucher mit Würstchen. Die Elternsprecher, natürlich nur Mütter, organisierten den Kuchen- und Waffelverkauf, als ausgleichende Gerechtigkeit wurden die Männer dazu verdonnert, den Stockbrotteig zu portionieren und die dazugehörenden Stöcke bereitzustellen, um später dann jedem Kind einen mit Teig präparierten Stock aushändigen zu können.

Immer mehr Besucher kamen. Nach Spellen, zum Osterfeuer auf dem Hof der Grundschule, kam man nicht zufällig. Oft trudelten drei Generationen zusammen ein. Die Großeltern gemeinsam mit den Kindern und Enkelkindern. Die Alten teilweise mit Rollator, die Jüngeren noch einen Buggy schiebend, die Kleinen auf BMX-Rädern, Laufrädern oder Cityrollern. Die Jugendlichen scharten sich in der Nähe des Bierstandes zusammen. Dabei galt es, so cool zu sein.

Ein harmonisches Fest, am Tage der Auferstehung Christi.

Frederick Neumann hielt sich mit seiner Flasche Bier in der Hand im Hintergrund. Feuer war nicht seine Sache, und da es schon dämmerte, wusste er, dass der riesige Haufen aus Geäst bald angezündet wurde. Er suchte Christin, nickte zu den Gesprächen und lachte, wenn alle lachten. Als Polizeihauptmeister kannte er die immer gleichen Witzchen.

»Na, Freddie, wenn du selber säufst, kannst du uns nicht festnehmen.«

»Gib uns einen Tipp, wo stehen deine Kollegen?«

»Habt ihr schon die Ausnüchterungszelle geheizt?«

Die Sonne war noch nicht ganz untergegangen, aber die beginnende Dämmerung tauchte den Schulhof schon in graues Licht. Die Feuerwehrleute fingen an, die Kinder zu verscheuchen, die zu dicht an den aufgestapelten Hölzern spielten.

Das war für alle das Zeichen, dass das Feuer gleich angesteckt wurde.

Dann war es soweit. Der dienstälteste aktive Feuerwehrmann, Johannes-Paul Kämpe, schritt langsam zum Brennhaufen. Die Fackel, die er in der Hand hielt, war in der Nacht zuvor, während der Ostermesse, am ewigen Licht angezündet worden. Der Pastor stand hinter ihm und segnete das Geschehen. Kämpe entzündete das Feuer. Das leise Prasseln breitete sich schnell aus, die ersten Flammen loderten in die Höhe. Die Besucher schwiegen kurz, bevor sie Beifall klatschten. Für wenige Stunden würde das Licht die dunkle Nacht verdrängen.

Freddie verzog das Gesicht. Ein unangenehmes Prickeln breitete sich auf seiner linken Gesichtshälfte aus, er wendete sich vom Feuer ab und kühlte sein Gesicht mit der Bierflasche. Der Schmerz ließ nach. Um Christin zu treffen, müsste er aus seiner Abseitsposition heraustreten, was er aber noch nicht wollte. Viel lieber wollte er sie beobachten, ohne dass sie es merkte.

Nach einer Weile wandten sich alle wieder ihren Gesprächen mit Freunden und den Getränken zu.

Eine Stunde loderten die Flammen schon, als man plötzlich das Kreischen von Kindern hörte.

Unnatürlich laut und schrill breitete es sich aus.

Jetzt schrien auch die ersten Erwachsenen mit. Freddie stellte sein Bier ab und rannte zu den Kindern. Obwohl er selber keine Kinder hatte, konnte er doch das fröhliche Gekreische beim Spielen von angstvollem unterscheiden. Aber was er da sah, ließ ihn, wie auf Knopfdruck, im Rennen erstarren.

Aus den Sträuchern neben der Turnhalle taumelte eine mannshohe, brennende Fackel auf die Menschenmenge zu.

Alle waren wie erstarrt, keiner konnte das, was man da sah, mit einem brennenden Menschen in Verbindung bringen.

* * *

»Frau Pastor?« Gudrun Müller zog die letzte Silbe etwas in die Länge.

»Entschuldigung, ich musste kurz über Ihre Frage nachdenken«, Christin wurde rot. Einen kurzen Moment hatte sie die Horrorvision einer Gedankenpolizei und war wieder einmal sehr froh darüber, dass sie im Hier und Jetzt lebte. Gudrun Müller wäre wohl sehr irritiert, wenn sie die Bilder, die gerade durch den Kopf der Pfarrerin zogen, gesehen hätte. Eindeutig nicht passend zu dem traurigen Anlass, der sie am Ostersonntag in dieses Haus führte. Zu der Röte kam noch eine kleine, heiße Welle. Ein wohliges Gefühl, wie sie es schon Jahre nicht mehr gespürt hatte.

»Entschuldigung, aber das war keine Frage! Wir haben dort schon eine Gruft und es ist doch wohl klar, dass mein Vater dort beerdigt wird.«

Die trauernde Tochter schaute die Pfarrerin wieder mit großen Augen an.

»Ich war wohl gerade etwas unaufmerksam, es tut mir leid, aber die Ostertage sind manchmal doch sehr anstrengend«, versuchte Christin, die unangenehme Situation zu retten.

Ludwig Müller war in der Nacht zuvor friedlich eingeschlafen. Eigentlich hatte Christin geplant, gemeinsam mit ihren Kindern und ihren Eltern zum Spellener Osterfeuer zu gehen, aber kurz nach der Mittagszeit kam ein Anruf vom Beerdigungsinstitut, ob sie eventuell schon heute die trauernden Angehörigen besuchen könne. So organisierten sich alle um, ihre Eltern gingen mit den Kindern dann lieber auf ein privates Osterfeuer in ihrer Nachbarschaft, und Christin ging zum Trauergespräch zur Familie Müller.

Wenn ein alter Mensch im Kreise seiner Familie verstarb, lagen Weinen und Lachen meist nah beieinander.

Auch bei Familie Müller.

Zum frisch aufgebrühten Filterkaffee wurde das traditionelle Osterlämmchen angeschnitten, wahlweise mit Schlagsahne oder Eierlikörsahne.

Um den großen Esstisch im Wohnzimmer saßen neben Gudrun und Elfriede Müller, der Witwe, noch Gudruns Lebensgefährte, Geschwister, Schwager und Schwägerinnen, diverse Enkelkinder, Nichten und Neffen.

Nachbarn klingelten an, wurden hereingebeten und bekamen wahlweise Kaffee, Likör oder einen Schnaps.

Ein Termin für die Beisetzung war schnell gefunden, der Rest des Nachmittags wurde über den alten Ludwig geredet. Immer wieder wurde aus Lachen ein Schluchzen und in ein Weinen hinein erinnerte sich dann wieder jemand an eine lustige Anekdote mit Ludwig, sodass wieder gelacht wurde.

Auch Christin wurde befragt, nun hatte man die Gelegenheit, in Ruhe die neue Pfarrerin etwas auszuhorchen.

Erst als sie in die stockdunkle Kälte trat, bemerkte sie mit einem Blick auf die Uhr, dass es schon nach neunzehn Uhr war.

Wieder zu Hause, zog Christin sich um, um zu ihren Kindern und ihren Eltern zu fahren.

Aber erst wollte sie Freddie eine Nachricht schicken.

Wieder wurde ihr warm, als sie an die vergangene Nacht dachte. Sie holte das Handy aus ihrer Jackentasche und sah verwundert, dass Freddie ihr fünf SMS geschickt hatte. Irritiert las sie die Nachrichten durch.
Ich liebe dich
Bin jetzt auf dem Schulhof, stehe am Bierwagen
Ich freue mich auf dich
Wo bleibt ihr?
Und dann zuletzt:
KOMME SO SCHNELL WIE MÖGLICH!!! RIESIGE KATASTROPHE!

* * *

Freddie strich immer wieder über sein Brandmal. Es kam ihm vor, als ob es glühte.
»Möchtest du etwas zur Beruhigung?«
Kriminalhauptkommissarin Skalecki legte ihre Hand auf Freddies linke Schulter.
»Nein, danke, es geht schon«, winkte Freddie ab, »morgen werde ich mich bestimmt an mehr erinnern, aber jetzt ...«
Es war ein befremdliches Bild, die massige Gestalt der Duisburger Kommissarin der Mordkommission in einem Klassenzimmer einer Grundschule sitzen zu sehen. An den Wänden hingen, nebeneinander an eine Schnur geklammert, die Kunstwerke der Kinder, die sonst hier unterrichtet wurden. In großen Holzregalen stapelten sich bunte Pappschachteln, auf jeder war ein Name geschrieben. *Anna-Lena, Mia-Sophie, Henrik* und *Simon* waren hoffentlich mit ihren Eltern weit weg im

Urlaub und mussten nicht die schrecklichen Bilder des Nachmittags verarbeiten.

Die 1,90 m große Skalecki wirkte an diesem Platz ein wenig wie Gulliver in Lilliput. Dieser Eindruck wurde noch durch die kindgerechte Größe der Stühle und Tische verstärkt, an denen Freddie mit seiner ehemaligen Vorgesetzten jetzt saß.

Aber Skalecki war alles andere als eine sympathische Kinderbuchfigur. Auch jetzt wusste Freddie, dass seine ehemalige Vorgesetzte zwar Mitgefühl empfand, ihn aber bestimmt nicht nach Hause gehen lassen würde. Als Polizist wusste er schließlich selber, dass man Zeugen so früh wie möglich befragen musste, bevor das Beobachtete verblasste oder von den Erzählungen anderer verfälscht wurde.

Wie erwartet lächelte Skalecki ihn nur müde an. Sie griff nach seinem linken Handgelenk und drückte es auf den Tisch, sodass er sich nicht mehr über seine vernarbte Gesichtshälfte streichen konnte. Er hob die rechte Hand an, aber ein Blick von Skalecki reichte, um sie wieder sinken zu lassen.

»Freddie, du weißt doch, was jetzt kommt. Entweder kriegst du jetzt irgendetwas Nettes, was dich wieder fit macht, oder du reißt dich zusammen.« Sie sagte das so sanft, es fehlte nur noch der mütterliche Kuss auf die Stirn.

Knallharter Profi, geduldige Mentorin, verbissene Kriminalistin, authentisches Ruhrpottoriginal, die Kollegin, die ihn nach seinem Absturz schüttelte und nach Voerde schickte. Auch genannt »die Dogge«. Deswegen hatte er sie sofort angerufen, nachdem er den Krankenwagen und seine Kollegen geordert hatte. Trotz des tiefen Schocks, den er beim Anblick des brennenden Menschen erlitt, funktionierte der begabte Polizist in ihm weiter. Denn als er das Opfer erkannte, ahnte er, dass dieser Schulhof nicht nur ein Unglücksort, sondern auch ein Tatort sein könnte.

Skalecki war mit einem weiteren Duisburger Kollegen gekommen. Er und das Team aus Voerde hatten sich in drei weiteren Klassenräumen eingerichtet.

Nach dem Telefonat mit Freddie brauchte Skalecki nur wenige Sekunden, um sich das Szenario auf dem Schulhof vorzustellen und zu wissen, dass sie am besten mit einer kleinen Mannschaft nach Spellen ausschwärmen sollten. Es mussten möglichst viele Zeugenaussagen aufgenommen werden, damit man das tragische Geschehen genau rekonstruieren konnte. Und damit man im Falle eines Falles gewappnet war.

»Nein, ich brauche nichts«, Freddie schüttelte den Kopf.

»Soll ich dich führen?«

Diese Art der Verhörtechnik wandte man oft an, wenn man traumatisierte Zeugen befragte.

Frederick nickte.

»Okay, du stehst also mit deinem Bier in der Hand am Bierstand. So gegen halb fünf, sagtest du. In welche Richtung guckst du?«

»Ich stehe mit dem Rücken zu den Sträuchern, vor und neben mir stehen Martin, Ben und Andy. Ich kann alles überblicken, rechter Hand den Zugang zum Schulhof, links, hinter dem Bierwagen, den Brennhaufen.«

Freddie wurde ruhiger, Skalecki ließ seinen Arm los.

»Viele von den Besuchern kenne ich, meine alten Freunde machen alle möglichen Witzchen, die Schlagzahl ist ziemlich hoch, kaum einer ist mit dem Auto da«, fuhr Freddie fort.

»Siehst du irgendwo das Opfer?«

Der Polizist starrte vor sich hin. »Er steht auf der anderen Seite der Theke, aber ich höre ihn mehr, als dass ich ihn sehe.«

»Wieso hörst du ihn? Es muss doch insgesamt ziemlich laut sein?«

»Vielleicht, weil ich in letzter Zeit öfter mit ihm zu tun hatte.«

»Inwiefern?«, hakte Skalecki nach.

»Das ist eine lange Geschichte, lass uns da später drüber reden.«

»Okay, also du hörst das Opfer. Fällt dir sonst irgendetwas auf? War irgendjemand besonders betrunken? Streitlustig?«

»Nein, Skalecki, ich glaube, deswegen hat es auch alle so schockiert! Wie aus heiterem Himmel! Alle total entspannt, hier kennt jeder jeden, und wenn man jemanden nicht mag, stellt man sich zu anderen hin.«

»Gut, dann beschreibe mir euer Bullerbü mal weiter.«

»Wie gesagt, das Opfer hörte ich rumkrakeelen, der ist aber immer so, dann kamen vom Parkplatz, also von rechts, der katholische Pastor und Hannes Kämpe. Kämpe gehört zur Feuerwehr. Der trug das Weihwasser.« Freddie überlegte. »Es war schon etwas dämmerig«, fuhr er fort, »die beiden gehen zum Feuer, der Pastor greift zu diesem Ding, mit dem er den Brennhaufen besprenkelt, bespritzt das Holz mit dem Wasser. Dann tritt er zurück, Kämpe tritt vor und steckt das Feuer mit einer Fackel an.«

»Wo ist das Opfer? Hörst du ihn noch?«

»Nein, das trockene Holz brennt sofort wie Zunder, das prasselt sehr laut. Außerdem riefen auch alle Ahh und Ohh, ich habe nichts anderes mehr gehört.«

»Stehen irgendwo Kanister herum?«, wollte die Duisburgerin wissen.

»Kanister? Nein, auf dem Parkplatz steht das Feuerwehrauto, von dort aus liegt bis kurz vor dem Brennhaufen ein Schlauch. Ich sehe jetzt auch überwiegend nur Rücken, alle sind jetzt näher ans Feuer gerückt.«

»Das Opfer, konzentrier dich, du kennst ihn, du weißt, wie er aussieht!« Skalecki flüsterte fast.

Freddie starrte zum Fenster hinaus.

»Er steht noch am Bierwagen. Ja«, Freddie rieb sich die Augen, »er grinst.«

»Bullerbü, sag ich doch. Und weiter?«

»Ich stehe da immer noch mit meinen alten Freunden. Langsam kommen die Leute zum Bierwagen zurück.« Wieder starrte Freddie zum Fenster hinaus. »Ich sehe eigentlich nur die Menschenmenge. Feuerwehrleute laufen hin und her. Einem läuft ein weinendes Kind hinterher, es hält sich die Hand. Sie laufen zum Feuerwehrauto.«

»Und wenn du nach links guckst, siehst du ihn noch?«

»Nein, aber es stehen jetzt zu viele Menschen am Bierwagen.«

»Laut Ankündigung wurde das Feuer um 17 Uhr entzündet. Dein Anruf kam um 18.10 Uhr. Hast du die ganze Zeit auf der gleichen Stelle gestanden? Bist du nicht mal pinkeln gegangen?«

Freddie wurde etwas unruhig. Eine leichte Röte färbte sein Brandmal noch intensiver.

»Auf wen hast du gewartet?« Im Gesicht der Kriminalhauptkommissarin breitete sich ein Grinsen aus.

Freddie lächelte versonnen. Wie ein Lichtstrahl erhellte die Erinnerung an die vergangene Nacht seine bedrückte Stimmung. Er sah ihre blonden Locken in seiner Hand, spürte ihre Brüste auf seiner Haut. Ihren Gesichtsausdruck, als sie …

»Kein Kommentar.« Der Polizist kam zurück in die traurige Gegenwart.

»Okay, jetzt kommen wir zum dramatischen Höhepunkt des Nachmittags«, führte Skalecki weiter aus.

»Ja, plötzlich, nein, eigentlich eher wie eine Welle, geht das Gekreische los. Kindergekreische, ich höre, dass es nicht fröhlich ist. Die Menschenmenge verändert sich.«

»Wie?«

»Die Besucher weichen zurück, in alle Richtungen. Ich gehe los, versuche, die Schreie zu orten, gehe Richtung Osterfeuer und sehe auf einmal diesen brennenden Menschen.«

Skalecki rührte sich nicht. Sie schaute an Freddie vorbei, nahm verschwommen die Kinderbilder hinter ihm wahr. Eines zeigte einen Mann mit Krone, *Wilma* stand in bunten Buchstaben am Bildrand.

»Es war total merkwürdig«, Freddie guckte seine Kollegin direkt an, »du siehst ein großes Feuer und daneben noch ein Feuer. Es war, als ob mein Gehirn den Auftrag hatte, den Fehler zu finden.«

»So wird es wahrscheinlich allen gegangen sein.«

»Ja, glaube ich auch.«

»Und dann?« Skalecki beugte sich vor.

»Jetzt rennen ein paar Feuerwehrleute los, sie brüllen nach Feuerlöschern und Decken, Panik im Gesicht, sie rennen zum Auto«, Freddie strich wieder mit der Hand über seine entstellte Gesichtshälfte, »Eltern zerren an ihren Kindern, jetzt kommen ein paar Feuerwehrleute und bilden einen Ring um den Brennenden, du kannst dir das Gekreische nicht vorstellen. Mein Gott«, Freddie schüttelte den Kopf, »und die Schreie von ...«

»Von wo ist er eigentlich gekommen?«, fragte Skalecki.

»Von der Turnhalle. Man kann links um das Gebäude herumgehen, da sind Büsche, und leider gehen da immer wieder Besucher zum Pinkeln hin.«

»Und dann hast du mich angerufen.«

»Genau«, Freddie nickte, »um das Opfer kümmerten sich die Profis, aber mir war sofort klar, dass die Untersuchung für uns Voerder eine Nummer zu groß sein wird. Und wenn schon Kollegen von außerhalb kommen, dann bitte du!«

»Er kam aber alleine hinter der Turnhalle hervor?« Skalecki ging nicht auf seine Bemerkung ein.

»Das kann ich nicht sagen, ich kam doch erst ein paar Sekunden später dazu. Du kannst dir das Chaos auf dem Schulhof vorstellen! Eltern, die ihre Kinder suchten, Feuerwehrleute, die hektisch herumrannten, Kinder, die kreischten, viele hatten bestimmt einen Terroranschlag im Kopf, keiner wusste, was los war.«

Skaleckis Smartphone vibrierte. Sie guckte kurz auf das Display und wandte sich dann wieder Freddie zu. »Und was glaubst du, was hinter der Turnhalle passiert ist?«

Der Polizist aus Voerde zuckte mit den Schultern.

»Wennies ist ein Säufer. Er hat sich wahrscheinlich mit verschlabbertem Korn und seiner Zigarettenkippe oder einem Funkenflug selber flambiert. Und diese synthetischen Jacken brennen doch wie Zunder.«

»War.«

Freddie schaute seine Kollegin fragend an.

»Er *war* ein Säufer. Er ist noch im Hubschrauber verstorben.«

* * *

Gisela Wennies öffnete die Haustür nur einen Spaltbreit.

»Was ist denn jetzt schon wieder los?«

»Guten Abend, Frau Wennies«, antwortete ihr Michael Schlüter, »stellen Sie sich vor, mir passt das auch nicht, schon wieder hier zu stehen. Sind Sie alleine?« Schlüter versuchte an ihr vorbeizuschauen, sein Kollege musterte den BMW, der am Straßenrand stand.

»Meine Kinder sind bei mir. Mein Mann ist beim Osterfeuer in Spellen. Was ist los?«

Schlüter räusperte sich.

»Es tut mir sehr leid, Ihnen mitteilen zu müssen, dass es beim Osterfeuer einen Unfall gab«, er zögerte, »also, Ihr Mann erlitt Verbrennungen, also, er brannte.«

Gisela Wennies verschränkte ihre Hände ineinander. »Wo ist er?«

In dem Moment traten eine Frau und ein Mann in den Flur, offensichtlich ihre Tochter und ihr Sohn.

»Was ist los?« Michaela Wennies wandte sich an Schlüter.

»Ihr Vater ist mit einem Hubschrauber auf dem Weg in das BG-Klinikum in Duisburg, er erlitt schwere Verbrennungen.« Schlüter war sehr froh, dass Gisela Wennies ihre Kinder bei sich hatte, so konnte er die Verantwortung für die Ehefrau des Opfers abgeben.

»Was? Verbrennungen? Was ist passiert?«, wollte Stephan Wennies wissen.

»Das wissen wir noch nicht, wir sind dabei, den Unfallort zu sichten und Zeugen zu befragen. Für Sie ist es im Moment wahrscheinlich das Beste, ins Krankenhaus zu fahren, die Ärzte werden Ihnen dann bestimmt mehr sagen können.«

»Wie geht es ihm? Ist er ansprechbar?«, hakte Stephan Wennies nach.

Schlüter räusperte sich wieder. »Es tut mir leid, ich kann Ihnen eigentlich nichts dazu sagen, aber nach dem, was ich gehört habe, sieht es sehr schlecht aus.«

»Danke«, Michaela zog ihre Mutter am Ellenbogen zurück, »wir fahren sofort los, komm, Mutter, schnell.«

Schweigend fuhr Michaela Wennies mit ihrer Mutter und ihrem Bruder zum BG-Klinikum nach Duisburg-Wedau.

»Es tut mir leid.« Dr. Jürgen Tanner hatte schon auf die Angehörigen gewartet. Er schüttelte seinen Kopf. »Ihr Mann ist schon im Hubschrauber verstorben. Keiner konnte mehr etwas für ihn tun. Und bitte bestehen Sie nicht darauf, ihn noch einmal zu sehen.«

Gisela Wennies biss sich auf die Lippen.

»Und jetzt?« Gisela schaute den Arzt fragend an. »Muss ich hier noch irgendetwas tun? Oder können wir wieder nach Hause fahren?«

Dr. Tanner zog die Augenbrauen hoch.

»Mama, komm!« Ihre Tochter zog ihre Mutter in die Arme. Gleichzeitig signalisierte sie über den Kopf ihrer Mutter hinweg dem Arzt, dass die frisch gebackene Witwe im Moment wohl nicht klar denken könne.

Er nickte und wandte sich an Stephan Wennies.

»Ja, fahren Sie jetzt einfach nach Hause. Behalten Sie Ihre Mutter im Auge und scheuen Sie sich nicht, Ihren Hausarzt zu kontaktieren, wenn Sie das Gefühl haben, dass Ihre Mutter, oder auch Sie beide etwas zur Beruhigung brauchen. Morgen früh rufen Sie dann ein Beerdigungsinstitut an. Die werden alles Weitere veranlassen«, er zögerte etwas.

»Ja?«, fragte Michaela.

»Es wird noch eine genaue Untersuchung der sterblichen Überreste Ihres Vaters stattfinden, wundern Sie sich nicht, wenn es Verzögerungen gibt.«

Michaela bedeutete Stephan, ihre Mutter zu übernehmen, und strich ihre langen Haare nach hinten.

»Was wollen Sie noch untersuchen? Unser Vater war Alkoholiker. Das war nicht nur peinlich in so einem kleinen Kaff wie Spellen, sondern auch eine jahrelange Tortur für meine Mutter. Ich denke, sie hat genug gelitten. Lassen Sie uns doch bitte den letzten Rest von Würde und geben Sie den Leichnam frei.«

»Es tut mir leid, aber das liegt nicht in meiner Hand. Auch nicht in der meines Vorgesetzten. Das sind einfach Bestimmungen.«

Michaela traten Tränen in die Augen.

»Bitte«, sie schniefte, wischte sich ärgerlich mit ihren gepflegten Fingern die Tränen weg, »vielleicht können Sie ja doch etwas machen.«

Jürgen Tanner seufzte.

»Ich kann Ihnen nichts versprechen. Ich schaue mal. Geben Sie mir doch Ihre Handynummer, ich melde mich dann bei Ihnen.«

* * *

Christin erreichte Freddie nicht über sein Handy, so fuhr sie auf gut Glück zur Spellener Grundschule. Schon als sie durch die Dorfmitte fuhr, fielen ihr vereinzelte Gruppen von Menschen auf, die miteinander redeten, einige lagen sich in den Armen. Beunruhigt fuhr sie rechts auf die Mehrumer Straße, auch dort standen auf dem Weg zur Schule junge und ältere Menschen zusammen, einige hatten ihre Kinder auf dem Arm.

Vor dem Parkplatz der Grundschule sah sie mindestens drei Feuerwehreinsatzwagen und zwei Krankenwagen. Mehrere Sanitäter kümmerten sich um Verletzte, säuberten Wunden, legten Verbände an. Auch einige Polizeiwagen standen auf dem Parkplatz.

Sie fand eine Lücke für ihr Auto. Und wurde hektisch.

Feuer. Freddie.

Sie rannte durch die Menschen und suchte ein bekanntes Gesicht. An einem Krankenwagen sah sie Hannes Kämpe. Sein Gesicht war krebsrot. Ein Arzt untersuchte seine Hände, sprach auf ihn ein. Christin rannte zu ihm.

»Herr Kämpe, was ist hier los?«

»Lassen Sie Herrn Kämpe jetzt in Ruhe«, fuhr der Arzt sie an.

»Schon gut, Frau Erlenbeck ist Pfarrerin, sie kann hier helfen«, Kämpe stieß einen Ton aus, der sich wie ein Aufheulen anhörte. »Christin, es war furchtbar, ein Unfall«, er suchte nach Worten, »Sie kennen doch den alten Wennies? Der in dem alten Depot wohnt? Er kam brennend auf den Schulhof gelaufen. Mein Gott!«

»Wo ist Herr Neumann?« Christin guckte sich weiter um.

»Er ist in der Schule. In einem der Klassenzimmer und spricht mit einer Polizistin von außerhalb.«

»Danke, ich werde mit ihm sprechen und dann gucken, ob ich irgendwo helfen kann.«

Christin eilte zum Schulhof, der mit einem rot-weiß gestreiften Absperrband der Polizei abgegrenzt war. Der Gestank nach verbranntem Holz und irgendwelchen Chemikalien war fast unerträglich. Scheinwerfer beleuchteten den Unglücksort. Angekohlte Äste lagen überall verstreut herum, dort eine Mütze, da ein zertretenes Grillwürstchen.

In dem Altbau der Schule sah sie beleuchtete Fenster. In einem stand, mit dem Rücken zu ihr, eine große Person, die sich mit jemandem im Raum zu unterhalten schien.

Christin drückte die schwere Eingangstür auf, hastete die Treppe hoch und riss die Tür zu dem Klassenraum auf, in dem sie Freddie vermutete.

»Christin!« Freddie sprang auf. Unsicher hob er seine Arme.

Christin trat auf ihn zu. Auch sie wusste noch nicht, wie sie mit der neuen Situation umgehen sollte. Trotz des unangenehm forschenden Blickes der riesigen

Frau, entschied sie sich, Freddie in den Arm zu nehmen.

»Ich habe schon etwas gehört, du bist unverletzt?«

»Ja, mir geht es wieder besser, ich hatte nur einen Schock. Wennies ist«, er zögerte, warf der Polizistin einen Blick zu, »er kam lichterloh brennend auf den Schulhof. Wir haben gerade gehört, dass er noch im Hubschrauber gestorben ist. Michael ist gerade bei seiner Frau.« Freddie wandte sich der blonden Hünin zu. »Das ist Pfarrerin Christin Erlenbeck, eine alte Freundin von mir, Christin, das ist Frau Skalecki, eine Kollegin aus Duisburg«, stellte der Polizist die beiden Frauen einander vor.

»Hallo. Wie geht es jetzt weiter?«, fragte Christin.

»Ich denke, das Opfer wird in dem BG-Klinikum noch obduziert werden, um den genauen Unfallhergang zu analysieren. Wie es dazu kam, dass er brannte. Je nachdem, ob er zum Beispiel eine Lebensversicherung hat, ich meine natürlich, hatte, muss Selbsttötung ausgeschlossen werden«, antwortete ihr Skalecki.

»Aber wie konnte das Feuer außer Kontrolle geraten? Die Spellener Feuerwehr veranstaltet es doch zum x-ten Mal?«

Freddie holte tief Luft. Er beschrieb ihr in wenigen Worten, was vorgefallen war.

»Du kannst dir vorstellen, dass alle durcheinander rannten, die Kinder, die Feuerwehrleute, manche sind umgerannt worden, deswegen die Verletzten, um die sich jetzt noch die Sanitäter kümmern«, beendete er seinen Bericht.

»Kannten Sie das Opfer?«, fragte die Polizistin Christin.

Skalecki strahlte eine Präsenz aus, die Christin selten bei einem Menschen erlebte. Es war nicht nur ihre enorme Körpergröße und das Fehlen fast jeglicher Weiblichkeit, die sie irritierten, es war vor allem der durchdringende Blick aus dem ausdruckslosen Gesicht, der in der Pfarrerin ein mulmiges Gefühl aufkommen ließ. »Kennen ist zu viel gesagt«, Christin versuchte, dem Blick zu begegnen, »ich hatte einen kleinen, verbalen Zusammenstoß mit ihm.«

Skalecki sah zwischen den beiden hin und her. »Freddie, gibt es Personen, die den alten Mann nicht mochten und ihm vielleicht einen Schrecken einjagen wollten?«

Freddie zog abfällig einen Mundwinkel hoch und stieß ein kurzes Schnauben aus. »Meines Wissens gibt es niemanden, der ihn mochte. Ich denke, die Skala reicht von ›nicht mögen‹ bis ›hassen‹.«

»Hass? Das ist schon sehr stark!« Skalecki ging langsam zur Tür. »Wir haben es bis jetzt mit einem Brandunfall mit Todesfolge zu tun. Dazu kommt die Frage, warum es infolgedessen bei den Rettungsmaßnahmen zu so viel Chaos und Verletzten kommen konnte. Du wirst ab jetzt seitens Voerde das weitere Vorgehen leiten und nein«, sie hatte ihn noch nicht einmal ansehen müssen, um seinen abwehrenden Gesichtsausdruck zu bemerken, »ich werde das jetzt nicht mit deinen Kollegen diskutieren. Wenn die anderen mit ihren Befragungen fertig sind, treffen wir uns noch alle zu einer Besprechung, bevor wir hier Schluss machen. Wir beide fahren dann noch in das BG und gucken, ob wir dort mit dem Arzt sprechen können, der das Opfer betreut hat.«

Christin bemerkte ein schwaches Funkeln in Freddies Augen.

Die Duisburgerin und ihr Voerder Kollege gingen Seite an Seite zum Ausgang.

Kurz vor der Tür drehte sich Freddie noch einmal zu Christin um. »Oh Mann«, er zuckte entschuldigend mit den Schultern, »sorry, das wird noch dauern. Ich melde mich, okay?«

»Alles klar. Ich gucke, ob ich hier noch gebraucht werde. Gute Nacht.«

Verdammt, war sie jetzt eifersüchtig auf dieses Mannweib? Christin schaute den beiden konsterniert hinterher, bevor sie sich auf den Weg zu den Sanitätern machte.

13. Kapitel

Über vier Wochen war es jetzt her, dass Christin an dieser Tür geklingelt hatte. Auch wenn der tyrannische Hausherr tot war, fand sie die Atmosphäre an diesem Ort immer noch beklemmend. Was hatte sie erwartet? Schließlich war erst ein Tag seit dem schrecklichen Unglück vergangen.

Das heruntergekommene Haus, dem man, wenn man genau hinsah, immer noch die besondere Architektur ansah, die hohen, alten Bäume und das nieselgraue Tageslicht strahlten keine Heimeligkeit aus.

Der gleiche schicke BMW wie bei ihrem letzten Besuch stand wieder am Straßenrand gegenüber dem alten Bahndepot, dahinter parkte ein ihr bekannt vorkommender Mercedes-Geländewagen. Das *HK* hinter dem *WES* des Nummernschildes wies ihn als Eigentum von Hannes Kämpe aus.

Christin zögerte. Eigentlich wollte sie Gisela Wennies ihren Beistand anbieten, aber den schien sie schon genug zu bekommen. Aber da sie seit heute offiziell die Urlaubsvertretung für Jürgen Müller übernommen hatte, musste sie sowieso bald Kontakt mit den Angehörigen zwecks der Beerdigungsformalitäten aufnehmen.

Sie klingelte.

Wie schon vor gut vier Wochen kläffte sofort der kleine Hund los. Es dauerte einen Moment, bis sich die Flurtür öffnete. Michaela Wennies schaute erst durch die bunte Scheibe der Haustür, bevor sie sie öffnete.

»Guten Tag, Frau Erlenbeck«, wurde sie freundlich begrüßt, »schön, dass Sie kommen, meine Mutter wird sich sehr freuen, dass Sie trotz des Rauswurfs letztens doch noch kommen.«

»Das freut mich zu hören.« Christin streckte ihr die Hand hin. »Mein herzliches Beileid.«

Michaela Wennies guckte erstaunt auf die Hand, bevor sie sie ergriff.

Sie lachte kurz auf. »Ja, danke. Es ist noch so ungewohnt. Ich glaube, das ist alles noch nicht ganz da oben«, sie tippte sich mit einem Finger gegen die Stirn, »angekommen.«

»Natürlich! Das dauert noch ein bisschen. Wie geht es Ihrer Mutter? Ich möchte auch nicht stören, aber vielleicht können wir schon über einige Dinge reden. Oder zumindest einen neuen Termin dafür ausmachen?«

Michaela führte sie durch den dunklen Flur in die Küche.

Dort saß, wie vermutet, schon Hannes Kämpe am Tisch. Mit verkniffenem Mund blickte er zu ihr hoch.

»Mama, schau mal, die Pastorin möchte mit uns sprechen. Vielleicht können wir heute ja schon einen Termin für die Beerdigung festlegen?«

Gisela Wennies stand auf.

Christin kondolierte auch ihr.

Abwesend kam ihr die Witwe vor. Oder gefasst? Desinteressiert?

Oder interpretierte sie jetzt zu viel in ihren Gesichtsausdruck hinein? Wie musste eine Ehefrau gucken, deren aggressiver, alkoholkranker und liebloser Ehemann gestorben ist?

»Sagen Sie es mir ruhig, wenn ich störe und morgen wiederkommen soll. Ich sehe, Herr Kämpe kümmert sich ja auch schon um Sie.«

»Nein, bleiben Sie bitte. Ich möchte Karl-Heinz so schnell wie möglich beerdigen.« Gisela Wennies guckte zu Boden. »Ich glaube, ich brauche Ihnen nichts vorzumachen. Für mich ist es eine Erlösung.«

»Das ist allein Ihre Sache, Frau Wennies, das respektiere ich. Haben Sie schon Kontakt zu einem Beerdigungsinstitut aufgenommen?«

»Ja, Michael von Bestattungen Degen kümmert sich um alles. Er wird auch den Leichnam abholen. Michaela hat ihn heute Morgen direkt angerufen.«

»Haben Sie nicht noch einen Sohn?«

»Er schläft oben, ihn hat das alles sehr mitgenommen. Er«, sie wich wieder ihrem Blick aus, »hatte ja keinen Kontakt mehr zu seinem Vater, deswegen hadert er mit sich, hat die ganze Nacht nicht geschlafen.« Sie seufzte. »Er hatte nie die Hoffnung aufgegeben, dass Karl-Heinz ihn trotz seiner Homosexualität irgendwann akzeptiert. Und ich versuchte ihm die ganze Nacht klarzumachen, dass das sowieso nie passiert wäre.«

Christin musste schlucken. »Wollen Sie Ihren Sohn trotzdem wecken, damit er mit über die Beerdigung reden kann? Vielleicht tut es ihm gut, sich darüber Gedanken zu machen!«

»Ja, das ist vielleicht eine gute Idee.« Gisela Wennies ging aus der Küche hinaus. Kurze Zeit später hörte Christin ihre Schritte auf einer Treppe.

Ein peinliches Schweigen füllte die Küche.

»Möchten Sie etwas trinken?«

»Nett, dass Sie sich um Familie Wennies kümmern.«

»Ich wollte hier eventuelle Fragen beantworten.«

Die Pastorin, Michaela Wennies und Hannes Kämpe redeten alle gleichzeitig los.

Abrupt trat wieder Stille ein, dann lachten alle leise, wieder gleichzeitig. Michaela durchbrach diese merkwürdige Choreografie, indem sie einen Küchenschrank öffnete und ein Glas herausnahm. Christin setzte sich einfach und schaute erwartungsvoll Kämpe an.

»Ich bin völlig am Ende«, er beugte sich etwas nach vorne, »die Bilder von gestern gehen mir nicht aus dem Kopf. Ständig überlege ich, ob ich nicht doch etwas hätte tun können.« Mit beiden Händen schob er bedächtig einige Blätter Papier, die auf dem Küchentisch verteilt lagen, zusammen. Er ordnete sie zu einem akkuraten Stapel bevor er sie umdrehte, so dass die unbeschriebenen Seiten oben lagen. Jetzt erst sah sie, dass große Pflaster auf seinen Händen klebten und seine Fingerspitzen rot geschwollen waren.

Michaela schenkte Mineralwasser in das Glas ein und schob es über die fröhliche Osterdecke zu Christin. »Jetzt ist gut, Hannes, alle haben getan, was sie konnten«, sie verschränkte ihre Arme vor der Brust, zog die Oberlippe zwischen die Zähne und blinzelte ein paar Mal, »dass er so enden musste!«

»Ein Hohn wäre es gewesen, wenn er sanft im Kreise seiner Familie entschlafen wäre.« Stephan Wennies war vor seiner Mutter in die Küche getreten und guckte die Pfarrerin provozierend an.

Nach dem, was seine Mutter über ihren Sohn erzählt hatte, hatte Christin einen verheulten, zerknautscht aussehenden Mann erwartet, zumal seine Mutter ihn ja auch gerade erst geweckt hatte. Aber Stephan sah wie aus dem Ei gepellt aus. Genau wie bei seiner Schwester konnte der Kontrast zu der alten, unmodernen Küche nicht größer sein.

»Trotzdem spreche ich Ihnen mein Beileid aus.« Christin stand auf und reichte ihm die Hand.

Plötzlich fand sie die Atmosphäre in dieser Küche, diesem Haus, unerträglich. Jahrzehntelanger Hass, Bitterkeit und Frustration legten sich wie eine Decke aus dicker Asche auf alles und jeden hier in diesem Raum. Sie wollte so schnell wie möglich hier raus, zu ihren Kindern, zu Freddie, am liebsten mit allen einen Spaziergang in der kalten, frischen Luft machen.

Sie schaffte es, in der folgenden Stunde die Gesprächsführung zu behalten. Kämpe, der anfangs noch seine Meinung zu einigen Vorschlägen sagte, brachte sie mit klaren Worten zum Schweigen.

»So, Frau Wennies«, verabschiedete sich Christin, »jetzt stimme ich nur noch mit Degen einen Termin zur Beisetzung ab, dann haben Sie es alle geschafft. Danke, aber bleiben Sie sitzen, ich finde alleine hinaus.«

Draußen, unter den alten Bäumen, atmete sie tief durch.

* * *

Am nächsten Tag freute es Christin, aus dem Spellener Pfarrbüro zu hören, dass es seitens der Besucher des Osterfeuers keinen seelsorgerischen Gesprächsbedarf gebe. Während sie gemütlich mit ihren Kindern frühstückte, wartete sie auf einen Anruf von Freddie. Sie selber nahm sich vor, ihn nicht anzurufen. Sie hatten eine Grenze überschritten und sie musste sich jetzt selber darüber im Klaren werden, was sie wollte.

Außerdem hatte sie ein komisches Gefühl gehabt, als Freddie mit dieser Skalecki wegfuhr.

Abwarten.

Auch als sie am nächsten Morgen mit Mathilda nach Duisburg fuhr, hatte sich Freddie noch nicht gemeldet.

Oskar war bei einem Freund und sie genoss die seltene Zweisamkeit, die sie mit ihrer Tochter haben würde. Zudem war Mathilda sehr einfühlsam, sie würde wissen, wonach sie gucken müsste.

Christin beschloss, über die Frankfurter Straße und dann die B 8 zum Duisburger Innenhafen, in dem das Landesarchiv seinen Sitz hatte, zu fahren.

»Wow! Guck mal, Mama, die ganzen tollen Kleider in den Geschäften!« Mathilda staunte über die Schaufenster der Geschäfte in Marxloh. Ein Brautmodengeschäft nach dem anderen reihte sich an der B 8 auf.

Am Innenhafen angekommen fand Christin sofort das Parkhaus, in dem man als Besucher parken durfte. Ein eisiger Wind fegte ihnen in die Gesichter, als sie am Wasser entlang zum Archiv gingen.

Als sie vor dem Neubau des Landesarchivs standen, war es Christin, die »Wow!« sagte. Die spektakuläre Architektur des umstrittenen Baus war aus der Nähe noch wesentlich beeindruckender als auf den Bildern, die sie schon gesehen hatte. Die Lage am Wasser und die Kombination der alten Gemäuer mit den modernen Elementen fand sie sehr bemerkenswert. Sie versuchte, auch Mathilda dafür zu begeistern, aber ihre Tochter ging schon die Stufen hoch und verschwand in der großen Drehtür.

»Komm Mama, es ist kalt!«, trieb Matti ihre Mutter an.

Im Eingangsbereich meldeten sie sich an und ließen sich die nächsten Schritte erklären.

»Bitte bringen Sie erst Ihre Handtasche in ein Schließfach, hier direkt um die Ecke. Ihre Jacken können Sie in die Garderobe hängen«, forderte sie die Frau am Empfang auf.

Matti schaute ihre Mutter verwundert an.

»Hier lagern wertvolle und einzigartige Dokumente. So wollen sie sicherstellen, dass niemand etwas heimlich einsteckt. Oder«, Christin blickte mit leicht zusammengekniffenen Augen verstohlen nach links und rechts, »dass jemand sein Erdbeermarmeladenbrötchen auspackt und auf die Heiratsurkunde von Prinzessin Kunigunde und Prinz Franz kleckert!«

Mathilda kicherte. »Oh Mama! Jetzt will ich lieber so eine Heiratsurkunde suchen!«

Nachdem sie Christins Handtasche und ihre Jacken ordnungsgemäß verstaut hatten, gingen sie zum Lesesaal und wandten sich an eine der jungen Frauen hinter der Theke der Aktenausgabe.

»Wir haben auf Ihre Anfrage hin diese Akte herausgesucht und die Jahrgänge 1911 und 1912 der *Neuen Rhein- und Ruhrzeitung*.« Die junge Archivangestellte warf einen prüfenden Blick in ihren Computer. »Die Dokumente über die Eisenbahn sind Originale, die Zeitungen sind digitalisiert.« Sie legte ihnen eine alte, dicke Kladde hin.

Christin schaute sie ehrfürchtig an. Sie räusperte sich. »Ähem, die kann ich jetzt einfach nehmen und darin herumblättern?«, fragte sie.

Die junge Frau lächelte. »Na, so einfach natürlich nicht, aber laut Ihren Angaben auf Ihrem Antrag sind Sie Pfarrerin, da gehe ich einfach davon aus, dass Sie wissen, wie man mit alten Dokumenten umgeht.«

»Ja, natürlich, ich bin schon sehr gespannt, was ich darin finden werde. Meine Tochter unterstützt mich parallel zu meiner Suche, sie wird die Zeitungen durchstöbern.«

Die junge Frau geleitete die beiden zu zwei freien, nebeneinanderliegenden Arbeitsplätzen. Sie loggte sich in den Rechner ein und rief für Mathilda die gewünschten Jahrgänge auf. Dann erklärte sie ihr, wie man den Rechner bediente. Mathilda hörte konzentriert zu. Als die Angestellte wieder gegangen war, besprach Christin mit ihrer Tochter noch einmal genau, worauf sie achten sollte.

»Es freut mich sehr, dass du mir bei dieser Suche hilfst, wirklich! Auch wenn wir Papa wahrscheinlich selber nie beerdigen können, finden wir hier vielleicht etwas, das uns bei diesem Toten hilft. Die einzigen Spuren, die wir haben, sind die Akten der Eisenbahn und diese alten Zeitungen. Du musst Seite für Seite durchgehen und nach Vermisstenanzeigen gucken. So hat die Polizei früher verschwundene Personen gesucht. Jede Anzeige zeigst du mir bitte.«

»Okay«, nickte Mathilda, »ich habe verstanden. Ich hoffe, ich übersehe nichts!«

Christin drückte sie kurz an sich. »Ich glaube, wenn sie jemand findet, dann du. Du hast sehr viel Einfühlungsvermögen und du schaust immer sehr genau hin. Das sind tolle Eigenschaften, die du von deinem Vater geerbt hast.«

Mathilda wandte den Kopf ab und starrte auf den Bildschirm. Es war das erste Mal, dass ihre Mutter von alleine über ihren Vater sprach, und das junge Mädchen musste schlucken. Ihre Hand umschloss die Maus und sie scrollte sich zum 30. November 1911.

Christin öffnete vorsichtig die alte, historische Akte der Reichsbahn. Sie lag so zwischen zwei Schaumstoffpolstern, dass die aufgeschlagenen Hälften links und rechts erhöht wurden und die Akte somit nicht vollständig aufklappte. Das schonte die alte Bindung.

Mit einem Seitenblick stellte Christin fest, dass ihre Tochter schnell erfasst hatte, wie man die Seiten der *Rhein- und Ruhrzeitung* effektiv überflog. Konzentriert, mit zusammengepressten Lippen starrte Mathilda auf den Bildschirm, die rechte Hand bewegte gekonnt die Maus über das Mousepad.

Sie selber verlor fast den Mut, bei der Menge an kleingedruckten Spalten, Tabellen und Notizen. Als Erstes bemerkte sie, dass die Dokumente chronologisch geordnet waren. Die ersten Papiere waren von September

1909. Und tatsächlich ging es um den Spellener Bahnhof und die Frage, ob er an der Ost- oder an der Westseite gebaut werden sollte. Weitere Akten behandelten zum Beispiel die Unterführung der geplanten Bahn in Walsum an der Römerstraße. Christin hatte den Eindruck, dass diese Mappe nur ein Sammelsurium noch existierender Dokumente war. Oft fehlten auch mehrere Seiten hintereinander, teilweise waren sie sauber herausgeschnitten, teilweise sahen sie aber auch wie herausgerissen aus.

Sie zwang sich selber dazu, nicht jedes einzelne Blatt genau zu studieren, denn die im handschriftlichen Sütterlin verfassten Papiere waren nicht so schnell zu lesen, wie die mit einer Schreibmaschine verfassten.

Vorsichtig blätterte sie in der Kladde bis fast zum Ende.

Da waren sie.

»Mama!« Christin zuckte zusammen.

»Mein Gott, musst du mich so erschrecken?« fuhr Christin auf.

Mathilda kicherte. Sie zeigte ihrer Mutter die erste Vermisstenanzeige, die sie gefunden hatte.

Zusammen musterten sie die Anzeige.

»Guck mal«, Christin tippte auf den Bildschirm, »das Datum kommt nicht hin, *vermisst seit dem Sommer d.J. 1911.*«

»Dann suche ich weiter.« Mathilda wandte sich wieder dem Bildschirm zu.

Stumm starrten Mutter und Tochter weiter auf die alten Dokumente.

»Komm Matti, streck dich mal.« Christin lehnte sich in dem Stuhl zurück und reckte sich. Dann massierte sie sich mit beiden Händen ihre Wangen und gähnte dabei.

»Mama, hömma«, fing Matti an.

Ihre Mutter beugte sich zu Mattis Bildschirm vor und las die Annonce, die ihre Tochter mit dem Pfeil des Cursors umkreiste, laut vor.

»*Geliebter Heinrich! Bitte! Fritzi und Mia warten auf Dich!*«, stand da nur. Die Anzeige war vom 12. Januar 1912.

»Ja und?«, fragte sie ihre Tochter, »das kann alles bedeuten und bringt uns nicht weiter.«

»An irgendetwas erinnert mich das, ich kann es aber nicht fassen.«

»Dann verbeiße dich da am besten jetzt nicht, irgendwann wird es dir wieder einfallen.«

Mathilda zuckte mit den Schultern. Sie nahm ihr Smartphone und fotografierte die Anzeige ab. »Ja, da hast du wohl recht.« Dann starrte sie wieder auf den Bildschirm.

Christin blätterte weiter und wurde langsam unruhig.

Als Erstes blätterte sie zum L. *Lemm*, da stand er. *Lemm, Wilhelm, Spellen, 105 Mark, 1,79, 103,1.*

Hier war also die Verbindung, hier waren alte Tatsachen dokumentiert.

Sie empfand einen Triumph, den sie am ehesten mit der Freude über eine gelöste, schwierige Denksportaufgabe vergleichen konnte.

Also suchte sie jetzt in der letzten Spalte. Wenn der Tote ein Bahnarbeiter war, müsste dort ja eine Bemerkung stehen.

Aufgeregt blätterte sie zum A zurück. Hastig fuhr sie mit ihrem Finger die Zeilen entlang. In einigen Reihen waren keine Bemerkungen, dann kam ein *verstorben*, leider nicht im Abschnitt Spellen. Relativ schnell kam sie im Alphabet voran, bis sie beim Buchstaben K endlich auf einen Namen stieß, der sie tief durchatmen ließ. Das war er.

»Mama«, wieder erschrak Christin, als sie das Flüstern ihrer Tochter hörte. Während Mathilda auf den Bildschirm starrte, tastete ihre Hand nach dem Arm ihrer Mutter. »Mama, schau hier, ich glaube, ich habe ihn gefunden!«

In der Vermisstenanzeige, die Mathilda auf ihrem Bildschirm hatte, las sie den gleichen Namen wie in der Akte der Königlichen Eisenbahndirektion.

Ausgeschieden zum 30. November

* * *

Gisela Wennies starrte auf die Tischdecke, die schon bessere Tage gesehen hatte. Wie um sie alle zu verhöhnen, grinsten die aufgedruckten Häschen frech den Betrachter an. Ihre Hände schlossen sich um eine längst erkaltete Tasse Kaffee. Freitagnachmittag, das erste Wochenende ohne einen trinkenden Ehemann, seit vielen, vielen Jahren.

Kriminalhauptkommissarin Skalecki und Polizeihauptmeister Neumann sprachen eigentlich nur mit Michaela Wennies.

»Nein«, trotzig schaute sie die beiden Polizisten über ihre verschränkten Arme hinweg an, »ich trauere nicht und meine Mutter akzeptiert dies. Mein Vater war kein liebevoller Vater, ich bin zwar sehr erschüttert, aber weder mein Bruder noch ich trauern. Nein.« Sie schüttelte den Kopf.

»Frau Wennies, ich weise Sie darauf hin, dass alles, was Sie jetzt sagen, gegen Sie verwendet werden kann. Möchten Sie einen Anwalt dabeihaben?«

Skalecki hatte ebenfalls die Arme vor der Brust verschränkt. Sie lehnte stehend an der Anrichte, sich hinzusetzen traute sie sich nicht, die Küchenstühle schienen ihr zu alt für ihr Gewicht.

»Kann ich den Bericht des Gerichtsmediziners bekommen?«

»Nein, dieser Bericht ist nur für die Kripo bestimmt. Warum möchten Sie den haben?«

»Ich habe in Düsseldorf einen Freund, der Gerichtsmediziner ist, den hätte ich gerne darübergucken lassen.«

Mit gespitztem Mund schaute Michaela zu Skalecki hoch.

»Vielleicht kann Ihr Anwalt Ihnen da weiterhelfen. Aber glauben Sie mir, die Untersuchungsergebnisse sind eindeutig. Ihr Vater wurde mit Nagellackentferner übergossen«, automatisch blickten Freddie und Skalecki auf Michaelas perfekt lackierte, lange Fingernägel, »und dann angezündet. Die Flasche, in der der Nagellackentferner abgefüllt war, lag hinter der Turnhalle. Ihr Auto wurde Sonntagnachmittag am Altenheim gesehen. Dr. Tanner sagte aus, dass Sie den Leichnam Ihres Vaters so schnell wie möglich beerdigen wollten. Frau Wennies, ich rate Ihnen dringend, sich einen Anwalt zu nehmen.«

»Das werde ich natürlich tun. Aber nur weil ein paar Indizien auf mich deuten und ich meinen Vater nicht geliebt habe, heißt das doch nicht, dass ich meinen Vater umgebracht habe. Sie können sich doch nicht auf mich als Mörderin versteifen! Das würde Ihnen wohl sehr passen, schon fünf Tage nach dem Mord einen Mörder präsentieren zu können!«

Freddie bewunderte Michaela Wennies insgeheim für ihre Gelassenheit. Fast könnte man meinen, dass sie in ihrem Job als Anlageberaterin einer kleinen, aber feinen Privatbank des Öfteren mit verbrecherischen Machenschaften zu tun hatte, dachte er belustigt.

»Warum stand Ihr Auto in der Nähe der Grundschule?«, fragte Freddie Michaela.

»Damit das klar ist, ich antworte Ihnen jetzt nur, weil ich nichts zu verbergen habe.« Michaela blickte von Freddie zu Skalecki. »Meine Mutter bat mich, nach Vater zu schauen. Sie hatte Angst, dass er so viel soff, dass er wieder im Graben landete. Ich parkte am Altenheim und ging dann rüber zur Grundschule.« Michaela löste ihre Arme aus der Verschränkung und legte die Hände auf den Küchentisch. Dann wischte sie ungeduldig eine Strähne ihres Haares nach hinten. »Auf dem Weg dorthin«, fuhr sie fort, »stellte ich mir vor, wie ich meinen Vater antreffen würde. Voll wie eine Haubitze, krakeelend und streitlustig. Dann die Blicke der braven Bauern hier, die Blicke der Dorfmuttis. Nee, der soll alleine klarkommen, dachte ich und bin wieder nach Hause gefahren.«

Skalecki machte den Mund auf, aber Freddie bedeutete ihr, dass er weitersprechen wollte. »Vom Overgergweg kommt man direkt an die Rückseite der Turnhalle. Dort ging Ihr Vater zum Pinkeln hin. Eine gute Gelegenheit.«

»Ja klar.« Jetzt grinste Michaela. »Zu Hause habe ich Nagellackentferner abgefüllt, habe dann quasi mitten in Spellen geparkt, bin in der Menschenmenge zur Schule gelaufen, habe mich dann hinter der Turnhalle versteckt, die Augen zugemacht, damit mich die Masse an Kerlen, die ebenfalls zum Pinkeln dahinkommen , nicht sieht, und dann einfach gewartet, bis mein Vater kommt, damit ich ihn in aller Seelenruhe ermorden kann. Ganz davon ab, dass dieses Szenario sehr unwahrscheinlich ist, hätte ich doch wohl bessere Möglichkeiten, wenn ich meinen Vater beseitigen wollte.«

»Die Flasche war eindeutig aus diesem Haushalt. Es waren die Fingerabdrücke Ihrer Mutter und Ihres Vaters darauf«, warf Skalecki ein, »das würde dann ja nur noch einen Rückschluss zulassen.« Sie warf einen Blick auf Gisela Wennies.

Entweder bekam die Witwe das Gespräch nicht mit, oder sie war in eine andere Welt abgedriftet, in der sie sich nur noch wünschte, endlich ihr neues Leben anfangen zu können. Sie hob weder den Kopf, noch sagte sie etwas zu dieser Anspielung.

Wieder lächelte Michaela. »Jetzt ignoriere ich mal Ihre indirekte Aussage, dass meine Fingerabdrücke nicht auf dieser Flasche waren, aber Mutter saß mit meinem Bruder den ganzen Nachmittag hier in der Küche. Als ich ins Dorf fuhr, hockten sie hier, und als ich wiederkam, hockten sie noch immer hier.« Skalecki beugte sich vor. Ganz ruhig und jedes Wort bewusst wählend, sprach sie leise zu ihr. »So, Frau Wennies, um es jetzt mal in aller Deutlichkeit zu sagen: Sie drei haben den guten Karl-Heinz gehasst. Somit sind Sie alle drei automatisch verdächtig. Und noch einmal, ich rate Ihnen, sich einen Anwalt zu nehmen, den werden Sie brauchen.«

»Ich hoffe, Sie werden jeden, der auf dem Osterfeuer war, vernehmen, denn bestimmt hatte mindestens die Hälfte von denen einen Hass auf meinen Vater!«

Jetzt mischte sich Freddie wieder ein. »Gut, dann nennen Sie uns mal ein paar Namen.«

Alle zuckten zusammen, als Gisela Wennies aufstand. Dies geschah so plötzlich, dass der Küchenstuhl, auf dem sie saß, beinahe nach hinten umgekippt wäre. »So, jetzt ist Schluss«, nichts war mehr von ihrer vorherigen Apathie zu merken, »auch wenn mein verstorbener Mann kein guter Mensch war, werden wir hier jetzt keine schmutzige Wäsche waschen. Meine Kinder und ich haben ihn nicht getötet. Und es ist Ihre Aufgabe, den Mörder zu finden. Wir werden das jetzt erst einmal alleine besprechen.«

Freddie nickte. »Wo ist Ihr Sohn?«

»Stephan ist zurück nach Köln gefahren, er kommt morgen früh wieder.«

»Gut«, Skalecki stieß sich von der Anrichte ab und ging zur Tür. »Halten Sie sich für weitere Fragen zur Verfügung, natürlich dürfen Sie das Land nicht verlassen. Wir melden uns wieder.«

Schweigend fuhren Skalecki und Freddie zur Polizeistation Voerde zurück. Es war schon bei ihrer lange zurückliegenden Zusammenarbeit so gewesen, dass sie immer erst eine Weile verstreichen ließen, bevor sie gemeinsam die Verhaltensweisen möglicher Verdächtiger analysierten.

Auf dem Revier angekommen, fläzte sich Freddie auf den erstbesten Schreibtischstuhl. Sofort zückte er sein Handy und kontrollierte die eingegangenen Anrufe.

»Na«, feixte Skalecki, »wo bist du, wann kommst du?«, äffte sie eine nörgelnde Frauenstimme nach.

»So ist sie nicht, leider.«

Mit schlechtem Gewissen sah er, dass Christin dreimal versucht hatte, ihn zu erreichen. Gestern war seit Wochen das erste Mal, dass sie nicht zusammen den Donnerstag verbracht hatten. Aber seit Ostersonntag waren er und seine Voerder Kollegen wie in einem Ausnahmezustand. Endlose Tatortanalysen, Gespräche mit Augenzeugen, Gespräche mit den Feuerwehrleuten, dann der Besuch in der Rechtsmedizin am Vortag.

Professor Dr. Ricken hatte sich hinter seinen erstaunlich unordentlichen Schreibtisch gesetzt und doziert: »Wie schon gesagt, der Geruch des Brandbeschleunigers war für mich sofort zu erkennen …«

»Stopp«, Skalecki hatte die rechte Hand gehoben, »Entschuldigung, aber der Mann war voll wie eine Haubitze, wie wollen Sie da sicher sein, dass Sie nicht den Klaren gerochen haben?«

Ricken kannte Skaleckis direkt Art, so war er auch nicht verärgert über ihre Unterbrechung. »Ganz einfach, der konsumierte Alkohol ist im Magen eingeschlossen und da die Atemwege und die Speiseröhre durch ein Inhalationstrauma geschwollen waren, konnte über die Atmung kein Alkohol ausgedünstet werden, außerdem«, er zuckte wie zur Entschuldigung mit den Achseln, »bei meinen Untersuchungen ist der Geruchssinn eines der wichtigsten Instrumente, mit meiner Nase nehme ich sehr viele Faktoren auf, ohne Analysen durchführen zu müssen.« Der Arzt stand auf, ging zu einem komplett mit Büchern vollgestellten Regal, ließ seinen Blick kurz über die Regalreihen wandern und zog dann gezielt ein Buch heraus. Er setzte sich wieder hin und schaufelte sich Platz für das Buch frei, indem er die vor ihm liegenden Unterlagen einfach auf andere stapelte.

»Sie wissen doch, dass wir …«

Jetzt unterbrach Ricken die Polizistin. »Keine Sorge, das Labor wird euch die Analysen schwarz auf weiß bestätigen. Ich habe von verschiedenen Stellen der verkohlten Oberfläche Proben genommen, ich hoffe, wir können aus den Resten der Substanzen die Art des Alkohols spezifizieren.« Er schlug das Buch auf, schaute kurz in die Kapitelübersicht und blätterte dann zu der gesuchten Stelle.

»Und woran starb Wennies jetzt genau?«, fragte Freddie.

»Inhalationstrauma.«

»Rauchvergiftung?« Skalecki zog erstaunt die Augenbrauen hoch.

»Ja. Von wo aus sich das Feuer exakt verbreitete, kann ich bis jetzt noch nicht sagen, aber sehr wahrscheinlich schlugen die Flammen bis über den Kopf. Er wird vor lauter Panik verständlicherweise einige sehr tiefe Atemzüge genommen haben, so schwollen seine Atemwege sofort an. Ehrlich gesagt haben die Rettungssanitäter bei der Intubation nur noch ein Schlachtfeld anrichten können. Aber, nun ja«, er zuckte wieder mit den Schultern, »durch die Verbrennungen war sein komplettes Nervensystem lahmgelegt, so hat er wenigstens keine Schmerzen mehr gehabt.«

Freddie legte unbewusst eine Hand auf seine linke Wange.

Ricken drehte das aufgeschlagene Buch so herum, dass die beiden Polizisten auf der anderen Seite des Schreibtisches hineinsehen konnten. Er deutete mit dem Finger auf die Skizze eines menschlichen Körpers. »Geht es noch?«, fragte er Freddie.

Dieser nickte mit verkniffenem Mund.

»Hier können Sie sehen, nach welchen Kriterien wir den Prozentsatz der verbrannten Oberfläche bestimmen. Alleine der Rumpf macht schon 36 Prozent der Körperfläche aus, dazu die Oberschenkel und Arme, das waren bei ihm insgesamt schon etwa 72 Prozent. Auch wenn die Intubation wirklich gut verlaufen wäre, wäre es nach ein paar Stunden zu einem Multiorganversagen gekommen, da er zu viele lebenswichtige Körperflüssigkeiten und Eiweiße verloren hat.«

»Man wird die Arbeit der Ersthelfer untersuchen«, warf Skalecki ein.

Der Professor schüttelte den Kopf. »Sie hatten keine Chance. Nach den Pulverspuren zu urteilen, haben sie mit einem Feuerlöscher gearbeitet. Das ist zwar umstritten, aber in meinen Augen sinnvoll. Ich weiß zwar nicht genau, was sich da abgespielt hat, aber es muss wirklich schlimm gewesen sein.«

Freddie nickte. »Herr Doktor, bitte noch einmal für unsere Notizbücher. Wennies hat sich im Suff total bekleckert. Er geht um diese Turnhalle herum, weil er pinkeln muss. Dann zündet er sich dort noch eine Zigarette an, irgendwie kommt er mit dem Feuerzeug an die alkoholgetränkte, dicke Jacke, die fängt Feuer und so weiter ...«

»Nein«, Ricken dachte einen Moment nach, »nein. Eher unwahrscheinlich. Er trug eine Jacke aus dichter Wolle, irgendetwas mit Loden oder Filz. So eine Textilie ist nicht so leicht zu entflammen wie zum Beispiel eine Jacke aus Mikrofaser. Finde ich nicht realistisch, aber ihr seid die Ermittler. So«, Ricken stand auf, die beiden Polizisten taten es ihm gleich, »ich gehe wieder an die Arbeit, werde mal versuchen herauszufinden, wie sich die Flammen verbreiteten. Morgen oder übermorgen werde ich wissen, welcher Brandbeschleuniger verwendet wurde. Ich rufe Sie dann sofort an.«

Dieser Anruf kam schon am Freitagmorgen.

»Nagellackentferner«, teilte Dr. Ricken Freddie persönlich mit, »Nagellackentferner enthält auch immer einige pflegende Substanzen, wie zum Beispiel Öle. Dieses Gemisch konnte das Labor eindeutig nachweisen. Jetzt weiß ich auch, was ich gerochen hatte, nämlich einen ganz schwachen, lieblichen Duft. Fragen Sie mal Skalecki, wie ihr Nagellackentferner riecht, die kennt sich bestimmt bestens damit aus!« Ricken wieherte über seinen eigenen Witz laut ins Telefon. Widerwillig musste Freddie grinsen, als er den Hörer auflegte.

»Der ging bestimmt auf meine Kosten!« Skalecki blickte ihren alten Kollegen scharf an. »Aber weißt du, wenn der abends alleine übern Parkplatz zu seinem Auto muss, hängt er sich immer an irgendjemanden dran, die Pussy. Letztens sogar an die Schülerpraktikantin aus der Kantine.«

Eigentlich wollte Freddie gerne Christin anrufen, Skalecki hatte aber schon nach seinen Eindrücken von der Unterhaltung mit Familie Wennies gefragt.

»Wenn du mich fragst, sind alle drei verdächtig, alle haben ein Motiv«, antwortete ihr Freddie.

»Aber warum dann erst jetzt?«, hakte die Duisburgerin nach, »er hat seine Frau und seine Kinder seit Jahren tyrannisiert.«

»Ja, wenn es jemand von ihnen war, muss irgendetwas vorgefallen sein.«

»Ich werde die Düsseldorfer und die Kölner Kollegen bitten, alles über die beiden Kinder herauszufinden, sie sollen mit Arbeitskollegen, Freunden und Nachbarn reden.«

»Und ich werde mir mal hier alles über Wennies rausziehen«, Freddie deutete zum Computer, »mit wem er in den letzten Jahren Ärger hatte. Dann die Vermögenswerte.«

»Gut. Ich werde jetzt zur Schule fahren und mir den Tatort noch einmal genau anschauen. Vielleicht ist der Bericht der Spurensicherung auch schon fertig.«

Skalecki hatte schon Ostersonntag, dem Tag des Unglücks, die Bilder der Überwachungskameras der Grundschule angefordert. Mit leicht verzweifeltem Blick bemerkte sie nur kopfschüttelnd »Bullerbü, ich sag's ja,«, auf die Antwort des Voerder Kollegen, dass es an dieser Grundschule keine Kameras gab.

Kaum hatte die Duisburger Polizistin die Wache verlassen, suchte sich Freddie ein Büro, in dem er alleine war, und griff zum Telefon. Er merkte sofort, dass Christin sehr reserviert war. Konnte er verstehen.

»Es tut mir leid«, versuchte er die Pfarrerin zu beschwichtigen, »wenn man nicht selber bei der Polizei ist, kann man sich nicht vorstellen, was hier manchmal los ist.«

Christin schluckte ihre Enttäuschung herunter. »Mathilda und ich waren gestern in Duisburg im Landesarchiv«, versuchte sie das Gespräch wieder in neutrale Bahnen zu lenken, »stell dir vor, was Matti und ich herausgefunden haben!«

Freddie stöhnte auf. »Sorry, Chrissie, aber ich kann jetzt nicht weitersprechen. Ich muss noch einmal die ganzen Aussagen von Sonntag durchgehen und sortieren. Dann muss ich sehen, was ich über Wennies noch herausfinden kann. Vielleicht, wenn Skalecki Ruhe gibt, habe ich dann am Wochenende etwas Zeit, mit dir spazieren zu gehen. Ich würde selbstverständlich vorher anrufen.«

»Was ist denn jetzt noch so wichtig? Was willst du über Wennies erfahren? Ich war am Montag dort und Frau Wennies wartet nur noch auf die Freigabe des Leichnams.«

Freddie stöhnte auf. »Du weißt es ja noch gar nicht!«
»Was denn?«
»Das, was Wennies passiert ist, war kein Unfall. Wennies ist ermordet worden.«

14. Kapitel

1912

Die Arbeit ging ihr leicht von der Hand. Die kleine Wohnung im Gebäude der Schule direkt gegenüber dem Kirchturm von St. Peter war schnell aufgeräumt und gesäubert. Im Gegensatz zu dem großen Haus, in dem sie mit Heinrich und dessen Familie gelebt hatte, hatte sie als Haushälterin des Hilfslehrers Simon Folke sogar noch Zeit, andere Dinge zu machen. Sich zum Beispiel um ihren erst ein paar Monate alten Sohn zu kümmern. Friedrich. Fritzi.

Es war vereinbart worden, dass sie morgens früh schon bei Folke anfing. Sie heizte den Ofen in der Küche ein und bereitete ihm ein Frühstück. Dann erledigte sie die anfallenden Hausarbeiten und kochte ihm auch eine Mittagsmahlzeit, zu der er um Viertel nach zwölf nach Hause kam. Von dem Schulgebäude an der Weseler Straße brauchte er nur wenige Minuten. Sein Mittagessen nahm er dann alleine in der guten Stube zu sich. Nachdem er wieder zum Unterricht, der nachmittags um zwei Uhr begann, gegangen war, säuberte sie die Küche, bereitete eine Abendmahlzeit vor und legte ihm saubere Sachen für den nächsten Tag hin, bevor sie mit ihrem Baby nach Hause ging, in das Haus ihrer Eltern.

Mia versuchte, so gut es ging, ihrem Dienstherren nicht in die Augen zu sehen. Als er ihr und Heinrich einige Wörter und Sätze der englischen Sprache beibrachte, war die Atmosphäre immer sehr entspannt gewesen. Sie hatten ein paar Mal abends bei Folke zusammengesessen. Der zugereiste Hilfslehrer genoss die Abende in Gesellschaft zweier jüngerer Menschen, und Heinrich und Mia brachten als Dankeschön immer etwas Käse, Speck und Bier mit, welches sie sofort zusammen tranken. Trotz der fröhlichen Stimmung waren Mia und der Bauernhoferbe auch immer etwas verkrampft, beide empfanden den weit gereisten und gebildeten Folke als etwas einschüchternd.

Der jungen Mutter war ihre Situation jetzt sehr unangenehm. Sie schämte sich, als sitzen gelassene, unverheiratete Frau bei ihm zu arbeiten. Nichts erinnerte mehr an die gelöste Stimmung vor einem Jahr.

Auch Folke verhielt sich ihr gegenüber reserviert. Mia hatte das Gefühl, dass sie in seiner Wertschätzung tief gesunken war und er nur aus Mitleid auf den Vorschlag des Pfarrers einging, Mia Hassel als Haushälterin anzunehmen. Sie merkte selber, dass er ihr gegenüber einsilbig war. Fritzi beachtete er gar nicht.

Als sie ihm bei einem der vergangenen Mittagessen etwas Soße über den Ärmel kleckerte und sie sofort versuchte, mit ihrer Schürze den Fleck wegzuwischen, fuhr er sie sogar an.

»Lass das!«, ärgerlich zog er seinen Arm unter ihrer Hand weg. Sofort stand er auf und verließ die Wohnung. Mia war den Tränen nah.

Simon Folke dagegen wusste nicht mehr, was er tun sollte. Er begehrte Mia so sehr, dass er kaum noch schlafen konnte. Schon als sie mit ihrem Verlobten zu den Englischstunden kam, verehrte er sie heimlich. Er benahm sich linkisch, vielleicht auch ein bisschen arrogant. Eifersüchtig war er auf den hochgewachsenen, charmanten Bauern. Als er dann bei Mia die kleine, gewölbte Kugel ihres Bauches sah, wurde ihm schlecht vor Eifersucht. In der folgenden Nacht tat er kein Auge zu.

Jetzt füllte ihr ruhiger Geist seine Wohnung. Sein Refugium war durchdrungen von Mias Geruch, überall sah er Spuren ihrer Anwesenheit. Zum Beispiel die leicht verrückten Bücher, die sie heimlich aus dem Regal nahm und nicht wieder so akkurat zurückstellte, wie er es tat.

Fritzi war ein pflegeleichtes Baby, auch sein Geruch durchzog die Räume. Ab und zu versuchte er heimlich, einen Blick auf das faszinierend kleine Wesen zu werfen.

Sein Verlangen nach ihr steigerte sich noch mehr, als er einmal früher nach Hause kam und Mia noch nicht weg war.

In Gedanken versunken hatte er die Tür geöffnet. Fritzi schrie lautstark, ein ungewohntes Geräusch in seiner sonst so ruhigen Wohnung. Mit einem Mal war es still. Neugierig näherte er sich leise dem Wohnzimmer. Durch die nur angelehnte Tür konnte er Mia sehen. Sie saß auf dem Sofa und hatte ihren Sohn auf dem Schoß liegen. Ihre Bluse war aufgeknöpft, er konnte genau auf die rosige, weiche Brust gucken, an der Fritzi gierig sog. Mia blickte liebevoll ihren Sohn an, Simon konnte sehen, wie auch sie sich immer mehr entspannte und etwas in die Kissen zurücksinken ließ.

Simon traute sich nicht, sich zu bewegen, er wollte sie auf keinen Fall erschrecken und diese Zweisamkeit stören.

Ganz vorsichtig und leise ging er rückwärts wieder aus seiner Wohnung hinaus.

* * *

Skalecki und Freddie hatten Freitagabend beschlossen, direkt am nächsten Tag Familie Bleckmann einen Besuch abzustatten. Bei seinen Nachforschungen am vergangenen Abend hatte er zwar einige Anzeigen gegen Wennies gefunden, aber die waren schon älter und beinhalteten meist den Tatbestand der Beleidigung. Interessant fand er dagegen den Besitz, den der Verstorbene sein Eigen nennen durfte.

Das ganze Land zwischen der Scheltheide, wo das alte Haus von Wennies stand, der Rheinstraße und der Boltraystraße gehörte Wennies. Hinter der Boltraystraße schlossen sich Felder und Wiesen an, die den Anwohnern gehörten. Zwei Bauernhöfe und der Hof von Kämpe. Freddie vermutete, dass das Land wahrscheinlich nicht sehr wertvoll sei, sonst hätte Wennies es bestimmt schon verkauft, aber wenn es jemals Bauland werden würde, hätten seine Frau und seine Kinder ausgesorgt. Und ein Motiv, das über bloßen Hass hinausging. Das würde er aber erst Montag erfahren, wenn das Bauamt wieder öffnete.

Der traurige Anblick von Andreas Bleckmann bei seinem und Christins Besuch bei Kämpe kam ihm immer wieder in den Sinn. Der einzige Sohn, bitter.

Theo Bleckmann hatte aus dem tiefen Groll, den er Wennies gegenüber empfand, nie einen Hehl gemacht. Jahrelang hatte er bei jeder Gelegenheit gegen Wennies gewettert, hatte Streit gesucht und versucht, andere gegen ihn aufzuhetzen.

Bleckmann öffnete selber die Tür. Er sah müde und grau aus.

»Wir wollen Ihnen ein paar Fragen zu dem Unglück beim Osterfeuer stellen, dürfen wir wohl kurz reinkommen?« Freddie lächelte, er wollte nicht, dass Bleckmann den Eindruck bekam, dass dies ein Verhör sei.

Der Hausherr ging mit ihnen ins Wohnzimmer. Das Innere des Hauses sah zwar ordentlich aus, aber man konnte erkennen, dass der Haushalt zwei alten Menschen über den Kopf wuchs. Bleckmann setzte sich auf das Sofa, die beiden Ermittler jeder in einen der wuchtigen, bequemen Ohrensessel.

Skalecki überließ Freddie die Gesprächsführung.

»Herr Bleckmann, Sie waren ja auch am Sonntag beim Osterfeuer, als dieses tragische Unglück passierte.«

»Ja, ich war ja früher auch bei der Freiwilligen Feuerwehr aktiv, jetzt gehe ich nur noch hin, um bei einem Bierchen mit ein paar alten Bekannten zu quatschen.«

»Können Sie uns schildern, was Sie gesehen haben?«

»Warum?« Misstrauisch schaute er von Freddie zu der ihm unbekannten Polizistin. »Ich habe doch schon Ihren Kollegen am Sonntagabend alles erzählt, was ich gesehen habe.«

»Herr Bleckmann«, Freddie war die Unterhaltung unangenehm, »es ist bekannt, dass Sie Karl-Heinz Wennies gehasst haben.«

»Ja, und?«

»Es hat sich herausgestellt, dass Wennies mit Brandbeschleuniger übergossen wurde.«

»Ja, und weiter?«

»Er ist ermordet worden«, mischte sich Skalecki ein, »und wir müssen jetzt herauszufinden, wer das war.«

Es wurde still im Wohnzimmer. Durch das große Terrassenfenster konnte man den Garten sehen. Große, verblühte Forsythiensträucher müssten heruntergeschnitten werden, Osterglocken hatten sich selber vermehrt und bildeten teilweise einen dichten, gelben Teppich, der bis auf den Rasen wucherte. Auf der Terrasse, unter einer Überdachung, sah man ein behindertengerechtes, dreirädriges Fahrrad. Ein Vogel hüpfte über den Rasen. Eine Uhr tickte irgendwo.

Bleckmann starrte zum Fenster hinaus. »Es tut mir leid, aber ich gönne es ihm von Herzen. Er hat das Leben eines klugen und guten jungen Menschen mutwillig und ohne Reue zerstört. Und unser Leben damit auch. Ich habe ihn aus tiefstem Herzen gehasst, ja. Aber nein, getötet habe ich ihn nicht. Das könnte ich meiner Frau nicht antun. Wir kommen ja schon zu zweit nicht mehr mit Andreas zurecht, wie will sie es alleine schaffen?« Er schaute Freddie fragend an. »Außerdem, um es mal so zu sagen, der Hass loderte nach all den Jahren auch nicht mehr so heiß wie früher.«

»Nun, Herr Bleckmann, wenn man jemanden umbringt, möchte man ja in der Regel auch nicht, dass es herauskommt«, warf Skalecki ein, »von daher denkt man dann auch erst einmal nicht an die Konsequenzen. Man versucht, das Verbrechen perfekt zu planen. Ich stelle mir das so vor: Seit Jahrzehnten dreht sich alles bei Ihnen um Ihren behinderten Sohn. Ein anstrengendes Leben, ich möchte wirklich nicht mit Ihnen tauschen!« Skalecki beugte sich vertraulich zu Bleckmann vor. »Sie und Ihre Frau sind am Ende Ihrer Kräfte. Wie schon seit Jahren planen Sie, auf dieses Osterfeuer zu gehen, das immer gleich abläuft. Sehen den betrunkenen Wennies vor sich, wie er quietschfidel und dumme Sprüche klopfend am Bierwagen stehen wird. Sie wissen, er ist so ungehobelt, dass er nicht auf die geöffnete Schultoilette geht, sondern ins Gebüsch, hinter die Turnhalle. Viele Menschen sind da immer, viele Kinder werden herumrennen. Hinterhergehen, begießen, anzünden. Vorher aus dem Altglas der Wennies eine leere Flasche holen, Sie wissen ja auch, dass seine Familie ihn hasst.« Skalecki lehnte sich wieder in den Sessel zurück. »Ganz ehrlich? Das würde ich mit so einem Monster machen, das das Leben meines Kindes, meiner Frau und mir selbst zerstört hat.«

»Theo«, eine schneidend klare Stimme zerschnitt die scheinbare Vertrautheit zwischen den Polizisten und dem Hausherrn, »Andreas kommt nicht alleine aus dem Bad, bitte geh du mal hoch. Und Sie«, Martha Bleckmann wandte sich an Freddie und Skalecki, »Sie verlassen sofort unser Haus. Wenn Sie noch irgendetwas von meinem Mann wollen, werden wir nur noch in Gegenwart eines Anwalts reden. Und nur zu Ihrer Information, ich habe Wennies wahrscheinlich noch mehr gehasst, als mein Mann es tat. Bringen Sie also bitte noch einen Haftbefehl für mich mit.«

»Ja, Frau Bleckmann, ich hoffe, dass wird nicht nötig sein. Aber um ganz sicher zu gehen, brauchen wir alle Namen von den alten Feuerwehrkameraden, mit denen Ihr Mann am Sonntag zusammengestanden hat. Bitte schreiben Sie sie uns mit Vor- und Zunamen auf.«

»Komm, lass uns irgendwo einen Kaffee und ein Brötchen essen gehen«, schlug Skalecki vor.

»Nein«, Freddie schüttelte den Kopf, »das möchte ich hier nicht. Wir nehmen die armen Bleckmanns auseinander und setzen uns dann in ein Café! Wir holen uns was und fahren dann zum Rhein. Im Moment ist es ja trocken, ich kenne da eine schöne Stelle mit Bank.«

Von dem Doppelhaus der Bleckmanns aus fuhren sie in den Spellener Ortskern, kauften sich dort beim Bäcker ihr Frühstück und fuhren dann weiter zum Rhein.

»*Auf der Gest*« las Skalecki, »mein Gott, ist ja echt schön hier«, diesmal sparte sich die Polizistin ihren Sarkasmus und meinte es ernst. Beide guckten auf den Rhein. »Sieht hier schon ganz anders aus als in Duisburg.«

»Warum sollte Bleckmann erst jetzt Wennies töten?« Freddie schaute weiter auf den Rhein, der unbeeindruckt von den kleinen und großen Tragödien der Menschen weiter grau dahinfloss.

»Vielleicht gab es irgendeinen Vorfall innerhalb der Familie? Wie ist der Krankheitsverlauf? Vielleicht ist jemand von den beiden Eltern erkrankt und die Wut auf Wennies kochte noch einmal hoch?« Mit nur wenigen Bissen verputzte Skalecki die Käseschinkenstange. »Hm, lecker!«

»Ich weiß nicht.«

»Wir müssen an den beiden dranbleiben, das weißt du. Und du weißt auch, dass die Guten leider auch mal in den Knast kommen können.«

»Ja, ich weiß.«

»Wir können jetzt erst einmal bis Montag Wochenende machen. Dann sprichst du mit dem Bauamt und ich mit den Düsseldorfer und Kölner Kollegen. Mehr können wir im Moment nicht tun.«

Auf dem Weg zur Polizeiwache überlegte Freddie, ob er gleich unangemeldet bei Christin auftauchen könnte.

* * *

Wie ein schwarzer Engel lag seine Schwester auf dem Teppichboden zu seinen Füßen. Schwarze Jogginghose, natürlich von einem teuren Label, schwarzer Strickpulli, ihre langen, schwarzen Haare wie dunkle Sonnenstrahlen ausgebreitet um ihren Kopf. Ihre Beine waren ausgestreckt, die Füße, in schwarzen Socken, lagen auf Stephans Bettkante. Sie konnte sich nicht daran erinnern, wann sie in so trauter Zweisamkeit zuletzt mit ihrem kleinen Bruder einen Samstagabend verbracht hatte.

Ihre Mutter war schon zu Bett gegangen, für Michaela und Stephan würde jetzt normalerweise der Abend erst beginnen.

»Weißt du noch«, Stephan stupste sie mit seinem Zeh in den Oberschenkel, »wie wir, als wir kleiner waren, uns schlafen gestellt haben, wenn der Arsch nach Hause kam?«

»Ja«, Michaela starrte zur Decke, die mit dunklem Holz komplett vertäfelt war. Noch vor einer Woche hätte dieser Anblick Beklemmungen bei ihr ausgelöst, heute Abend konnte sie nur darüber lächeln, »und Mama hat es abgekriegt.«

»Was auch immer da passiert ist, der Arsch hat es verdient.«

Michaela hob ihren Kopf etwas an. »Ist diese direkte Ausdrucksweise Teil deiner Therapie?«

»Ja!« Stephan strahlte sie an. »Und Michael. Und Carsten. Und …«

»Ist gut!«, fiel seine Schwester ihm ins Wort, »sorry, aber so interessiert bin ich nicht an deinem Liebesleben.« Michaela richtete sich weiter auf und stützte ihren Oberkörper auf ihre Ellenbogen ab. »Du bist doch noch weiter für das Golfresort hier?«

»Ja, wenn ich die Gastronomie betreiben darf. Für mich muss auch etwas dabei rausspringen.«

»Hör mal! Alleine beim Verkauf an Hazelwood werden wir einen super Schnitt machen. Für Mama wird eine schöne kleine Wohnung rausspringen, ich werde zu Hazelwood wechseln und du wirst dein Spitzenlokal bekommen.«

»Meine liebe Schwester. Erst einmal müssen wir aus dieser Sache herauskommen. Wenn wirklich jemand den Arsch ermordet hat, sind wir die ersten Verdächtigen. Ich kann für mich jedenfalls sagen, dass ich es nicht war.«

Aufgebracht richtete sich Michaela nun ganz auf. »Was willst du damit sagen?«

»Ganz einfach«, Stephan nahm einen Schluck von dem Sekt, den sich die Geschwister gönnten, »dass sie entweder den wahren Mörder finden müssen, oder dich nicht überführen dürfen.«

* * *

Er durfte. Freddie hatte brav an der Tür geklingelt und gefragt, ob er am Abend mit Pizza und Pasta zu ihnen kommen könne.

»Ja, okay«, Christin schaute etwas an ihm vorbei, »überrasch uns einfach, am liebsten mit Pasta.« Leicht errötend fügte sie noch hinzu: »Morgen früh leite ich den Gottesdienst, da muss ich früh ins Bett.«

»Gut, ich bin auch kaputt. Bis später.« Am Auto wandte er sich noch einmal um. »Messwein? Oder soll ich einen Roten mitbringen?«

Nun musste Christin doch grinsen.

»Ich gucke mal im Kellergewölbe, da ist vielleicht noch ein schöner Rotwein.«

Mathilda und Oskar freuten sich über den zusätzlichen Gast am Samstagabend. Als alle saßen, gab es einen kurzen, verwirrenden Moment, als Freddie die Pasta verteilen wollte.

»Alle guten Gaben,
alles, was wir haben,
kommt, o Gott, von dir,
Dank sei Dir dafür.«

Er faltete schnell seine Hände und senkte den Kopf über seinen Teller.

Dann bestürmten ihn die Kinder weiter.

Freddie versuchte ihren Fragen zu Ostersonntag und den tragischen Ereignissen auszuweichen, aber vor allem Oskar blieb hartnäckig.

»Konnte der noch laufen? Hat der geschrien?«

»Oskar, jetzt ist gut«, ermahnte ihn seine Mutter. »Mathilda, erzähle Freddie doch jetzt mal, was du im Landesarchiv herausgefunden hast!«

»Mama, das haben wir gleichzeitig gesehen!«

»Soll ich noch einen Trommelwirbel machen, oder erzählt jetzt einfach einer von euch?« Freddie spielte den Ungeduldigen.

»Okay«, begann Matti, »ich bin auf eine Vermisstenanzeige gestoßen, in der ein Heinrich Kämpe aus Spellen gesucht wird. Die Anzeige ist vom Februar 1912.« Erwartungsvoll sah sie Freddie an.

»Und ich habe tatsächlich in der alten Akte der Reichsbahn eine Aufzeichnung der Lohnzahlungen gefunden. Am Bauabschnitt Spellen ist Ende November ein Heinrich Kämpe ausgeschieden.«

Der Polizist schaute von Matti zu Christin.

»Moment mal, das muss ich erst sortieren!«

»Der Betriebsunfall, du weißt doch, bei dem mehrere Waggons ineinander gefahren sind, war am 30. November 1911«, half Christin ihm auf die Sprünge.

»Moment«, Freddie fiel es sichtlich schwer, umzuschalten, steckte er im Moment in einer ganz anderen Ermittlung, »ihr meint also, dass bei diesem Zugunglück doch jemand umkam? Aber dieser Wuwer hat doch ganz klar gesagt, dass dabei niemand verletzt wurde!«

»Ich finde es offensichtlich!« Christin tippte mit ihrem Zeigefinger auf den Esstisch. »Da scheidet jemand im

November 1911 aus und im Februar 1912 erscheint seine Vermisstenanzeige. Das kann doch kein Zufall sein! Da muss es doch einen Zusammenhang geben.«

»Ja, aber Christin, überlege doch mal, da geht jemand arbeiten, kommt bei diesem Unfall um und im Februar fällt seinen Angehörigen auf, dass da jemand am Abendbrottisch fehlt?«

Oskar lachte laut auf.

Christin überlegte. »Ja, das stimmt.«

Freddie hatte sogar Tiramisu zum Nachtisch mitgebracht.

Enttäuscht guckten Mathilda und Oskar ihre Mutter an.

»Was ist los?«, wollte Freddie wissen und blickte von einem zum anderen.

»Alkohol und Kaffee. Keine gute Kombi für Kinder«, erklärte ihm Christin, »holt euch ein Eis aus dem Gefrierschrank.«

Freddie nahm ihre Hand in seine, als die Kinder in die Vorratskammer rannten.

»Ich hoffe, ich bekomme eine Chance, zu lernen, was für Kinder gut ist?«

Bevor Christin antworten konnte, stürmte Oskar heulend in die Küche. »Mathilda hat sich das letzte Spaghetti-Eis genommen, das wollte ich haben, ich mag die am liebsten, das macht sie nur, um mich zu ärgern, ich mag kein Nusshörnchen!«, schrie er tödlich beleidigt, mit wie von Schmerzen verzerrtem Gesicht.

Christin entzog Freddie ihre Hand.

»Überlege dir gut, was du dir wünschst!«, grinste sie ihn an.

»Wenn ich mit den Voerder Kriminellen klarkomme, dann auch mit Pastorenkindern«, entgegnete er.

Beim Abschied an der Haustür versuchte Freddie, Christin an sich zu ziehen.

»Nein«, sanft aber bestimmt drückte sie ihn von sich.

»Was planst du jetzt wegen diesem Heinrich Kämpe?«, trotzig hielt Freddie ihre Hand fest.

»Da ich die Beerdigung von Wennies mache, versuche ich irgendwie, Frau Wennies die Kartons mit alten Fotos abzuschwatzen. Bei meinem Besuch letztens habe ich ein paar im Flur rumstehen sehen. Und dann werde ich irgendwann mal mit Hannes Kämpe reden.«

Bevor Christin sich wehren konnte, hatte Freddie seine Hand um ihren Kopf gelegt, ihn vorsichtig nach vorne gezogen und seine Lippen auf ihre gepresst. Er küsste sie, dann biss er spielerisch in ihre Lippen.

»Mach keinen Unsinn, pass auf dich auf«, nuschelte er, ohne sie loszulassen, »Wennies wurde umgebracht, eiskalt. Warte, bis ich wieder mehr Zeit habe, dann forschen wir gemeinsam weiter.«

Trotz des Gefühls, dass die Schmetterlinge in ihrem Bauch gerade Pogo tanzten, löste sie sich aus seiner Umarmung. Im letzten Moment biss sie ihm in die Oberlippe. »Gute Nacht, Freddie, melde dich, wenn du Zeit hast.«

Mathilda und Oskar saßen vor dem Fernseher, Christin, auf dem Sofa genau zwischen den beiden, versuchte so gut es ging, die Musikshow auszublenden. Nachdenklich starrte sie in das tiefrot schimmernde Weinglas, das sie in ihrer Hand hielt.

Wenn alle oben auf der Trasse gearbeitet hatten, überlegte sie, dann hatte keiner gemerkt, dass jemand unten von dem Schotter zugeschüttet wurde. Ja, vielleicht, so könnte es gewesen sein. Man wusste vielleicht nicht, dass er an diesem Tag arbeiten kommen wollte, deswegen hatte keiner Heinrich vermisst.

Dann fiel es ihr plötzlich wieder ein.

Heinrich hatte eine Verletzung am Hinterkopf. Das Loch im Schädel war deutlich zu sehen. Ich muss bald mal mit Kämpe reden.

»Mama?« Die Stimme ihrer Tochter riss sie aus ihren Gedanken.

»Ja, mein Schatz?«

»Gruselt es dich nicht, Freddie zu küssen?«

Beinahe hätte Christin ihren Rotwein verschüttet. »Was redest du da?« Sie versuchte, so viel Autorität wie möglich in ihre Stimme zu geben.

»Mama!« Matti verdrehte die Augen.

»Ich finde Freddie cool, wäre doch klasse, wenn ihr ein Liebespaar werden würdet, dann könnte ich vielleicht mal mit seiner Pistole schießen.« Oskar blickte weiter ungerührt auf den Fernsehbildschirm.

»Mama«, schaltete sich Mathilda wieder ein, »bitte, halte uns nicht für kleine Kinder!« Leise brummend, gerade so, dass nur ihre Mutter es hören konnte, fügte sie mit einem Schnauben hinzu: »... wenn ihr ein Liebespaar werden würdet ...«

* * *

»Hör zu, Gisela«, eindringlich sprach Hannes Kämpe auf Gisela Wennies ein, »es ist enorm wichtig, dass du nichts von den Plänen erzählst, vor allem nicht der Polizei.«

»Aber wenn du diesem Freund beim Bauamt sagst, er soll das Land in Bauland wandeln, erfährt es doch eh jeder!«

»Nein, Mama«, Michaela drückte ihrer Mutter sanft den Arm, »erst einmal fällt das natürlich unter Datenschutz, die Beamten dürfen ja nicht herumrennen und jedem solche Vorgänge erzählen. Und dann ist es so, dass dieser Freund dem Hannes noch einen kleinen Gefallen schuldet. Und wenn Hannes ihm sagt, er soll es nicht weitererzählen, dann wird er es nicht tun.«

»Aber wie ist es mit diesen Ermittlungen der Polizei? Dürfen wir überhaupt schon solche Anträge stellen?«

Stephan, der gerade in eine Tasse heißen Kaffees pustete, blickte zwischen Michaela und Kämpe hin und her.

»Gisela, ich bin davon überzeugt, dass es ein Unfall war«, versuchte Kämpe, sie zu beruhigen.

Die Witwe richtete sich auf. »Die Tatsachen, die die Polizei herausgefunden hat, lassen sich nicht leugnen. Haltet mich nicht für doof, irgendjemand hat Karl-Heinz umgebracht. Ich glaube zwar, dass man ihm nur einen Schrecken einjagen wollte und nicht ihn töten, aber es ist nun mal passiert. Warum diese Eile? Warum wartet ihr nicht, bis der Schuldige gefunden ist?«

»Mama«, Michaela blieb ganz ruhig, obwohl sie innerlich angespannt wie eine Feder war, »ich kann dies hier alles nicht mehr sehen! Ich für meinen Teil möchte, dass das Leben in diesem heruntergekommenen Haus für dich so schnell wie möglich vorbei ist und der Verkauf an Hazelwood bald über die Bühne ist. Und du kannst dir dann aussuchen, ob du zu mir nach Düsseldorf ziehst, oder hier in der Gegend bleibst, wo Stephan dann ja hinzieht. Außerdem«, etwas kleinlauter senkte sie den Blick, »Mama, Hazelwood wartet nicht ewig auf die Entwicklung hier, die interessieren sich auch für das alte Steag-Gelände, da kommt eventuell bald Bewegung rein.«

»Hast du schon Karl-Heinz' Papiere durchgesehen?«, fragte Kämpe.

»Das haben Stephan und ich schon gemacht«, antwortete Michaela.

»Habt ihr alles zusammen? Gisela, wenn du möchtest, kann ich noch einmal alles durchschauen.«

»Wofür? Danke, aber ich denke, Michaela und ich haben alles Wichtige gefunden«, warf Stephan ein.

»Gut, ich wollte nur meine Hilfe anbieten«, Kämpe lächelte in die Runde, die sich wieder am Küchentisch versammelt hatte. »Darf ich denn schon die Kartons im Flur mitnehmen? Ich habe vorhin gesehen, dass das alte Bilder von der Bahn sind. Die würde ich zum Spellener Archiv bringen. Peter Hallen wird sich sehr darüber freuen. Und ihr wärt schon etwas los!«

Zerstreut nickte Gisela Wennies. »Nimm diese stinkenden Pappkartons mit, fröhliche Familienbilder werden da keine drin sein, die gab es hier nicht. Der olle Bahnkram interessiert mich nicht. Ich weiß sowieso nicht, wieso Karl-Heinz da auf einmal so interessiert dran war.«

»Liegen denn noch irgendwo andere Bilder herum?«

Stephan stand abrupt auf und reckte sich ausgiebig.

»Das könnt ihr alleine besprechen, ich fahre jetzt los, sonst komme ich zu spät zur Arbeit.«

»Ich auch«, Michaela stand ebenfalls auf, »Mama, ich komme, sobald ich alles bei Rothmann abgearbeitet und vorbereitet habe. Ach Hannes, kannst du noch einmal mit zum Auto kommen, da habe ich noch eine Kopie der Pläne, falls du noch eine brauchst.« Hannes wollte schon abwinken, sah aber dann ihren eindringlichen Blick.

»Wann ist das mit dem Scheiß-Bauland durch?«, zischte Michaela ihn an, als sie außer Hörweite ihrer Mutter an ihrem BMW standen.

»Du weißt, wie lange Behörden brauchen, ich kann da nicht viel machen«, giftete Kämpe zurück.

»Alles ist vorbereitet, es fehlen nur noch die Unterschriften, dann kann es losgehen!«

»Jetzt mal ganz ruhig, Michaela, wenn dein Vater noch leben würde, würde es ja auch noch nicht vorangehen«, lauernd schaute er sie an, »so ein glücklicher Zufall, dass der alte Stinkstiefel gerade jetzt umkam, hm?«

»Vorsichtig, Hannes! Ganz vorsichtig«, Michaela blitzte ihn mit schmalen Katzenaugen an, »dir geht schließlich der Arsch auch ganz schön auf Grundeis, du brauchst das Geld für dein Land womöglich noch schneller als ich, oder, Herr Bürgermeister?«

* * *

Was für ein toller Platz, dachte Freddie, als er über den neuen Voerder Rathausplatz ging. Im Rathaus fragte er sich dann durch und landete schließlich bei einer Angestellten, die für die Stadtentwicklung und die Bebauungspläne zuständig war.

»So, dann schauen wir mal, was mit diesem Land los ist«, sagte sie, nachdem Freddie sich ausgewiesen und sein Anliegen erklärt hatte.

Während sie entsprechende Tasten an ihrem PC drückte, schaute sich der Polizist um. Belustigt nahm er die fast verdorrte Yucca-Palme auf der Fensterbank wahr. So etwas schien wohl in allen Büros Mindeststandard bei der Einrichtung zu sein. Er dachte da an das gleiche Exemplar, das im Büro seines Chefs vor sich hinvegetierte.

»Im Moment sind die Flurstücke, die Herrn Karl-Heinz Wennies gehören, eh, gehörten, im Grunde wertloses Grünland, aber, Moment mal«, sie tippte weiter, hielt inne und las nach, »da, Herr Wennies hat im Februar einen Antrag zur Umnutzung und Teilbebauung gestellt.«

»Ach, interessant, zeigen Sie mal!« Freddie stellte sich hinter den Bürostuhl der Angestellten und versuchte, aus den Angaben im PC schlau zu werden.

»Eine Michaela Wennies, bestimmt seine Tochter, war bevollmächtigt, diesen Antrag zu stellen. In Vertretung für ihren Vater, der aus gesundheitlichen Gründen nicht selber zum Amt kommen konnte. Moment«, wieder Tippen und Klicken, »eine Freizeitanlage! Familie Wennies möchte, dass man das Land für eine Freizeitanlage nutzen kann.«

»Was für eine Freizeitanlage?«

»Das steht hier nicht. Auf jeden Fall nichts, was nicht im Einklang mit den dort vorgeschriebenen Anforderungen an die Umwelt stehen würde. Da gibt es strenge Richtlinien, zum Beispiel kein neues Movieworld oder keine Eishalle oder keine Diskothek.«

»Und? Wie weit ist die Genehmigung?«

»Hm, merkwürdig, es sieht ein bisschen so aus, als ob es schon fast genehmigt ist! Das wäre dann aber echt schnell gegangen.«

»Bitte«, aufmunternd nickte Freddie ihr zu, »jetzt mal ein bisschen deutlicher.«

»Also, der Kollege, der die Umweltrichtlinien prüft, ist schon fertig. Normalerweise dauert das viel länger, aber der hat das wohl irgendwie bevorzugt behandelt. Auch der genehmigte, überbaubare Raum steht schon fest. Es fehlt nur noch die Unterschrift vom Bauamtsleiter, dann ist das Land sehr viel Geld wert.«

Die städtische Angestellte lächelte ihn an.

»Danke, das wollte ich hören!«

In Gedanken versunken machte sich Freddie auf den Weg zurück zur Polizeiwache. Er fuhr durch die Grünstraße, an der Christins Kirche lag, er hoffte, sie zu sehen und mit ihr sprechen zu können.

Aber nein, an der kleinen Kirche und auf dem Parkplatz sah er keinen Menschen. Christin würde arbeiten, ja, und die Kinder hatten wieder Schule. Er lernte. Kein Tiramisu, demnächst Eis. Freddie musste schmunzeln. Ganz viel Spaghetti-Eis.

Skalecki war von ihrer Tour nach Köln und Düsseldorf noch nicht wieder da. Sie hatten besprochen, dass sie nach Voerde kommen würde, um nachmittags eventuell noch mit Bleckmanns alten Freunden, mit denen er auf dem Osterfeuer zusammengestanden hatte, zu sprechen.

Sein Kollege Michael Schlüter saß an einem Schreibtisch und hackte auf einer Computertastatur herum.

»Michael, was war da letztens noch mal bei Wennies los?«, fragte Freddie ihn.

Polizeioberkommissar Schlüter riss sich von den Tasten los. »Was meinst du jetzt? Du bist doch da dran?«

»Nein, vor dem Mord, da ist er doch nachts aufgegriffen worden und in ein Krankenhaus gebracht worden.«

»Na ja, aufgegriffen ist ein starkes Wort, er war so besoffen, dass er es von der Kneipe um die Ecke nicht bis nach Hause schaffte.«

Schlüter wandte sich von dem PC ab und drehte sich zu seinen Kollegen.

»Moment mal, stimmt, Wennies hat im Krankenhaus behauptet, er sei angefahren worden.«

»Hast du da irgendetwas weiterverfolgt?«

Schuldbewusst senkte Schlüter den Kopf. »Nein, sorry, das habe ich als absolute Wichtigtuerei abgetan. Nach dem Motto, wenn ich es sturzbesoffen nicht mehr über die Straße schaffe, dann nur, weil mich jemand angefahren hat«, Schlüter dachte nach, »außerdem, ich denke, wenn er wirklich angefahren worden wäre, dann hätte der anders ausgesehen.«

»Andererseits, seit wie vielen Jahren lebt er da und geht abends betrunken nach Hause? Überleg doch mal, er behauptet, er wurde angefahren, hat vielleicht echt Glück gehabt, oder der Fahrer des Autos hat sich nicht getraut, richtig draufzuhalten und kurze Zeit später wird er angesteckt? Schon merkwürdig, oder?«

»Hm«, Schlüter nickte, »Mist, jetzt ist es zu spät. Ich lass mir aus dem Krankenhaus noch einmal den Bericht kommen. Vielleicht können wir doch noch erkennen, ob da ein Auto im Spiel war.«

»Ja, danke.« Freddie erzählte ihm, was er auf dem Bauamt erfahren hatte.

»Nun, der Kreis um seine Kinder zieht sich immer enger. Sie sind die Profiteure.«

»Aber warum sollten sie ihn umbringen? Er schien doch den Plänen zum Verkauf zuzustimmen? Er hatte doch den Antrag unterschrieben?«

Freddie dachte nach. »Christin, äh, Frau Erlenbeck, hat mir von einem Streit erzählt, in den sie aus Versehen reinplatzte. Vater Karl-Heinz war wohl mit irgendetwas nicht einverstanden, was seine Tochter ihm vorlegte. Er lief richtig zu Hochform auf.«

»Das hört sich nicht nach einvernehmlicher Zukunftsplanung an«, warf Schlüter ein.

»Vielleicht war die Vollmacht auch gefälscht, nur so kann es gewesen sein. Da frage ich mich nur, ob die keiner richtig geprüft hat, ich meine, da könnte dann ja jeder kommen!«

»Deine Skalecki müsste doch gleich hier erscheinen, wer weiß, was die über die beiden Kinder erfahren hat.«

»Sie ist nicht meine Skalecki«, brummte Freddie, »wir haben früher viel zusammengearbeitet, und sie hat mir nach dem Vorfall sehr geholfen.« Freddie legte seine Hand auf die linke Wange.

Schlüter grinste. »Na, deine scheint ja eine andere zu sein. Ich wünsche dir jedenfalls alles Gute.« Schlüter grinste noch breiter. »Wirst du dann jetzt auch regelmäßig zur Messe gehen?«

Bevor Freddie seinem Kollegen irgendetwas darauf antworten konnte, rauschte Skalecki ins Büro.

»Was ein Scheißverkehr«, blaffte sie in den Raum hinein, »da lobe ich mir doch mein beschauliches Duisburg.«

»Erzähl, was hast du erfahren?«

»Um es kurz zu machen: Die schöne Michaela ist trotz des tollen Jobs total klamm, ihr Dispo ist ständig ausgereizt und auf ihre Eigentumswohnung hat sie eine Hypothek aufgenommen. Der schwule Stephan«, Schlüter machte ein missbilligendes Geräusch, »ist doch so! Also Stephan lebt von der Hand in den Mund. Er ist Koch in ständig wechselnden Restaurants, hat unregelmäßige Einkünfte und ein Teil seines Geldes geht für einen Psychologen drauf.«

»Warum ist Michaela ständig klamm?«, fragte Freddie. »Sie macht mir nicht den Eindruck, als ob sie, zum Beispiel, Drogen nimmt.«

»Wiesbaden. Nach dem Bewegungsprofil von ihrem Handy zu urteilen, ist sie am Wochenende sehr oft in Wiesbaden.«

»Ja und?«, fragte Schlüter.

»Spielbank.« Skalecki blickte sich suchend um. »Kann ich einen Kaffee haben?«

Zerstreut zeigte Freddie auf eine Kaffeekanne.

Skalecki suchte sich eine Tasse aus und schüttete sich einen Kaffee ein.

»Hm, lecker, lauwarm.« Angewidert guckte sie auf die schwarze Flüssigkeit.

»Spielsüchtig?«, hakte Schlüter nach.

»Ja, ich denke schon.«

»Kann sie da nicht einfach nur einen Freund haben?«

»Das werden wir natürlich noch erfragen, aber ich denke, wir müssen alle drei Wennies bald mal auf dieses schöne Revier zu einer guten Tasse Kaffee einladen.«

»Auch Mutter Wennies?«, wollte Schlüter wissen.

Freddie nickte.

»Im Grunde genommen geben die sich für die Tatzeit gegenseitig ein Alibi, da müssen wir alle drei getrennt voneinander in die Enge treiben.«

Skalecki stellte die Kaffeetasse wieder zurück.

»Ich fahre jetzt zurück nach Duisburg und werde von da aus mit der Spielbank Wiesbaden telefonieren und mich nach Michaela Wennies erkundigen.«

»Komm Michael, wir werden den alten Feuerwehrkollegen von Bleckmann einen Besuch abstatten«, Freddie erhob sich, »du kennst bestimmt einige, dann ist das nicht gleich so offiziell.«

15. Kapitel

»Kannst du mir mal erklären, was diese alten Kartons im Wohnzimmer sollen? Die stinken wie die Pest nach altem Muff!« Brigitte Kämpe wartete mit ihren Vorwürfen gar nicht erst, bis ihr Mann sich die Jacke und die Schuhe ausgezogen hatte.

»Dir auch einen guten Tag«, unbeirrt zog sich Hannes Kämpe aus, tätschelte seinen Hund und ging an seiner Frau vorbei in die Küche.

»Ja, und? Bekomme ich keine Antwort?«

»Die hat Gisela Wennies mir überlassen, das sind alte Fotos, die gebe ich Peter Hallen für das Archiv.«

Brigitte lachte kurz auf.

»Hör mal, hast du eigentlich was mit dieser Gisela? Ich habe das Gefühl, dass du in letzter Zeit ständig bei der bist!«

»Eifersüchtig?« Kämpe sah seine Frau aus schmalen Augen an. »Du kannst dir wahrscheinlich nicht vorstellen, dass man einfach aus reinem Mitgefühl jemandem Hilfe anbietet?«

Brigitte überlegte kurz und schüttelte dann lachend den Kopf. »Nein! Bei dir jedenfalls nicht! Ach, und schau mal«, sie guckte an ihm vorbei durch das Küchenfenster, »da kommt auch schon die nächste, aber die ist mal wirklich eine Eroberung!«

Ihr Mann drehte sich um, um zu sehen, was seine Frau meinte.

Christin Erlenbeck kam mit ihrem Hund an der Leine auf den Hof spaziert.

»Ich gehe dann mal, vielleicht will die dir ja alleine die Beichte abnehmen.«

»Ich habe keine Ahnung, was sie hier will, aber es ist tatsächlich immer nett, sich mit ihr zu unterhalten. Wo gehst du hin?«

»Zum Yoga. Nein, Tennisspielen. Ach, such dir einfach was aus!« Süffisant lächelte Brigitte ihren Mann an.

»Brigitte!« Hannes versuchte, sie am Arm festzuhalten, aber sie riss sich in dem Moment los, als es klingelte.

Beide versuchten noch, bevor man die Haustür öffnen musste, Haltung anzunehmen. Brigitte strich sich eine Strähne aus dem Gesicht, richtete sich gerade auf und öffnete die Tür.

Ihr Mann trat mit in die Türöffnung.

»Oh, Frau Erlenbeck!«

»Ja, hallo«, Christin lächelte unsicher, »Frau Kämpe? Ich bin Christin Erlenbeck, die neue, na ja, mittlerweile auch nicht mehr so neue …«

»Ja, guten Tag«, fiel Brigitte Kämpe ihr ins Wort, »Entschuldigung, aber ich bin verabredet, war nett Sie kennengelernt zu haben.«

»Äh, ja, auf Wiedersehen.« Überrascht schaute die Pfarrerin ihr nach.

Hannes Kämpe setzte sein strahlendstes Lächeln auf. »Sind Sie alleine?« Er guckte um die Ecke, zum Hofeingang. »Trauen Sie sich alleine in die Höhle des Baulöwen?«

»Ich habe Laika bei mir, Sie wissen ja selber, mit einem Hund ist man nie alleine!« Christin bemühte sich, etwas charmant zu lächeln. Schließlich wollte sie etwas von ihm.

»Kommen Sie auf einen Kaffee rein? Dann sperre ich eben meinen Seppi weg.«

»Gerne, darf Laika mit hinein?«

»Ja, kein Problem.«

Beim Kaffeetrinken versuchte Christin, erst einmal ein bisschen Small Talk zu machen. Sie hatte seine Anspannung bei der Begrüßung gemerkt und natürlich auch den schnippischen Abgang seiner Frau. Als ihr Kämpe etwas gelöster vorkam, erläuterte sie ihm ihr Anliegen. Zähneknirschend wechselte sie auch zum Du, nachdem er sie einfach duzte.

»Nun ja, Herr Kämpe, also Hannes, du hast ja schon mal bemerkt, dass ich mich irgendwie in die Sache mit dem alten Skelett vom Bahndamm verrannt habe.« Schüchtern lächelte sie ihn an.

»Und ich dachte schon, du findest mich so nett, dass du einfach mal so auf einen Kaffee kommst!« Gespielt empört hob er den Finger.

»Na«, innerlich wand sie sich, das kokette Fräulein spielen zu müssen, wollte aber unbedingt sein Wohlwollen, was in diesem Fall leider nur über diese dämlichen Spielchen ging, »es ist doch schön, wenn man das Nützliche mit dem Angenehmen verbinden kann.«

Kämpe stützte sich mit seinen Ellenbogen auf den Wohnzimmertisch auf. »Okay, Christin, was gibt es da Neues?«

»Ich bin mir ziemlich sicher, herausgefunden zu haben, wer da vor über hundert Jahren gestorben ist.«

»Ja super, wer denn? Jetzt sag aber bitte nicht, Napoleon!« Kämpe lachte los.

»Nein. Heinrich Kämpe.«

»Heinrich Kämpe?« Hannes lachte weiter. Viel später würde sich Christin an diesen Moment glasklar erinnern.

»Ja.« Christin erklärte ihm, was sie mit ihrer Tochter im Landesarchiv in Duisburg gefunden hatte.

»So und was soll ich jetzt dazu sagen? Du weißt doch, Kämpes gibt es hier wie Sand am Meer, da sind die Müllers und Meiers gar nix gegen.«

Christin hielt ihre Tasse in beiden Händen. Laika hob ihre Schnauze, um einmal kurz zu gucken, ob alles in Ordnung war.

»Ich bin vorhin das Stück von der Fundstelle des alten Skeletts bis hierhin gelaufen. Du sagtest ja letztens, dass deine Vorfahren immer schon hier gelebt haben. Also, es ist absolut realistisch, dass der Tote einer deiner Vorfahren ist und wenn man mal ein bisschen nachrechnet, könnte das sogar ein Großvater oder Großonkel sein.«

Hannes Kämpe überlegte. »Hm, aber wie ich euch schon letztens sagte, als ihr mir dieses Bild gezeigt habt, ich weiß wirklich nicht, wer das gewesen sein soll! Es mag ja sogar sein, dass diese beiden Brüder von dem

Bild irgendwelche Vorfahren sind, die hier gelebt haben, aber, ehrlich gesagt, interessiert es mich auch gar nicht.« Er nahm einen Schluck Kaffee. »Also, mein Großvater hieß Johannes, nach dem bin ich wohl benannt worden. Ich war ein Teenager, als er starb, ich habe wenig Erinnerungen an ihn. Hm, die paar, die ich habe, sind eher schlecht. Aber das war ja noch eine strengere Generation als mein Vater. War nicht nur der Herr im Haus, sondern auch über die Arbeiter auf dem Hof. Ich glaube, er wollte studieren, aber irgendetwas kam dazwischen, wahrscheinlich der Erste Weltkrieg. Aber mehr weiß ich nicht. Und, wie gesagt, es interessiert mich auch nicht sonderlich.«

»Aber Hannes, wenn sich herausstellt, dass dieser Heinrich Kämpe ein direkter Verwandter von dir ist, möchtest du dann nicht, dass er mit seinem Namen begraben wird?«

Verblüfft schaute Kämpe die Pastorin aus großen Augen an. »Nein! Äh, ja, also ehrlich gesagt, ist mir das egal!« Kämpe lachte wieder. »Aber auch wenn er mit einem Namen beerdigt werden soll, wie willst du sicher sein, dass er wirklich Heinrich Kämpe ist und mein direkter Vorfahr? Ich glaube kaum, dass irgendjemand da noch eine DNA-Analyse macht.«

Christin lachte kokett und legte ihm dabei ihre Hand leicht auf dem Arm. »Ich werde demnächst mal in die alten Kirchenbücher lünkern, da sehe ich mit einem Blick, wer deine Vorfahren sind, da werde ich die Leiche im Keller, also vom Bahndamm, schon finden!« Christin stand auf, »Komm, Laika. So, ich mache mich mal wieder auf den Weg.«

»Halte mich auf dem Laufendem und sag mir Bescheid, wenn ihr die ollen Knochen beerdigt, ich spendiere dann eine Tasse Kaffee!«

Schneller als sie dachte, waren Christin und ihr Hund vor der Haustür, auf dem Rückweg zum Auto, das sie an der Boltraystraße geparkt hatte. Ihrem Gefühl nach hatte sie den Bogen bei Hannes Kämpe überspannt, trotzdem er sie mit seiner klebrigen Freundlichkeit umgarnte. Letztendlich war er doch von den Ereignissen, die vor über hundert Jahren passiert waren, genervt gewesen.

* * *

Jupp Becker stieß seinen Spaten wütend in die Erde. Seine Füße steckten in robusten Schuhen, mit einem dieser Schuhe trat er heftig auf das Spatenblatt.

»Wir haben uns das sofort gedacht. Wir alle, Hein, Werner, Hans und ich. Den Theo nehmen sie als Erstes ran. Haben wir gesagt. Wir haben sogar überlegt, ob wir ihm zusammen ein Alibi geben, also, dass er die ganze Zeit bei uns stand und nie weg war.« Unbeirrt grub er weiter, immer fester stieß er den Spaten in die verkrautete Erde.

Geduldig ließen Freddie Neumann und Michael Schlüter ihn seine Wut und Ratlosigkeit an dem Stück Garten abarbeiten.

»Aber dann hätten sie uns wahrscheinlich einzeln befragt und gegeneinander ausgespielt. Wer zuerst die Wahrheit sagt, bekommt keine Anzeige wegen Falschaussage. So in der Art.«

Jetzt konnte Freddie sich doch nicht mehr zurückhalten. »Herr Becker, wir sind hier nicht beim *Tatort*.«

Nächster Stich in die Erde.

»Natürlich ist Theo pinkeln gegangen. Jeder von uns. Sie wissen doch«, er hielt kurz inne und musterte die beiden Polizisten, »nee, wisst ihr noch nicht! Wenn man alt ist, kann man sein Wasser nicht mehr so gut halten, da stellt man sich dann öfter an den Baum.«

»Und Herr Bleckmann hat das an dem Nachmittag also auch getan?«, fragte Schlüter.

»Ja, bestimmt.«

»Also was jetzt?« Freddie wurde etwas energischer, »ist er jetzt zum Pinkeln hinter die Turnhalle gegangen oder nicht?«

»Wenn das jetzt die Millionenfrage bei Jauch wäre, würde ich einen Joker nehmen«, Becker hielt abrupt inne und starrte vor sich auf die Erde, »also, ehrlich gesagt, weiß ich es gar nicht. Ich nehme es an. Wir haben zusammengestanden, Theo hat erzählt, dass Andi wieder einen Anfall hatte und viel schlafen würde, so könnte er seine Frau mit ihm alleine zu Hause lassen. Man hat gemerkt, dass er sehr angespannt war, hat ziemlich schnell einige Bierchen gekippt. Er wurde etwas lockerer und lachte dann auch mal mit.«

»Und Sie selber? Sind Sie hinter die Turnhalle gegangen?«, wollte Freddie wissen.

Becker schüttelte den Kopf. Sichtlich verlegen räusperte er sich. »Nein, seit meiner Prostata-OP klappt das nicht mehr so gut im Stehen. Ich muss sehr darauf achten, wie viel ich trinke und auch eine Pinkeltablette nehmen. Die Zeiten, als ich noch literweise

Bier in mich hineinschütten konnte, sind schon länger vorbei.«

»Ist Ihnen sonst irgendetwas aufgefallen? An Bleckmann, an irgendjemand anderem?«

»Das habe ich doch schon ausgesagt, direkt an dem Abend.«

»Bitte, Herr Becker, dann sagen Sie es mir einfach noch einmal«, forderte Freddie ein.

»Nein, alles war wie immer. Theo entspannte langsam, Hein und Werner kippten noch Klaren zum Bier, die mussten sich bald an der Theke festhalten, und Hans und ich hielten uns beide an einem Bier fest, Hans hat auch Prostata«, Becker wandte sich wieder seinem Spaten zu, »und Hannes Kämpe, der Wichtigtuer, ging rum, tat überall freundlich und sagte jedem, er solle doch bitte auf die geöffnete Schultoilette gehen.«

»Ja? War das auch wie immer?«, hakte Freddie nach.

»Hm, ja, ich glaube schon, der spielt sich doch immer mit irgendwas auf. Habe gehört, dass er Bürgermeister werden will. Aber es gibt immer Ärger wegen der Wildpinkler.«

Der Rest des Nachmittags ergab, dass Hein und Werner beide einmal zum Pinkeln hinter die Turnhalle gegangen waren und dass es da nur so von Feuerwehruniformen gewimmelt haben musste.

Beide waren sich sicher, dass Bleckmann auch einmal kurz verschwunden war. Und beide waren genauso angenervt von Hannes Kämpe wie Jupp Becker.

* * *

Mathilda war schlagartig wach.

Ja, das war es. Endlich.

Lächelnd blickte sie auf ihren großen Wecker. Zwei Uhr. Sie nahm ihr Smartphone und scrollte in den Fotos zurück. Weiter, weiter. Da war es. Ein Foto, das sie von einer alten Fotografie im Dorfarchiv Spellen gemacht hatte.

Lehrer Folke mit Haushälterin Mia und Kind 1912.

Jetzt wischte sie mit ihrem Daumen nach oben und betrachtete lächelnd das Foto, das sie von einer Anzeige im Landesarchiv in Duisburg gemacht hatte.

Ohne in ihre warmen Pantoffeln zu schlüpfen, huschte sie in das Schlafzimmer ihrer Mutter.

»Mama!« Vorsichtig schüttelte Matti einen Arm ihrer Mutter.

Christin war sofort wach.

»Was ist los, was hast du?« Sie schaute sich um.

»Mama«, Mathilda setzte sich auf die Bettkante, »ich hatte doch im Landesarchiv so ein komisches Gefühl bei einer Anzeige.«

Benommen stöhnte Christin auf. »Ja, mein Schatz, wie spät ist es denn?«

»Ist doch egal, jetzt guck mal.« Mathilda zeigte ihr das Bild aus dem Dorfarchiv.

»Ja, und? Das kenne ich doch!«

»So, Mama, jetzt gucke dir mal diese Anzeige an!«, forderte ihre Tochter sie hartnäckig auf.

Seufzend richtete sich Christin weiter auf, nahm das Smartphone ihrer Tochter in beide Hände und schaute sich das Foto an.

Geliebter Heinrich! Bitte! Fritzi und Mia warten auf Dich!

Langsam formte sich ein Zusammenhang.

»Mama, das kann kein Zufall sein!«

»Nein Mathilda«, Christin schüttelte den Kopf, »wenn es das ist, was wir beide vermuten, hatte unser Heinrich ein Kind. Und wir haben noch eine Spur in die Vergangenheit.«

Christin brachte Mathilda in ihr Bett zurück.

Sie selber ging in die Küche, um einen Schluck Wasser zu trinken. »Ach, was soll's, jetzt bin ich sowieso wach«, murmelte sie, als sie an ihrem Büro vorbeikam. Sie ging hinein und nahm die beiden Bücher über die Spellener Geschichte aus dem Regal. Im zweiten Band widmete sich ihr katholischer Kollege ausführlich dem Spellener Schulleben. Die Chronologie fing 1682 an, hastig blätterte sie bis zum Anfang des 20. Jahrhundert vor.

Da.

Simon Folke. Lehrer ab 1910. Nach Düsseldorf als Studienrat 1913 verzogen. Natürlich kein Wort über die Haushälterin Mia und Ihr Kind.

Aber irgendwann war ein Kind mit dem Namen Fritzi geboren worden. Friedrich. Oder Friederike. Von einer Mutter, die Mia hieß.

Und das musste in den evangelischen Kirchenbüchern zu finden sein.

Nein, warum ein evangelisches Dienstmädchen bei einem katholischen Lehrer? Kämpes waren traditionell evangelisch. War diese Mia vielleicht katholisch gewesen?

* * *

Skalecki schob Freddie am nächsten Morgen ein DIN-A4-Blatt über den Tisch.

Freddie drehte das Blatt kurz um. »Das ist eine Fahndung, du kannst das doch nicht einfach aus dem Fax nehmen und als Schmierpapier nehmen!« Empört hielt er ihr das Foto hin.

»Ich habe nirgendwo Papier gefunden, außerdem ist das irgendwo in Sachsen«, gelassen schob Skalecki einen Stift hinterher.

»Also, was haben wir bis jetzt?« Die Duisburger Polizistin guckte zu Freddie und Schlüter.

»Theo Bleckmann bleibt nach unseren Gesprächen gestern auf jeden Fall im Rennen«, Schlüter nahm Freddie Stift und Papier ab und schrieb den Namen in das obere Drittel, »sein Motiv ist klar und meines Erachtens hätte er die Tat durchführen können.« Von dem Namen *Bleckmann* aus malte er einen Pfeil nach oben und setzte *Motiv* dazu. Mit einem weiteren Pfeil nach rechts gehend setzte er *Gelegenheit* dazu. In der Mitte des Blattes begann er eine Strichaufzählung. *Fingerabdrücke Gisela und Karl-Heinz, Altglas jedem zugänglich, Wildpinkeln allen bekannt*. Im unteren Drittel der Präsentation schrieb er nebeneinander die Namen der drei Wennies. Von *Gisela* aus zog er einen Pfeil, der auf *jahrelanger Ehehorror* zeigte, von *Michaela* aus zeigte ein Pfeil auf *Hass* und von *Stephan* aus zeigte ein Pfeil ebenfalls auf das Wort *Hass*.

Schlüter schaute auf und sah in die beeindruckten Gesichter seiner Kollegen.

»Setze unter Michaela noch *hoch verschuldet*«, wies Skalecki ihn an, »wie ich gestern erfahren habe, ist sie tatsächlich regelmäßiger Gast im Wiesbadener Casino und hatte sehr lange eine Pechsträhne. Allerdings war sie schon mehrere Wochen nicht mehr dort. Das letzte Mal am 24. Februar. Die insgesamt verlorene Summe des Jahres davor beläuft sich auf 200.000 Euro.«

Mit offenen Mündern starrten die Voerder Skalecki an.

»Das ist heftig!«, rief Freddie aus.

Skalecki öffnete ihr Notizbuch. »Ich habe mal mit einem Kollegen von der Wirtschaftskriminalität gesprochen. Für ihn ist es ganz klar, dass sie mit ihrem Gehalt diese Summe nicht stemmen konnte. Auch nicht mit der Hypothek auf ihrer Wohnung in Düsseldorf. Als ich ihm sagte, dass Michaela Investment-Beraterin bei einer Privatbank ist, grinste er nur. Er sagte, wenn sie geschickt ist, kann sie sich mit krummen Dingern Zeit verschaffen.«

»Bis sie das bald wertvolle Land erbt«, bemerkte Freddie trocken.

»Hast du schon mit ihren Vorgesetzten gesprochen?«, fragte Schlüter.

»Nein«, Skalecki schüttelte ihren Kopf. Ihre weizenblonden, kurzen Haare führten einen eigenen kleinen Tanz auf, »das machen wir erst, wenn es wirklich ans Eingemachte geht.«

Schlüter tippte gedankenverloren auf das Schaubild. »Ich habe noch einmal über den angeblichen Zusammenprall von Wennies mit einem Auto in der Nacht vom 9. März auf den 10. nachgedacht. Als wir Gisela Wennies über den Unfall informierten, fragten wir sie nach einer eventuell beginnenden Demenz ihres Mannes. Sie behauptete, er sei völlig klar im Kopf gewesen und, darüber muss ich jetzt immer wieder nachdenken, er sei für seine Verhältnisse gut gelaunt gewesen.«

Er stand auf, zog aus einer Schreibtischschublade ein neues Blatt Papier hervor und setzte sich wieder hin. Auf dieses schrieb er in großen Buchstaben *Wennies*.

»Vielleicht hatte seine gute Laune etwas mit dem bevorstehenden Landverkauf zu tun?«, warf Skalecki ein.

Schlüter notierte um *Wennies* herum *Landverkauf, angefahren???* und *gute Laune*.

»Nein. Ich bin davon überzeugt, dass er nichts davon wusste, dass sein Land Bauland werden sollte, sonst wäre er ja persönlich zum Amt gegangen. Und wir hatten doch schon festgestellt, dass es einen Streit wegen Michaelas Plänen gab.« Freddie trommelte ungeduldig mit den Fingern auf dem Tisch. »Was wissen wir? Irgendjemand hat einen Antrag zur Umwandlung in Bauland gestellt. Irgendjemand hat einen Antrag zum Bau einer Freizeitanlage gestellt. Und irgendjemand scheint diese Anträge zu beschleunigen, wie mir die Dame im Bauamt sagte. Jemand, der Einfluss hat. Der einen Vorteil davon hat.«

»Michaela und Stephan. Michaela könnte das«, warf Skalecki ein.

»Ja, okay, aber sie hat hier keinen Einfluss. Da gibt es noch irgendjemanden. Wennies hat Zoff mit seiner Tochter. Tochter total verzweifelt. Wennies hat gute Laune. Wennies wird angefahren.«

»Sagt er.« Skalecki hob beide Hände.

»Wennies wird getötet.« Freddie nickte. »Alles deutet auf Michaela hin. Das Einzige, was mich stört, ist«, er verzog seinen Mund, als ob er in eine Zitrone gebissen hätte, »dass du das mit der guten Laune gesagt hast.«

* * *

»Wenn du nicht willst, dass etwas bemerkt wird, lege es an einem öffentlichen Ort ab.« Hatte sein Großvater gesagt, als er das erste Pornoheftchen des heranwachsenden Hannes hinter den Futtersäcken im Stall fand. Augenzwinkernd hatte er ihm geraten, es das nächste Mal im Zeitschriftenständer seines Vaters zu verstecken. Erstens quillt dieser so über, dass keiner mehr den Überblick hat, zweitens traue sich sowieso kein anderer daran, und drittens, wenn doch, würde man vermuten, das Heft gehöre seinem Vater.

Langsam sickerte der tiefe Wahrheitsgehalt dieses Ratschlags seines Großvaters in sein Bewusstsein.

Der alte Hannes hatte gehofft, dass Karl-Heinz Wennies auch so einen Ratschlag bekommen hatte. Aber anscheinend nicht.

»Was ist denn hier los?«, rief seine Frau, als sie den Fitnessraum betrat. Brigitte hatte einen untrüglichen Instinkt dafür, immer dann aufzutauchen, wenn er alleine sein wollte. Deswegen hatte er die alten Kartons, die Gisela ihm überlassen hatte, in den Fitnessraum im Keller gebracht, den keiner von ihnen beiden nutzte. »Puh! Und wie das stinkt!« Demonstrativ wedelte sie mit einer Hand vor ihrem Gesicht herum. »Theo ist hier, er will mit dir sprechen«, informierte sie ihren Mann.

Ungeduldig stand Hannes auf.

»Ich komme. Lass alles so liegen«, wies er seine Frau an.

»Keine Sorge, da gehe ich bestimmt nicht dran«, konterte Brigitte.

Hannes Kämpe ging mit dem Vater von Andreas in sein Büro.

»Wie geht es Andreas?«, fragte er ihn.

»Deswegen bin ich hier. Ihm geht es besser, ich denke, nächsten Montag kann er wiederkommen«, antwortete Bleckmann.

»Gut. Aber das hättest du mir auch am Telefon sagen können. Gibt es sonst noch was?«, hakte Kämpe nach.

Bleckmann stützte seine Ellenbogen auf seine Oberschenkel auf und beugte sich zu Kämpe vor.

»Warum war eigentlich der alte Wennies letztens hier?«, fragte Bleckmann, jedes Wort betonend.

Kämpe zögerte. Bleckmann musterte ihn aufmerksam.

»Wann hast du den denn bei mir gesehen?«, wollte der Bauunternehmer wissen.

»Vor einem guten Monat? Ja, so ungefähr. Morgens, als ich Andreas gebracht hatte.«

Kämpe öffnete eine Mappe.

»Also, was wollte er?«, fragte Bleckmann nun energischer.

»Entschuldige Theo, aber ich weiß es nicht mehr, sorry. Und ehrlich gesagt, finde ich, dass es dich auch nichts angeht!« Beschwichtigend, um seiner letzten Aussage die Schärfe zu nehmen, lächelte Kämpe seinen alten Freund an.

»Nun ja«, auch Bleckmann lächelte nun entschuldigend, »du hattest ziemlich wütend ausgesehen und Wennies, also sein teuflisches Grinsen kenne ich nur zu gut. Und es geht mich insofern etwas an, als dass ich im Moment verdächtigt werde, diesen Scheißkerl ermordet zu haben.«

»Das habe ich schon gehört.«

»Ja? Mehr hast du dazu nicht zu sagen? Dann werde ich beim nächsten Gespräch mit Freddie Neumann und dieser Duisburger Kommissarin vielleicht erzählen, dass du auch Kontakt zu ihm hattest«, zischte Bleckmann wütend.

Kämpe strich behutsam die geöffnete Mappe in der Mitte glatt. »Tu das, es hatte keine Bedeutung, ich hatte es ja sogar schon vergessen.« Kämpe strahlte Bleckmann an. »So, grüß bitte deine Frau ganz lieb von mir. Ich habe hier noch einiges zu tun.«

Grußlos verließ Bleckmann das Büro.

Hannes Kämpe erlaubte sich, den Kugelschreiber mit voller Wucht auf den Boden zu schleudern.

* * *

»Das ging aber schnell!« Verwundert ließ Pfarrer Jürgen Müller seine Kollegin eintreten und ging in sein Büro. Christin folgte ihm.

Sie hatte Mathilda beim Frühstück vor der Schule versprochen, noch am Vormittag in den alten Kirchenbüchern nach Heinrich Kämpe und der Geburt seines Babys zu schauen.

Ihr Spellener Kollege hatte eigentlich keine Zeit, ihr die Bücher herauszusuchen, aber Christin blieb hartnäckig.

»Jürgen, es tut mir leid, dass ich dich jetzt nerve, aber ich kann dir vielleicht gleich sagen, wer der Tote am Bahndamm ist.«

Müller schüttelte den Kopf.

»Hier habe ich dir die Bücher hingelegt. Ich vertraue dir, gucke, solange du willst, und wenn du gehst, ziehe einfach die Tür hinter dir zu.« Müller griff nach seinem Autoschlüssel. »Ich muss los. Viel Erfolg!«

Hektisch öffnete Christin das Taufregister, das 1880 begann. Sie hatte ausgerechnet, dass, wenn auf dem Bild, das die Kämpe-Brüder zeigte, einer der Großvater von Hannes war und der andere dessen Bruder Heinrich, sie ungefähr in einem Zeitraum von 1885 bis 1900 suchen musste. Zu mehr hatte sie keine Zeit. Wenn sie hier jetzt nicht fündig werden sollte, würde sie eben noch einmal mit Hannes einen Kaffee trinken müssen.

Gott sei Dank war das hier Spellen und nicht Köln! Christin fuhr mit ihrem rechten Zeigefinger die erste Spalte entlang, in der der Name des Kindes stand, und blickte dann sofort in die nächste Spalte, in der der Name der Eltern vermerkt war.

Bei nur wenigen Geburten in Spellen, Ork, Emmelsum und Mehr in einem Jahr kam sie schnell voran.

13. Juni 1890.

Welch ein Hohn. Heinrich ist an einem Freitag, den dreizehnten geboren worden. Das musste er sein. Die Eltern waren Heinrich und Berta Kämpe, Bauern, Hof Kämpe, Mehr.

Schnell machte sie mit ihrem Smartphone ein Foto von dem Eintrag und suchte dann weiter. Drei Jahre später stieß sie auf Johannes Kämpe. Der kleine Bruder. Der Großvater von Hannes. Auch davon machte sie ein Foto.

Als Nächstes blätterte sie zum Jahr 1912 vor. Fünf Friedriche wurden in diesem Jahr geboren und getauft, aber keiner hatte eine Mutter, die Mia oder Maria hieß.

Dann fiel ihr etwas ein. Sie blätterte zum hinteren Teil des Taufregisters, in dem die unehelich geborenen Kinder eingetragen wurden. Dort gab es gar keinen Friedrich.

Mit einem Blick auf die Uhr entschied sie, noch zu dem katholischen Kollegen Werner Heckes zu gehen.

»Frau Erlenbeck, was kann ich für Sie tun?« begrüßte er sie.

Mit einem Mal war ihr dieser Überfall peinlich. »Entschuldigen Sie, ich glaube, ich verrenne mich in etwas.«

»Kommen Sie erst einmal herein. Dann gucke ich, was ich für Sie tun kann.«

Christin fasste sich und erzählte ihm von ihrer Recherche. »Wissen Sie, Herr Heckes, es ist für mich wie ein Krimi geworden, ich muss jetzt unbedingt das Ende erfahren.«

Werner Heckes schmunzelte.

»Ich kenne das. Moment bitte.« Er verließ sein Büro, in dem sie saßen.

Wie auf heißen Kohlen wartete Christin.

Etwa zehn Minuten später kam Heckes mit einer alten Kladde wieder herein.

»Wahrscheinlich unehelich?«, fragte er seine evangelische Kollegin. Christin nickte.

»Das grenzt es ein. Also 1912.«

Werner Heckes setzte sich wieder hinter seinen Schreibtisch. Bedächtig öffnete er das Taufregister und blätterte vorsichtig darin herum.

Leise murmelte er etwas, während er mit seinem Finger die Spalten entlangfuhr.

Christin rutschte nervös auf ihrem Stuhl hin und her.

»15. April 1912. Friedrich-Heinrich Hassel. Maria-Johanna Hassel, ledig, Annastraße in Ork, Taufpaten Joseph und Auguste Hassel, Ork.« Stolz verkündete Werner Heckes seinen Fund.

16. Kapitel

1912

Mia stand in der kleinen Küche und kämpfte mit dem Dampf des heißen Plätteisens, der ihr ständig in das Gesicht stieg. Der kleine Fritzi schlummerte friedlich in einem Wäschekorb.

Nicht nur das Plätten der Hemden ihres Dienstherren Simon Folke raubte ihr den letzten Nerv, auch der begriffsstutzige Ludwig Heckmann, der in der guten Stube nebenan von Folke Nachhilfeunterricht bekam, ärgerte sie.

Ludwig Heckmann war der Sohn eines Offiziers aus dem benachbarten Oberemmelsum. Standesgemäß wollte der resolute Vater natürlich unbedingt, dass sein Sohn am Realgymnasium in Dinslaken die Maturitätsprüfung ablegte.

Leider hatte Ludwig an vielen anderen Dingen Interesse, nur nicht an der Algebra, die er aber leider zum Bestehen der Prüfung brauchte.

Von dem Ehrgeiz des Vaters profitierte Folke. Mit Nachhilfeschülern besserte er sein kleines Gehalt auf.

Von Vater Heckmann bekam er sogar bare Münzen, im Gegensatz zu der Entlohnung von Bauernjungen, die als Gegenleistung oft Eier, Kartoffeln oder Schinken mitbrachten.

»Ludwig«, Mia konnte genau die mühsam unterdrückte Ungeduld in Folkes Stimme heraushören, »was tust du jetzt mit dem Y herum? Das hat dich doch noch gar nicht zu interessieren! Das X, du musst das X isolieren!«

»Ja, Herr Folke, aber da stehen doch noch so viele Zahlen drum herum, ich überlege ja noch!« Ludwigs Stimme hatte, trotz seines Unvermögens, eine leicht freche Tonlage. Dem Sohn eines Offiziers, dem die gleiche Karriere wie seinem Vater bevorstand, waren die ständigen Zurechtweisungen des kleinen Lehrers einer Dorfschule lästig.

»Ludwig, die gleiche Aufgabe hatten wir doch schon letztens gerechnet.«

»Nein, Herr Folke«, brauste Ludwig wütend auf, »bestimmt nicht, Sie irren sich. Sie haben jetzt eine viel kompliziertere Aufgabe aufgeschrieben, das ist so nicht in Ordnung.«

Mit einem lauten Knall setzte Mia das Plätteisen auf dem Herd ab und stampfte in das Wohnzimmer. Sie entriss Ludwig die Schreibfeder und das Blatt Papier. »Du bist so etwas von begriffsstutzig!«, schimpfte sie laut. »Es ist doch so einfach, du musst hier nur die 144 wegteilen, dann kannst du auf dieser Seite ganz leicht die Brüche kürzen, und jetzt sieht man doch schon, was das X werden wird!«

Energisch legte Mia die Feder auf den Tisch. Erst jetzt bemerkte sie die entsetzten Blicke der beiden Männer.

Mit hochrotem Kopf flüchtete sie zurück in die Küche. Von dort hörte sie, wie Ludwig »eingebildete Kuh« ausrufend aufstand, wobei sein Stuhl scheppernd zurückfiel. Auch Folke stand auf, schweigend geleitete er den Offizierssohn zur Haustür .

Mia stand am Küchentisch und traute sich nicht, sich zu rühren. Folke ging zurück in das Wohnzimmer und stellte, immer noch schweigend, den Stuhl auf.

Mia gab sich einen Ruck und folgte ihm. Verlegen blickte sie zu Boden. »Herr Folke ...«

»Mia, wieso ...«

Gleichzeitig fingen sie zu sprechen an, Mia presste sofort wieder ihre Lippen zusammen und schwieg.

Als Folke einen Schritt auf sie zuging, wich sie zurück und stieß gegen die Wand hinter ihrem Rücken.

»Mia«, stieß Simon Folke aus, »so kann ich nicht weiterleben.«

»Es tut mir leid, Herr Folke, es ist über mich gekommen, dieser dämliche, Entschuldigung, aber ich weiß auch nicht, was mich geritten hat.« Mia schluckte. »Wenn Sie wollen, werde ich natürlich sofort kündigen, Sie sind ja sowieso nicht mit mir zufrieden und dulden mich nur wegen des Pfarrers.«

»Mein Gott Mia!«, fassungslos ging Folke einen weiteren Schritt auf sie zu. Er umfasste mit seinen Händen ihre Schultern und zwang sie, ihm in die Augen zu schauen. »Mia, ich, ich«, er wusste nicht, was er jetzt sagen wollte und durfte, »Mia, woher wusstest du das eben?«

»Das ist doch kinderleicht, ich kann Ihren Unterricht doch in der Küche immer hören.«

Forschend sah er ihr ins Gesicht. Er holte tief Luft, dann zog er sie an sich und tat das, wovon er seit über einem Jahr träumte.

Er küsste sie.

Er hielt sie weiter fest, als er spürte, dass Mias anfängliche Überraschung wich und sie versuchte, ihn von sich wegzudrücken. Erst als er spürte, wie Mias Geschmack und Geruch ihn ausfüllten, ließ er sie sanft los.

»So«, atemlos redete er los, »jetzt kannst du mir eine Ohrfeige geben. Mia, ich liebe dich, ich liebte dich vom ersten Moment an. Ich habe an einem Düsseldorfer Gymnasium eine sehr gute Stelle angeboten bekommen. Ich werde nach Düsseldorf gehen und ich will, dass du mit Fritzi mitkommst.«

»Als was?« Schneller als sie richtig überlegen konnte, war ihr diese Frage herausgerutscht.

Folkes Augen leuchteten auf.

»Als meine Frau. Fritzi werde ich als meinen Sohn anerkennen.«

Mia ging zum Fenster.

Seit fast einem Jahr war ihr geliebter Heinrich verschwunden. Hatte sie sitzen gelassen. Woran sie aber immer noch nicht glaubte.

Ihr Leben ist weitergegangen, musste um Friedrichs willen weitergehen. Sie schaute auf St. Peter, die Kirche von Spellen, in der sie getauft worden war und in der sie die Erste Heilige Kommunion empfangen hatte.

»Ja. Ich werde mitkommen. Aber nur unter einer Bedingung«, Mia drehte sich zu Simon um, »du wirst mich in Düsseldorf durch die Maturitätsprüfung bringen und mich bei allem unterstützten, was ich mir vornehme.«

* * *

»Das unterliegt alles dem Datenschutz«, Tanja Auer verschränkte ihre Arme vor der Brust, »und wie ich Ihnen schon sagte, es ist jetzt zwölf Uhr, ich habe Pause.«

»Das trifft sich gut, ich habe jetzt auch Pause, wir können sie dann gemeinsam und in Ruhe in Ihrem Büro verbringen.«

Freddie strahlte die Stadtentwicklerin an, wobei er seine linke Gesichtshälfte etwas mehr präsentierte als die rechte. Dies machte er immer, wenn sein Gegenüber ihn in irgendeiner Form ärgerte. Der Effekt war meistens, dass der andere Mensch sich etwas gruselte, Mitleid bekam und ihn so schnell wie möglich loswerden wollte.

»Frau Auer, ich habe irgendwie das Gefühl, Sie begreifen nicht ganz, dass ich hier versuche, einen Mord aufzuklären. Ich habe alle Befugnisse, die relevanten Vorgänge einzusehen.«

Ihren Unmut kaum verbergend, setzte sich Tanja Auer wieder vor ihren PC. »Was genau möchten Sie wissen?«

»Wie läuft das mit einer Vollmacht ab?«

»Wie, also, was meinen Sie da konkret?«

»Na, wer überprüft die Vollmacht, ist das ein Formblatt?«

»Nein, das ist kein Formblatt. Manchmal gibt es ja Gründe, warum jemand nicht zum Amt kommen kann.«

»Ja, klar, aber so wie Sie mir das erklären, kann da ja jeder kommen und im Namen von irgendjemandem etwas beantragen!«

»Nein, natürlich ist das nicht so einfach.«

»Dann zeigen Sie mir jetzt einmal die Vollmacht im Fall Wennies.«

Auer zögerte. »Das geht nicht so einfach, die ist in dem Vorgang abgeheftet.«

Langsam wurde Freddie sauer. Er hatte das Gefühl, durch dicken Morast zu gehen, jeder Schritt zäh und langsam. Vertraulich beugte er sich zu der städtischen Angestellten vor. Leise, aber mit Genuss, sagte er das, was für ihn als Teenager ein Grund war, zur Polizei gehen zu wollen. »Frau Auer«, sagte er, »wenn Sie jetzt nicht von alleine den kompletten Vorgang Wennies mit allen Anträgen, Dokumenten und Genehmigungen innerhalb der nächsten Viertelstunde in dieses Büro bringen, werde ich Sie mit Handschellen abführen. Durch das Rathaus, über den Marktplatz, vorbei an der Buchhandlung bis zu meinem Auto, das da vorne in der Bahnhofstraße parkt. Ich finde nämlich, dass Sie sich gerade wie eine Terroristin verhalten.«

Zehn Minuten später klappte Tanja Auer die Mappe auseinander.

»Hier ist die Vollmacht«, sie blätterte eine Seite weiter, »und hier der Antrag, eine Skizze von dem Golfplatz und den Gebäuden, die entstehen sollen, eine Analyse der voraussichtlichen Umweltbelastungen und hier der Bauantrag für ein Hotel.«

Freddie sah sich die Vollmacht genau an. »Wessen Unterschrift ist das hier?« Er zeigte auf das Gekrakel unter dem Siegel der Stadt Voerde.

Tanja Auer schaute genau hin. »Tut mir leid, das kann ich nicht zuordnen«, hastig fügte sie hinzu, »ehrlich gesagt, kenne ich mich bei Vollmachten nicht so gut aus, ich hatte noch nie so einen Fall. Das muss ja der- oder diejenige gewesen sein, der den Antrag angenommen hat.«

»Und diese ganzen Pläne sind schon genehmigt?«

»Ja, wie gesagt, ich wundere mich auch ein bisschen, die einzige Genehmigung, die noch fehlt, ist die Einbeziehung der Boltraystraße.«

Freddie nahm noch einmal den Entwurf für den Golfplatz und betrachtete ihn gründlich. »Ja, tatsächlich, der Golfplatz soll über die Boltraystraße gehen und hier das Land mit einbeziehen. Das wird ja ein Riesending! Und der leerstehende alte Bahnhof und das Depot sollen ein Hotel werden«, murmelte der Polizist, »aber Moment mal! Wem gehört denn dieses Land?« Freddie tippte auf die Fläche unterhalb der eingezeichneten Boltraystraße.

»Moment«, Tanja Auer tippte die Nummern der Flurstücke in ihren PC ein, »die gehören Johannes Kämpe.«

* * *

Christin Erlenbeck fuhr wie unter Strom. Sie hatte nicht nur die Identität des Toten vom Bahndamm herausgefunden, sondern auch, wie seine Freundin und sein Baby hießen. Vielleicht lebte ja noch ein direkter Nachfahre? Sie schüttelte den Kopf. Irgendwann vielleicht. Jetzt musste sie sich erst einmal wieder ihrer Berufung widmen.

In Gedanken ging sie den Tag durch. Es war jetzt halb eins, in einer Stunde würden die Kinder kommen. Büroarbeit, halb vier Treffen mit den Konfirmanden. Bis halb sechs.

Als sie auf den Hof ihrer Kirche fuhr, fiel ihr siedend heiß wieder ein, was noch in ihrem Terminkalender stand. *Halb zwölf Besprechung Abriss Pavillon.*

Bernd Hingmann und Hannes Kämpe standen zusammen an ihren Autos, beide hatten die Arme vor der Brust verschränkt und ernste Mienen aufgesetzt.

Angriff ist die beste Verteidigung.

»Hallo Hannes, hallo Bernd! Ratet mal, wer die Leiche vom Bahndamm ist!«

Bernd Hingmann machte schon den Mund auf, aber Hannes Kämpe war schneller.

»Mit Verlaub, Christin, aber dies können wir nicht mehr hinnehmen. Wir hatten hier eine Verabredung, einen Termin, für den wir andere Dinge verlegt haben«, er wurde lauter, »langsam glauben wir, du bist hier nicht an der richtigen Stelle. Entweder forderst du Rücksicht auf deine Mutterschaft ein, oder für deine Nachforschungen bezüglich dieses wichtigen Skelettes oder wegen sonst noch was.« Zornig ballte er die Fäuste. »Bernd und ich warten hier seit einer geschlagenen Stunde. Kümmere dich ab jetzt vernünftig um deine Gemeinde. Oder vielleicht solltest du erst einmal ein paar Dinge aus deiner Vergangenheit professionell verarbeiten.«

Kämpe knallte die Tür seines Mercedes zu und fuhr vom Hof.

»Tut mir leid, Christin, aber ich finde, Hannes hat recht. Melde dich, falls es dir in den Kram passt, über Dinge der Gemeinde zu reden.« Er zögerte. »Vielleicht bist du wirklich noch nicht in der Lage, eigenverantwortlich eine Gemeinde zu betreuen.«

Damit ließ auch Bernd Hingmann die Pfarrerin stehen.

An ihrem Schreibtisch, vor ihrem PC, holte Christin tief Luft. Nicht heulen. Sie hatten recht. Nicht mit allem. Was meinte Hannes? Tief durchatmen, nachdenken, einen Plan machen, sich entschuldigen. Heinrich und Mia und Friedrich beiseiteschieben.
Christin starrte auf den Bildschirm. Ohne es geplant zu haben, hatte sie im Internet eine Seite mit einem Telefonverzeichnis aufgerufen. Sie fühlte sich wie ein kleines Kind, das genau weiß, dass es etwas Verbotenes tut, als sie den Suchnamen *Hassel* eintippte. Und *Enter* drückte. Verblüfft starrte sie auf zwei Einträge, beide wohnhaft in der Annastraße.

* * *

»Mit irgendetwas kann Johannes Kämpe Werner Mittermann unter Druck setzen«, fasste Freddie seine Erkenntnisse zusammen.
Skalecki und Schlüter nickten.
»Überall das Gleiche, ich dachte, hier in Bullerbü seid ihr besser als in Asi-Duisburg«, enttäuscht schüttelte Skalecki langsam den Kopf. Dann sprang sie schwungvoll auf. »Schön, weiter geht's. Ich nehme mir Mittermann vor. Ich denke, es ist besser, wenn das jemand Außenstehender macht. Ihr beide fahrt zur Familie Wennies. Ladet sie vor, heute noch«, Skalecki zögerte, »Mutter Wennies ist nicht unbedingt nötig, ich will Michaela.«
Freddie und Schlüter nickten.

»Ja, okay, wir fahren gleich los.«

»Gleich?« Skalecki zog die Augenbrauen hoch. »Jetzt sofort!«

»Ich möchte jetzt erst einmal Pause machen«, meckerte Freddie.

»Pause? Schlüter, du hast doch auch gehört, dass er die schon mit einer Dame vom Amt verbracht hat, oder?«

»Bin ich froh, dass ich nicht mehr in Duisburg bin!« Freddie erhob sich.

»Warte ab«, feixte Skalecki.

* * *

»Schön, dass Sie so schnell zu uns gekommen sind«, leitete Freddie das Gespräch ein.

»Mir blieb ja wohl nichts anderes übrig«, konterte Michaela Wennies.

»Frau Wennies«, Freddie legte ihr die Bauanträge für den Golfplatz vor, »Sie haben ja tolle Pläne für das Land Ihrer Eltern.«

»Ja, schade, dass Papa das nicht mehr erleben durfte.«

Freddie lachte. »Soweit ich weiß, war er absolut gegen diese Pläne.«

»Anfangs ja, aber nachdem Mutter mal in Ruhe mit ihm darüber redete, fand er die Idee auch gut.«

»Seine Frau hatte Einfluss auf ihn?« Schlüter verhehlte nicht seine Verwunderung über diese Aussage.

»Ja, er wurde insgesamt etwas freundlicher, letztendlich gefiel ihm die Aussicht auf eine kleine, moderne Wohnung mitten in Spellen oder Friedrichsfeld. Und natürlich die Aussicht auf das Geld. Deswegen hat er mir auch eine Vollmacht erteilt, in seinem Sinne dieses Projekt zu verwirklichen.«

Perfekt vorbereitet.

»Genau, die Vollmacht«, setzte Freddie ein, »die werden wir von einem Kriminaltechniker untersuchen lassen. Wir haben einige Dokumente, die Ihr Vater unterschrieben hat, von Ihrer Mutter zur Verfügung gestellt bekommen.«

Michaela lächelte zustimmend.

»Seit wann haben Sie Hannes Kämpe mit in Ihre Pläne einbezogen?«, fragte Schlüter.

»Ziemlich direkt von Anfang an, also schon vor einem halben Jahr. Mir war klar, dass man für einen Golfplatz mehr Green braucht.«

»Warum haben Sie bisher mit keinem Wort Ihre Zusammenarbeit erwähnt? Ihr Vater wurde umgebracht, sie gehören zu den Verdächtigen. Da müsste es doch in Ihrem eigenen Interesse sein, alle Möglichkeiten zu erwähnen.«

»Nun«, sie zupfte ein Haar von ihrem Arm, »wie gesagt, mit meinem Vater war alles geklärt. Weder Herr Kämpe noch ich hatten einen Grund, ihn zu töten. Irgendjemand wird sich an ihm gerächt haben.« Sie fuhr sich mit der Hand über ihre Stirn. »Wissen Sie, Andreas und ich haben uns wirklich gern gehabt. Seine Eltern vergötterten ihn. Er hat alles bekommen, mich haben sie auch gemocht. Ich habe es immer genossen, bei Bleckmanns zu Gast gewesen zu sein.«

Du Biest, dachte Freddie, willst den Verdacht auf Bleckmanns lenken.

Freddie beugte sich zu Michaela vor. »Wissen Sie, worüber ich nicht hinwegkomme? Bis vor ein paar Tagen haben Sie Ihren Hass auf Ihren Vater nicht verhehlt, und jetzt auf einmal stellen Sie ihn als den alten, geläuterten Wolf dar, der seine Zähne verloren hat.« Freddie wurde lauter. »Wir wissen, dass Sie völlig pleite sind. Mehr als das. Wir wissen von Ihrer Spielsucht. Frau Wennies, sagen Sie die Wahrheit! Was werden wir zu hören bekommen, wenn wir mit Ihrem Chef sprechen? Meine Duisburger Kollegin ist da schon ganz heiß drauf!«

Ganz kurz nahm Freddie ein Zucken ihrer Gesichtsmuskeln wahr. Ein paar feine Risse in der Fassade.

»Ich habe meinen Vater nicht umgebracht. Sie werden nicht etwas beweisen können, was nicht passiert ist.«

»Wenn sich herausstellt, dass die Unterschrift unter der Vollmacht gefälscht ist, wird die Staatsanwaltschaft sofort einen Haftbefehl gegen Sie ausstellen«, warf Schlüter ein.

Freddie war begeistert. Schlüter traf genau den Punkt.

»Wir vermuten, dass Ihr Vater gegen den Golfplatz war. Und ohne die Zustimmung Ihres Vaters würde kein Geld seitens Ihrer Investoren fließen. Geld, das Sie dringend brauchen. Oder?«

Schlüter lehnte sich wieder zurück.

Michaela Wennies schwieg. Dann räusperte sie sich. »Nun gut. Ja, ich hatte ein bisschen die Kontrolle über meine Besuche in Wiesbaden verloren«, beide Polizisten mussten sich zurückhalten, nicht spöttisch aufzulachen, »aber ich habe mir einen Plan gemacht, da wieder herauszukommen. Dazu gehört auch, Düsseldorf und meinem aufreibenden Job in der Bank den Rücken zu kehren, die Verwaltung des Golfressorts zu übernehmen und mich um meine Eltern zu kümmern. Mit meinem

Bruder. Es ist noch ein Geheimnis, aber Hannes, also Herr Kämpe möchte der nächste Bürgermeister werden. Deswegen möchte er sich aus dem Baugeschäft zurückziehen. Sein Geschenk zur Wahl an die Voerder Bürger soll dieser Golfplatz mit all seinen Möglichkeiten sein. Servicepersonal, Gärtner, Landschaftsbauer, Verwaltung«, sie winkte ab, »so viel Potential! Deswegen haben wir uns erst einmal zur Geheimhaltung verpflichtet, bevor nicht alles dingfest ist. Herr Kämpe wünscht sich diesen Golfplatz womöglich noch mehr als ich, ich habe schließlich noch weltweit andere Möglichkeiten.« Michaela lehnte sich in ihrem Stuhl zurück. Blickte auf den Tisch.

Alle drei zuckten zusammen, als plötzlich die Tür aufging und Kriminalhauptkommissarin Skalecki in den Raum fegte. »Oh, Entschuldigung, ich wollte nicht stören!«

»Nein, ist schon okay«, beschwichtigte Freddie, »ich denke, wir machen hier jetzt erst einmal Schluss. Frau Wennies, bitte ...«

Bevor er ausreden konnte, fiel sie ihm lächelnd ins Wort. »Natürlich halte ich mich zur Verfügung! Ich bin noch die ganze Woche bei meiner Mutter. Wie uns mitgeteilt worden ist, dürfen wir Papa auch diese Woche noch beerdigen.«

Als sie gegangen war, forderte Skalecki die Voerder Kollegen auf, sich wieder hinzusetzen. Sie grinste breit.

»Werner Mittermann ist der Chef vom Bauamt. Bevor ich ihm im Rathaus einen Besuch abstattete, bin ich mal zu seiner Privatadresse gefahren, wollte nur mal gucken, wie man so als Bauamtsleiter in Voerde wohnt, wäre ja vielleicht auch was für mich«, sie zwinkerte Freddie und Schlüter verschwörerisch zu, »also, ich wäre schon interessiert. Er wohnt wirklich sehr nett. In Löhnen, altes Bauernhaus, komplett saniert, unterkellerte Doppelgarage, Grillhütte, ach, einfach alles. Habe ein bisschen rumtelefoniert und erfahren, dass das schon ziemlich sportlich ist für so einen relativ jungen Beamten.«

»Okay, sagt aber noch nichts, kann ja alles Mögliche hinterstecken«, warf Freddie ein.

»Ja, natürlich!« Wieder grinste Skalecki. »Er erklärte mir, dass ein öffentliches Interesse an der zügigen Umwandlung der Wiesen in Gewerbefläche bestehen würde, und natürlich hätte keiner Druck auf ihn ausgeübt. Dann ließ ich nur kurz fallen, dass ich sein Anwesen sehr, sehr schön finde. Und ob er denn für alles Rechnungen habe und was wohl meine Kollegen von der Wirtschaftskriminalität finden würden.«

»Oh Mann!« Schlüter schauderte, »da will ich jetzt nicht Vorzimmerdame sein!«

»Genau!«, rief Skalecki triumphierend aus. »Johannes Kämpe hätte ihn unter Druck gesetzt, von wegen, wenn die Öffentlichkeit erfahren würde, dass jemand diesen Investor vergrault hat und wenn er erst Bürgermeister ist, würde er einige Posten wohl neu überdenken müssen.«

Schlüter stand auf und nahm ein neues Blatt Papier aus der Schublade. Von seinem Schreibtisch holte er die beiden schon beschriebenen Blätter und legte sie vor sich auf den Besprechungstisch. Das leere Blatt legte er links neben dem Blatt mit den bisherigen Verdächtigen.

Darauf schrieb er in großen Buchstaben *Kämpe* in die Mitte und darum herum angeordnet die Informationen, die sie in den letzten Stunden ermittelt hatten.

»Das ist noch nicht alles. Lass noch Platz für den Abschlussknaller!« Skalecki schaute in die Runde. »Kämpe steht mit seiner Baufirma vor der Insolvenz und seine Frau hat die Scheidung eingereicht.«

* * *

»Nein, es tut mir leid, Hannes«, Gisela zuckte bedauernd mit den Schultern, öffnete die Haustür aber keinen Millimeter weiter, »Michaela und ich möchten jetzt alleine sein. Sie wurde heute auf der Polizeiwache verhört und ist völlig fertig. Außerdem können wir Karl-Heinz jetzt beerdigen, und da müssen wir noch einiges besprechen.«

»Dann lass mich bitte kurz mit Michaela sprechen, ich möchte nur wissen, ob es neue Erkenntnisse gibt.« Verständnisvoller Blick, beschwichtigendes Lächeln, Hand am Türblatt.

»Hannes, nein, ich werde Michaela sagen, sie soll dich gleich anrufen.« Mit sanfter Kraft zog Gisela die Haustür zu.

Da er wusste, dass man ihn vom Küchenfenster aus beobachten konnte, ging er betont ruhig zu seinem Auto. Innerlich tobte er.

Dass Michaela ihn nicht sprechen wollte, war ein schlechtes Zeichen. Vermutlich hatte sie der Polizei von ihrer Verbindung erzählt. Er konnte sich auch ausrechnen, dass dieses Mannweib aus Duisburg so clever war und schon einige Informationen über ihn in Erfahrung gebracht hatte.

Ruhe bewahren. Erst einmal alles nicht so schlimm. Insolvenz kann man überstehen.

Bleckmann.

Bleckmann hatte aber nichts in der Hand. Nur eine Beobachtung. Der saß selber in der Scheiße.

Er musste ganz ruhig bleiben.

Nur das vermaledeite Foto durfte nicht auftauchen. Er musste Christin noch mehr in die Defensive drängen, damit sie endlich Ruhe gab mit diesen alten Knochen. Wenn es dann bei der Räumung des alten Bahndepots auftauchen würde, würde keiner einen Zusammenhang erkennen.

17. Kapitel

Als ihre Kinder von der Schule kamen, hatte sich Christin immer noch nicht gefangen.

Mathilda nahm ihre bedrückte Stimmung natürlich sofort wahr.

»Jetzt nicht, mein Schatz«, bat sie ihre Tochter um Aufschub, »Ja, ich habe den Namen des Babys und der Freundin herausgefunden, du hattest einen guten Riecher, aber ich habe heute Vormittag etwas ganz blöd vermasselt, das muss ich erst einmal verdauen.«

Mathilda drückte ihrer Mutter die Hand.

»Dann heute Abend.«

Im Büro hörte sie das Telefon läuten.

»Ich muss jetzt ganz brav arbeiten!«, zwinkerte sie ihrer Tochter zu und eilte zum Telefon.

»So, Samstag ist die Beerdigung, dann hat die arme Frau das auch überstanden«, informierte Christin ihre Tochter.

»Von Heinrich?«

»Nein, das wird vielleicht nichts. Der Mann, der bei dem Osterfeuer umgekommen ist, wird beerdigt. Morgen Vormittag werde ich noch einmal zu seiner Frau gehen, sie möchte, dass ich die Trauerfeier durchführe.«

* * *

»Wir stecken in einer Sackgasse«, stellte Freddie fest, »wir haben zu viele Hauptverdächtige und zu wenig Beweise. Eigentlich gar keine. Solange wir keinen konkreten Hinweis haben, wer Wennies hinter die Turnhalle gefolgt ist, kommen wir nicht weiter.«
Skalecki seufzte tief.
»Alle drei müssen nur weiter hartnäckig behaupten, dass sie es nicht waren.«
»Wie gehen wir weiter mit Kämpe um?«, wollte Freddie wissen. »Den müssen wir uns auch vornehmen.«
»Der wird sich schon mit Michaela abgesprochen haben«, vermutete Skalecki, »den überraschen wir nicht mehr. Auch Mittermann wird ihn informiert haben.«
Skalecki stand auf. »Kämpe nehmen wir uns morgen Vormittag vor. Ich fahre jetzt nach Hause.«

* * *

Freddies Überraschungsbesuch gelang. Die Stimmung am Abendbrottisch war fröhlich, obwohl ihm Christin etwas bedrückt vorkam. Es wunderte ihn auch, dass sie nichts mehr über ihre Nachforschungen erzählte. Da er einfach nur abschalten wollte, fragte er nicht danach.

Nach dem Essen waren beide verunsichert. Die Kinder stritten sich um den besten Platz auf dem Sofa und die Fernbedienung. Freddie wurde nicht gebeten, noch etwas mit den Erlenbecks Fernsehen zu gucken. Er war zu stolz, zu fragen.

Bei der Verabschiedung an der Haustür wollte er es doch wissen.

»Was ist los? Du wirkst etwas bedrückt!«

»Ich habe mich selber in eine unangenehme Situation gebracht. Mit Kämpe. Und mit Hingmann«, sie winkte ab, »und meinem Verhältnis zu dir.«

»Ich dachte nicht, dass unser Verhältnis«, spöttisch betonte er dieses Wort, »eine unangenehme Situation für dich ist. Gute Nacht.«

»Nein, Freddie, warte«, versuchte Christin ihn aufzuhalten, »so meinte ich das nicht!«

Freddie blieb stehen.

»Ich hatte dich gewarnt«, fuhr sie fort, »ich trage Ballast mit mir herum, aber ich versuche, ihn weiter Stück für Stück abzuwerfen. Versprochen.«

»Ist gut«, er drehte sich doch noch einmal um, und sie sah ihn lächeln, »wir sind noch nicht richtig zusammen und haben schon die erste Krise. Schlaf gut!«

* * *

»Guten Morgen, Ursula, was steht an?«, begrüßte die Pfarrerin die Gemeindesekretärin am nächsten Morgen.

»Guten Morgen, Christin.« Ursula Höfer bearbeitete weiter die Schriftstücke, die vor ihr lagen.

Christin setzte sich ihr gegenüber.

»Ich habe gleich einen Termin mit Gisela Wennies. Die Leiche ihres Mannes ist freigegeben worden, und sie möchte, dass ich die Beerdigung mache.«

»Meinst du, du schaffst das?« Die Gemeindesekretärin schaute von ihren Papieren auf.

Christin guckte sie verdutzt an. »Wie meinst du das?«

»Denk daran, dass am Sonntag auch der Vorstellungsgottesdienst der neuen Konfis ist.«

»Ja, ich weiß, der steht auch schon längst! Warum fragst du mich, ob ich diese Beerdigung schaffe?«

»Nur so«, Ursula vertiefte sich wieder in ihre Unterlagen.

»Wenn du mir jetzt nicht eine vernünftige Erklärung für deine Frage gibst, bekommen wir unseren ersten Streit.« Christin sah ihre Mitarbeiterin herausfordernd an.

Resigniert legte Ursula Höfer ihren Kugelschreiber hin. »Nun ja, gestern hast du einen lange geplanten Termin einfach verpasst. Und Kämpe hat Bernd erzählt, er hätte zufällig gehört, dass du da im Fränkischen, wo du vorher warst, Probleme hattest. Also private. Also auch psychische.« Ursula wurde rot. Ihre Stimme brach ab.

Christin sagte nichts.

»Und du?«, fragte die Pfarrerin ihre Sekretärin dann. »Meinst du auch, ich komme nicht klar? Habe ich mir sonst irgendetwas zuschulden kommen lassen, als diesen einen Termin gestern zu vergessen?«

»Ich gebe dir nur weiter, was ich gehört habe.«

»Ja, vielleicht, aber irgendwie gibst du mir gerade das Gefühl, dass du das auch meinst.«

Ursula nahm den Stift wieder auf und drehte ihn zwischen den Daumen und Zeigefingern beider Hände.

»Ich finde schon, dass du manchmal unkonzentriert wirkst. Ich finde aber auch, dass du als Witwe zu viel Zeit mit diesem Polizisten verbringst.«

Schweigen.

Christin musste sich räuspern, um ihrer Stimme Festigkeit zu geben.

»Wie meinst du das, ich glaube, das verstehe ich jetzt nicht.«

Ursula legte den Stift weg und drehte sich zu ihrer Bildschirmtastatur. »Na, also, kaum bist du hierhergezogen, da hast du schon einen Freund. Mir«, betont, »ist es ja egal, aber andere reden.«

»Aber gerade hast du doch gesagt, dass *du* das findest! Findest du, ich sollte nicht so viel Zeit mit einem Freund verbringen?«

Langsam genoss es Christin, Ursula in die Enge zu treiben.

»Also, du bist immerhin Pfarrerin, da solltest du doch ein Vorbild sein.«

»Erkläre mir jetzt bitte, was daran falsch ist, Zeit mit einem Freund zu verbringen.«

Ursula ließ die Schultern hängen und blickte zu Boden.

»Ursula, was ist los? Da steckt doch noch mehr hinter?«

Die Sekretärin druckste herum, dann brach es aus ihr heraus. »Der Herr Kämpe hat erzählt, und nicht nur mir, dass er dich psychisch nicht stabil findet. Du würdest dich in die Sache mit der alten Leiche deswegen so reinhängen, weil dein Mann auch so plötzlich verschwunden ist und man seine Leiche auch nie gefunden hat. Außerdem hat er gesagt, mit diesem Freddie wird es für dich noch ein böses Erwachen geben, weil er ihn wohl auch öfter mit seiner Ex-Frau gesehen hat. Und dass du dann erst recht wieder in ein Loch fallen würdest.«

Christin erstarrte.

Genau wegen solch einem Gerede hatte sie die Kinder und sich vom Fränkischen an den Niederrhein verpflanzt. Sie konnte die abschätzigen Blicke, die scheinbar besorgten Hilfsangebote nicht mehr ertragen und hatte für sich dort keine Zukunft mehr gesehen.

Dann begann sie langsam zu sprechen. »Meine liebe Ursula. Ich verstehe, dass du verunsichert bist, auch ich muss das erst einmal sacken lassen. Ich muss jetzt leider los, ich hoffe, dass wir beide bald ausführlich darüber reden können. Ich kann dir nur eins sagen, ja, es stimmt, dass es mir nicht gut ging. Ist ja wohl klar, wenn man unter solchen Umständen Witwe wird. Aber was nicht stimmt, ist, dass ich psychisch krank bin. Mehr sage ich im Moment nicht dazu. Du musst dir selber aber jetzt darüber klar werden, wem du mehr glauben willst.«

Auf dem Weg zu ihrem Termin bekam Christin ein paar Gewissensbisse. War Ursula ihr Blitzableiter gewesen? Wollte sie nicht eher Bernd Hingmann und Hannes Kämpe treffen?

Nein. Im Grunde hatte sie Ursulas Geschwätz mehr getroffen.

Als sie in die Straße, in der Wennies wohnten, abbog, kam ihr der schicke BMW von Michaela Wennies entgegen, der in Richtung Spellen fuhr. Gut so, dachte sie, endlich kann ich mit dieser Frau vielleicht mal alleine reden.

Sie parkte ihr Auto vor dem alten Lagerhaus, in dem zu Zeiten, als im heutigen Friedrichsfeld noch preußische Truppen stationiert waren, für diese Versorgungsgüter gelagert worden waren. In den Zügen der alten Hochbahn kamen sowohl Lebensmittel als auch militärische Güter an, die im alten Bahndepot zwischengelagert wurden.

Als sie ausstieg, kam gerade die Sonne heraus. Die Temperaturen waren frühlingshaft mild. Sogar das alte Haus der Familie Wennies sah etwas freundlicher aus. Die knospenden, grün wuchernden Sträucher gaben dem alten Gemäuer etwas Wildromantisches, und die explodierende Natur des Bahndamms gab dem Haus einen imposanten Rahmen.

Gisela Wennies öffnete ihr schon die Haustür, bevor sie klingeln konnte.

»Kommen Sie rein, schön, dass Sie so schnell Zeit haben«, begrüßte sie die Witwe. »Wir setzen uns in das Wohnzimmer, da ist es gemütlicher. Kaffee?«

Christin brauchte eine Sekunde, um die Frage zu erkennen, und bejahte dann hastig. »Wir haben ja schon einiges besprochen, als ich vor ein paar Tagen hier war«, begann sie.

Gisela Wennies winkte ab. »Ja, da war ich noch nicht ganz bei mir, und meine Kinder und Hannes haben mich auch ganz nervös gemacht.« Sie trank einen Schluck Kaffee. »Mein Mann war kein guter Mann, aber ich möchte, dass Sie in Ihrer Rede ein paar nette Dinge sagen.«

»Gerne. Ihr Mann ist tot, wichtig ist, dass Sie mit ihm Ihren Frieden machen. Ihre Kinder müssen das mit sich selber ausmachen.«

Gisela Wennies nickte. »Ja, genau.« Sie schmunzelte ein bisschen. »Sie sind ja sogar ein kleines bisschen des Weges mit uns zusammen gegangen. Merkwürdigerweise war er nach Ihrem Überraschungsbesuch irgendwie, hm, wie soll ich sagen, besser gelaunt. Vielleicht, weil er sich die ganzen alten Bilder angeguckt hat. Sie hatten ihn bei Ihrem ersten Besuch auf die Idee gebracht.«

»Oh, ja!« Christin freute sich, dass die Witwe so vertraut mit ihr plauderte, »den Besuch habe ich in guter, na ja, eher in schlechter Erinnerung.«

Christin schaute sich im Wohnzimmer um. Das komplette Zimmer konnte so, wie es war, sofort als Filmset für einen Siebziger-Jahre-Film dienen. Schwere, dunkle Möbel, traditionelle Schrankwand, Schondeckchen auf Kopfhöhe der lindgrünen Sofagarnitur.

»Also«, fuhr sie lächelnd fort, »Ihr Mann liebte die Bahn? Dann kann man ja eigentlich gar nicht besser wohnen.«

Das war der kleine Schubs, den Gisela Wennies brauchte, um aus der Vergangenheit ihres Mannes zu erzählen. Von der Anstellung ihres Schwiegervaters, dem Kauf des alten Depots, wie sie ihren Mann kennenlernte, der Einzug zu den Schwiegereltern.

Die Pfarrerin machte sich ein paar Notizen.

»Haben Sie vielleicht ein Bild von Ihrem Mann, vielleicht als er jünger und fröhlicher war? Perfekt wäre natürlich, wenn er darauf eine Eisenbahnuniform tragen würde. Das könnte ich noch vergrößern lassen und neben den Altar stellen.«

Gisela schüttelte den Kopf. »Nein, ich glaube nicht. Hannes Kämpe hat die alten Kartons, die Karl-Heinz noch hatte, abgeholt.«

»Ach ja?«, erstaunt zog Christin die Augenbrauen hoch. »Warum das denn?«

»Ach, er wollte nur helfen. Ich werde ja hier ausziehen, wenn das mit dem Golfplatz unter Dach und Fach ist, und er sah die ganzen alten Kartons und fragte, ob er sie direkt dem Spellener Archiv bringen soll.«

»Golfplatz?« Christin kam aus dem Staunen nicht mehr heraus.

Gisela Wennies lächelte. »Ja, bitte, das ist noch geheim, aber Michaela, meine Tochter, hat gute Kontakte zu einer Firma, die Golfplätze baut, oder so ähnlich. Und die kaufen unser ganzes Land« sie deutete vage aus dem Fenster hinaus, »und machen hier aus allem einen schicken Golfplatz. Mit Hotel und Wellness. Und einem Restaurant, das wird Stephan dann führen.«

Gisela Wennies nickte zufrieden bei dieser Vorstellung.

Christin musste diese Informationen erst einmal verdauen. Wusste Freddie davon?

Mit einem Blick auf die Uhr erhob sich Christin. »Darf ich?«, fragte sie und deutete auf die Bücher, die in der Schrankwand standen.

»Ja, gucken Sie ruhig. Sie können sich auch gerne die Bücher herausnehmen.«

Christin legte den Kopf ein wenig schräg und schaute sich die Titel auf den Buchrücken an.

Schienennahverkehr im Ruhrgebiet, Straßenbahnen auf der ganzen Welt und noch mehr Eisenbahnliteratur. Und das Buch von Heinrich Wuwer. Die Pfarrerin nahm *Die Hochbahn* und blätterte es auf. Sie zuckte erschreckt zusammen, als sich ein Blatt löste und zu Boden fiel.

»Oh, hoppla!«, rief sie aus und bückte sich nach dem Papier. Dabei rutschte ihre Tasche von der Schulter und fiel nach vorne, während sie das Papier vom Boden aufnahm. Sie stellte das Buch ins Regal zurück und schob den Gurt ihrer Handtasche wieder auf ihre Schulter.

»Da kommt Michaela, sie war kurz im Dorf.« Gisela Wennies lief zur Haustür.

Christin ging ihr hinterher.

»Ich muss jetzt auch los. Ich glaube, ich kann mir jetzt ein besseres Bild von Ihrem Mann machen. Wir sehen uns dann Samstag, in der Kirche.«

Völlig in Gedanken versunken stieg Christin in ihr Auto. Sie legte ihre Tasche auf den Beifahrersitz und fuhr los.

Eine Golfanlage. Mannomann! Sie musste Freddie anrufen.

Erst als sie fast zu Hause war, bemerkte sie das Bild, das halb aus ihrer Tasche hervorguckte. Jetzt hatte sie dieses Blatt versehentlich eingesteckt! Sie würde es der alten Frau am Samstag wiedergeben. Mit einem Auge schielte sie während der Fahrt immer auf das Bild, das sie an ein anderes altes Foto erinnerte.

Als sie auf den Hof fuhr, stand Ursula noch an ihrem Auto. Sie schien auf sie zu warten.

»Nein, Ursula«, rief sie durch die halb geschlossene Autotür ihrer Sekretärin zu. »Ich kann jetzt nicht mit dir sprechen.«

»Was ist los? Geht es dir gut?«, hörte Christin sie noch rufen, während sie ihre Wagentür wieder zuzog.

Verständnislos schüttelte Ursula den Kopf und stieg mit zusammengekniffenem Mund in ihr Auto.

Christin stellte den Wagen auf dem Hof ab und nahm das Blatt vorsichtig in die Hände. Sie betrachtete es genauer.

Dieses Bild war nach dem Unfall 1911 entstanden. Fast die gleichen Personen. Eine mehr. Ihr Gehirn machte einen Abgleich mit allen Informationen, die sie seit dem Fund des alten Skeletts bekommen hatte. Und wie bei einer Zeitreise, sah sie alles genau vor sich.

Als ihr Verstand das realisierte, was sie auf dem Bild sah, kroch ihr langsam eine Gänsehaut über den Rücken.

Freddie, sie musste ihn sofort sprechen!

* * *

»Freddie, hier ist jemand, der uns sprechen möchte.« Hinter Schlüter erblickte Freddie Theo Bleckmann. Es war später Morgen, die Voerder Polizisten warteten auf die Duisburger Kriminalhauptkommissarin Skalecki.

»Guten Tag«, er stand auf und forderte Bleckmann mit einer Geste auf, sich zu setzen, »gut, dass Sie kommen, wir wollten Sie auch noch einmal sprechen.« Mit verschränkten Armen blieb Schlüter im Hintergrund stehen, während Bleckmann sich Freddie gegenüber an den Schreibtisch setzte.

»Was führt Sie zu uns?«, begann der Polizist das Gespräch.

Man sah Bleckmann die zermürbenden letzten Tage an. Obwohl er sich gerade hielt, erkannte Freddie, wie zerbrechlich der alte Mann in Wirklichkeit war.

»Als Erstes betone ich noch einmal, dass ich Wennies nicht angezündet habe.« Er atmete tief ein und blickte

Freddie in die Augen. »Aber mir ist noch eine Sache eingefallen, die mir bisher unwichtig vorkam, aber je länger ich darüber nachdenke, umso merkwürdiger finde ich sie.«

»Und? Das wäre?«, hakte Freddie nach.

»Ich bringe Andreas im Winterhalbjahr morgens immer mit dem Auto zur Arbeit. Er arbeitet ja bei Kämpe, einfache Sachen, Hof fegen, Baumaschinen waschen, Baumaterial aufladen«, Bleckmann machte eine kurze Pause, »und vor ein paar Wochen, so Anfang März herum, beobachtete ich, wie der alte Wennies aus dem Haus von Kämpe kommt. Der Drecksack, also Wennies, grinste, und Kämpe sah ziemlich sauer aus.«

»Ja und?«

»Dann stieg Wennies in sein Auto und fuhr weg.«

»Haben Sie etwas von dem gehört, was die beiden geredet haben?«, fragte Schlüter.

Bleckmann schüttelte den Kopf. »Nein. Ich habe mich einfach nur gewundert. Sie wissen ja, man kennt sich. Ich meine, wenn bei Ihrer Frau auf einmal jemand auftaucht, von dem Sie wissen, dass sie mit der oder denjenigen sonst nie etwas zu tun hat, würden Sie sich ja auch wundern. Mehr nicht, einfach nur wundern.«

»Haben Sie ihn darauf angesprochen?«, fragte Freddie.

Bleckmann druckste herum. »Ja. Ich mache mir keine Illusionen, ich bin Hauptverdächtiger. Deswegen ist es wohl mein gutes Recht, selber etwas nachzuforschen.«

»Und? Was hat er geantwortet?« Beide Polizisten warteten gespannt auf Bleckmanns Antwort.

»Also, auf gut Deutsch hat er gesagt, dass mich das nichts angeht.«

»Wissen Sie etwas von dem Bau eines Golfplatzes?«, wollte Freddie wissen.

»Was?« Bleckmann schüttelte den Kopf, »Nein, keine Ahnung, höre ich zum ersten Mal.«

»Herr Bleckmann, vielen Dank für diese Information. Wir werden darüber nachdenken«, er gab Schlüter ein Zeichen, Bleckmann hinauszubegleiten.

»Die beiden hatten nix miteinander zu tun, dann ein Gespräch, Wennies' gute Laune, mysteriöser Unfall, Tod.« Freddie tigerte in dem Büro auf und ab.

Skalecki, die kurz vorher eingetroffen war, und Schlüter nickten zustimmend.

»Da gibt es eine Verbindung«, warf Schlüter ein, »im Grunde kreisen wir immer mehr Kämpe und Michaela ein. Beiden geht finanziell der Arsch auf Grundeis, beide brauchen dringend Wennies' Land.«

»Aber dafür in aller Öffentlichkeit einen Mord zu riskieren?« Skalecki schüttelte den Kopf. »Auch wenn Kämpe kurz vor der Pleite steht, er hat eine GmbH und haftet nicht mit seinem alten Landbesitz. Er könnte wahrscheinlich die Firma einigermaßen erhobenen Hauptes abwickeln, und wenn er Bürgermeister werden sollte, hätte er auch weiter ausgesorgt.«

»Bleckmann. Der steht da mit seinen alten Freunden herum, bekommt mit, wie Wennies sich amüsiert, sieht, wie der pinkeln gehen will und sieht auf einmal die Chance, sich endlich zu rächen.« Freddie schüttelte sofort den Kopf. »Nein, der Mord war geplant. Die Flasche mit dem Nagellackentferner vorbereitet.«

»Dann Michaela?«, fragte Schlüter.

Genervt stöhnte Freddie auf. »Weißt du, was die macht, wenn ihre Pläne nicht klappen? Ich wette mit dir, während wir hier diskutieren, hat sie schon einen kompletten Plan B ausgetüftelt. Die hat schon überall auf der Welt gearbeitet und ist bestimmt in Ländern, die nicht an Deutschland ausliefern, gern gesehen. Und mal ehrlich«, Freddie schaute in die Runde, »die ist so clever, die hätte doch nicht so etwas Riskantes, wie einen Mord in aller Öffentlichkeit, begangen.«

Skalecki und Schlüter nickten zustimmend.

»Ja«, sagte Skalecki, »die hätte zum Beispiel ihren Vater nachts angefahren.«

»Hattest du nach diesem Vorfall mit Ilona gesprochen?«, fragte Freddie seinen Voerder Kollegen.

Schlüter verneinte.

»Wer ist Ilona?«, wollte Skalecki wissen.

»Die Wirtin vom *Döhmer*, Wennies Stammkneipe.«

»Gut, dann gehen Freddie und ich jetzt mal ein Bierchen trinken.« Skalecki erhob sich.

»Super«, murmelte Freddie, »am helllichten Tag!«

In ein paar Minuten waren Skalecki und Freddie bei der Traditionskneipe *Döhmer*, in der Wennies viele Abende seines Lebens verbracht hatte. Das alte Haus lag etwas zurückgesetzt an der Straße, die von Friedrichsfeld nach Spellen führte.

»Bestimmt schön im Sommer«, Skalecki musterte das Haus, »und wirklich nur ein Katzensprung von Wennies entfernt.«

»Ja, aber du kannst sicher sein, dass hier nachts kaum ein Auto fährt.«

»Hmm«, brummte die Polizistin, »eigentlich todsicher, wenn man die Gewohnheiten kennt.«

»Sag ich doch.«

Die alte Kneipe hatte noch geschlossen. Laut einem Hinweisschild im Fenster würde sie erst um achtzehn Uhr öffnen.

Sie wandten sich nach rechts, wo sich eine Haustür mit einer Klingel befand.

»Was ist?«, hörten sie eine Stimme.

»Hallo Ilona, wir müssen dich mal dienstlich sprechen, Freddie hier«, rief der Polizist durch die geschlossene Tür.

»Moment, ich mache euch nebenan auf.«

Ein paar Minuten später öffnete sich die Tür der Kneipe.

Sie gingen hinein. Ilona setzte sich auf einen Barhocker hinter dem Tresen und steckte sich eine Zigarette an. Den Rauch blies sie mit Schwung zur Seite.

Skalecki grinste. »Sie sind wohl hier die Herrin!«, bemerkte sie.

Die Duisburger Polizistin blickte sich um. Zeitreise. Genau dieses Gefühl lösten alte Kneipen und Gaststätten immer in ihr aus. Nach der Kirche mit Papa noch kurz in die Kneipe, während Mama schon den Sonntagsbraten in den Ofen schob und die Kartoffeln schälte. Karnevalsfeiern. Die Frauen als Kleopatra oder Haremsdame verkleidet, die Männer als Pirat oder Clown. Sie selber einmal als Indianerin, dick beschmiert mit Mutters Make-up. Dann gab es die übliche Prügelei, sie steckte genauso viel ein, wie sie austeilte, das Make-up war auf dem ganzen Kostüm verteilt. Im nächsten Jahr kaufte ihre Mutter ihr dann ein Polizeikostüm. Ab Altweiber zog sie es nicht mehr aus. Und am Morgen des Karnevalszugs schnitt sie sich mit Mamas Küchenschere ihre langen, weizenblonden Haare ab.

Hier, im *Döhmer*, war die Einrichtung genauso traditionell wie früher in der Gastwirtschaft bei ihren Eltern um die Ecke. Es war alles sauber und gepflegt, im Gegensatz zu vielen anderen alten Kneipen wirkte hier nichts heruntergekommen. Selbst am helllichten Tage, die großen Fenster ließen viel Licht herein, wirkte die Gaststätte freundlich und gemütlich.

Ilona nickte.

»Seit ich ein Kind bin. Ihr seid bestimmt nicht zum Trinken hier. Was gibt es? Ich möchte mich noch etwas hinlegen.«

»Ilona, der alte Wennies war doch hier Stammgast.«

Die Wirtin nickte.

»Kannst du dich noch an den Abend erinnern, als er es nicht mehr nach Hause geschafft hatte?«

Die Wirtin nickte.

»Dann plaudern Sie doch mal ein bisschen mit uns«, forderte Skalecki sie auf.

Die Gastwirtin zog an ihrer Zigarette. »Was gibt es da zu erzählen? Wennies hat sich, wie immer, zulaufen lassen.«

»War er an diesem Abend irgendwie anders?«, fragte Freddie.

Ilona untersuchte konzentriert den Daumennagel ihrer linken Hand, während die Zigarette in der rechten vor sich hin qualmte.

»Ja. Er strahlte. Würde bald ein schickes Haus haben. Hätte eine Möglichkeit, es günstig sanieren zu lassen. Totaler Blödsinn.«

»Hat er denn früher auch schon mal so einen Blödsinn erzählt?«

Der nächste Fingernagel wurde ausgiebig gemustert. »Nein, eigentlich nicht. Der motzte immer nur. Über die Raser auf der Rheinstraße. Über den Güterverkehr oben am Bahndamm, der ständig zunimmt. Über seine missratenen Kinder.« Ilona schnaubte den Zigarettenrauch in die Luft.

»Hat er denn erzählt, woher er das Geld dafür nimmt? Das ist doch ein richtig altes und großes Gebäude?«, fragte Skalecki.

»Ich habe ihn gefragt, ob er denn im Lotto gewonnen hat, aber da grinste er nur dämlich. Besser, sagte er, den Lottogewinn würden ja seine Kinder versuchen, sich unter den Nagel zu reißen. Ach«, müde winkte sie ab, »ihr wisst gar nicht, was die Männer hier manchmal für einen Mist erzählen.«

Schweigend stiegen Skalecki und Freddie in den Dienstwagen. Kurz meinte Freddie, Christins Auto vorbeifahren zu sehen.

Schlüter legte die drei beschriebenen DIN-A4-Blätter vor ihnen auf den Tisch. Unter Wennies *gute Laune* setzte er noch *große Pläne*, zu *Kämpe* schrieb er *Kontakt zum Opfer*. Diese beiden Zettel legte er nebeneinander.

»Kämpe und Wennies verbindet irgendetwas. Bauunternehmer, Haussanierung«, begann Freddie, »vielleicht hat Wennies gesagt, dass er nur den Golfplatzplänen zustimmt, wenn Kämpe das Haus saniert? Nein«, Freddie verneinte sofort seine eigene Frage, »das alte Bahndepot ist Teil des Konzepts. Außerdem woher sollte Wennies wissen, dass Kämpe das Wasser bis zum Hals steht?«

»Mit irgendetwas hatte Wennies Kämpe in der Hand. Durch den Mord an Wennies schlug Kämpe zwei Fliegen mit einer Klappe. Er wird nicht mehr erpresst, und der Weg zum Golfresort ist frei«, fasste Schlüter zusammen.

Skalecki nickte scheinbar zufrieden. »Soll ich gleich einen Haftbefehl beantragen oder kümmert ihr euch vorher noch um Beweise?«, blaffte sie plötzlich die Voerder Polizisten an. »Wir haben gar nichts in der Hand außer ein ›die quatschten zusammen‹«, ätzte sie.

»Dann werden wir jetzt Kämpe zum Verhör einbestellen«, schnauzte Freddie zurück. »Ach, Entschuldigung, ich habe ganz vergessen, dass man in Duisburg Ermittlungen ja viel professioneller durchführt.«

»Irgendwie laberst du viel mehr als früher«, brummte Skalecki wieder etwas ruhiger.

»Hoffen wir, dass wir Kämpe in die Enge treiben können.«

* * *

Als Ursula vom Hof gefahren war, konnte Christin sofort in ihr Arbeitszimmer stürmen. Sie riss die Schublade auf, in der sie das Bild der beiden Kämpe-Brüder von 1911 aufbewahrte, und legte es auf ihren Schreibtisch. Dann suchte sie hektisch in ihrem Bücherregal das Buch von Heinrich Wuwer über die Hochbahn und schlug es auf der Seite auf, auf der das Bild abgebildet war, das nach dem Zugunglück gemacht wurde. Zuletzt legte sie das Bild daneben, das sie aus Versehen gerade von Wennies mitgenommen hatte.

»Eindeutig«, murmelte sie, »ganz klar.«

Johannes Kämpe war auf allen drei alten Fotografien zu sehen. Auf der einen mit seinem Bruder Heinrich. Heinrich war eindeutig als der Ältere zu erkennen, Johannes hatte noch ein sehr jungenhaftes Lachen. Heinrich lächelte nicht mehr so breit, wie es Teenager oft noch machen. Auf dem Bild mit den verunglückten Waggons war nur Johannes zu sehen. Er trug trotz der Kälte nur ein Hemd. Ernst, wie die anderen Männer neben ihm, blickte er in die Kamera.

Das Bild, das ihr aus Karl-Heinz Wennies' Exemplar über die Hochbahn entgegengefallen war, war fast identisch mit dem Foto in dem Buch. Die ineinander geschobenen, umgekippten Waggons, die ernsten Gesichter der Männer. Mit nur einem Unterschied – auf diesem Bild hatte Johannes Kämpe eine Jacke der Königlichen Eisenbahndirektion an. Aber an der Stelle, an der das Emblem der Eisenbahn zu sehen sein sollte, war ein großes Loch.

* * *

Johannes Kämpe legte das Mobilteil seines Telefons auf seinen Schreibtisch ab und fuhr sich mit den Fingern durch die Haare. Noch kein Problem, die haben nichts in der Hand, kein Problem, die konnten ihn nicht kriegen, dachte er pausenlos, wie ein Mantra, er musste nur weiter ruhig bleiben.

Schlüter hatte ihn gerade aufs Revier gebeten, wobei er direkt hinterherschob, dass man ihn auch gerne mit einem Dienstwagen abholen könne, wenn er nicht selber fahren wolle.

Deutlich. Natürlich hatte er zufällig im Moment Zeit, dieser Aufforderung Folge zu leisten.

Er hatte schon Jacke und Schuhe an und die Haustürklinke in der Hand, als das Telefon erneut klingelte. Er zögerte. Dann hastete er doch zum Apparat.

Schon in die Ansage des Anrufbeantworters hinein rief er laut: »Kämpe!«

»Hallo Herr, ach, hallo Hannes, Christin hier«, hörte er am anderen Ende der Leitung.

»Christin, hallo, ist gerade schlecht, ich muss dringend auf eine Baustelle«, fiel er ihr direkt ins Wort.

»Ach, schade, na, das kann auch noch warten«, sie wollte sich verabschieden, da hörte sie ihn sprechen.

»Was gibt es denn, entschuldige, aber ich habe es leider sehr eilig. Im Gegensatz zu anderen muss ich sehr oft sehr viel auf einmal stemmen, aber das ist für mich kein Problem! Sag schnell, was gibt's?«

Nur weil Christin es zum Abschluss bringen wollte, ging sie nicht auf seine unverschämte Provokation ein. »Hannes, ich habe da gerade durch Zufall etwas bei Gisela Wennies gefunden. Ein interessantes Bild. Das würde ich dir gerne mal zeigen. Wann hättest du denn Zeit?«

Eine heiße Welle lief durch seinen Körper. Seine Knie wurden weich, er taumelte gegen die Jacken und Mäntel in der Garderobe. Mit der freien Hand konnte er sich gerade noch abfangen, griff in einen Ärmel, hätte ihn am liebsten vor heißer Wut abgerissen.

»Christin, kann ich dich mal eben zur Seite legen? Da will ein Mitarbeiter etwas von mir.« Vorsichtig legte er das Mobilteil auf das Garderobentischchen. Er fuhr sich mit den Fingern durch seine gepflegte Mähne. Dann biss er sich auf die Knöchel seiner Hand, um nicht laut loszuschreien.

Er versuchte, sich zu sammeln. Dachte nach.

Locker bleiben, unbeschwert.

»Christin, danke fürs Warten. Ich habe jetzt einen wichtigen Termin, aber was hältst du davon, wenn wir uns direkt danach zu einem Spaziergang mit den Hunden treffen?« Kämpe atmete tief durch. »Vielleicht am Bahndamm? Ich nehme an, es geht um die Identität des Toten, das wäre doch dann ganz passend?« lachte er.

Nach kurzer Überlegung stimmte die Pfarrerin zu.

»Und noch etwas«, Hannes Kämpe wusste, dass ihm nichts anderes übrigblieb, als alles auf eine Karte zu setzen, »ich glaube, ich weiß, worüber du mit mir reden möchtest. Du kannst dir denken, dass es einigen Wirbel verursachen wird, wenn das bekannt werden wird. Lass es mich dir erst bitte erklären, bevor du mit anderen darüber sprichst.«

Christin nickte zustimmend, sofort fiel ihr ein, dass ihr Gesprächspartner das nicht sehen konnte. »Ja, ist gut«, sagte sie dann hastig in den Telefonhörer, »wo genau sollen wir uns treffen? Ich parke hinter Wennies, dann laufe ich von dort aus die Hochbahn entlang.«

»Gut, ich werde dich schon finden, wahrscheinlich komme ich dann auch von dort. Ich denke, ich bin in ein bis zwei Stunden fertig, dann rufe ich bei dir an. Gib mir am besten deine Handynummer, falls du unterwegs bist. Kommen deine Kinder mit?«

»Hm, die Handynummer gebe ich eigentlich nicht so gerne heraus. Ich bin jetzt die ganze Zeit im Büro. Nein, die Kinder haben heute lange Schule, das heißt, dass ich auch gegen halb fünf wieder zu Hause sein möchte.«

Kämpe dachte kurz nach. »Ja natürlich, gute Organisation ist alles! Dann bis später!«

Gut, dachte der Bauunternehmer. So könnte es gehen. Er wechselte die Jacke, ging noch einmal in sein Büro und fuhr dann zur Voerder Polizeiwache.

»Schön, dass Sie so schnell zu uns kommen konnten!« Schlüter ging vor Kämpe in das Büro, in dem Freddie und Skalecki schon warteten.

»Spielen Sie hier jetzt bitte nicht den netten Cop, Schlüter«, winkte Kämpe ungeduldig ab.

Der Bauunternehmer setzte sich an den Tisch, Freddie und Skalecki setzten sich ihm gegenüber. Schlüter blieb mit verschränkten Armen an der Wand neben der Tür stehen.

Hannes Kämpe lehnte sich weit in den Stuhl zurück, die Beine streckte er nach vorne aus, die Arme verschränkte er vor der Brust. Seine Jacke mit den vielen, praktischen Taschen behielt er an.

»Herr Kämpe«, begann Freddie, »wann haben Sie eigentlich das letzte Mal mit Wennies gesprochen?«

Skalecki stöhnte innerlich auf. Kein guter Anfang.

»Mit Wennies?« Kämpe schien nicht überrascht, wie Skalecki erwartet hatte. »Ich glaube, so ungefähr vor vier, fünf Wochen.«

»Was wollte er von Ihnen?«

»Er wollte wissen, wann wir endlich die letzte Genehmigung für den Golfplatz bekommen, er wurde langsam ungeduldig.«

»Morgens früh«, warf Freddie spöttisch ein.

»Nun ja, er hatte eine Fahne. Vielleicht sollte die Polizei auf dem Land wieder öfter Alkoholkontrollen durchführen«, konterte Kämpe ebenso spöttisch.

Freddie ordnete die Papiere, die auf dem Tisch lagen, neu an. »Herr Kämpe«, sprach er weiter, »wir wissen, dass die Vollmacht für den Bauantrag Golfplatz gefälscht ist. Und so oft, wie Sie mit Michaela Wennies Kontakt hatten, gehen wir davon aus, dass Sie wussten, dass Wennies immer gegen diese Pläne sein würde.«

Kämpe lächelte.

»Die Vollmacht ist echt. Ich habe sie zusammen mit Michaela und Karl-Heinz formuliert. Karl-Heinz gab letztendlich nach, hatte aber keine Lust, sich um irgendetwas zu kümmern. Was auch besser war.«

»Womit haben Sie Mittermann unter Druck gesetzt?«, fragte Skalecki.

Kämpe grinste.

»Ich habe ihm einfach nur vor Augen gehalten, was passiert, wenn die Voerder erfahren, dass sich ein Investor zurückgezogen hat, weil die Verwaltung noch die Landeplätze der Graugänse abstecken muss. Mehr nicht.«

»Sie haben ihm nicht zufällig noch die ein oder andere Zusatzleistung auf seinem Anwesen spendiert?«, fragte Skalecki.

»Nein«, Kämpe schüttelte bestimmt den Kopf, »Sie können gerne alle Bücher von mir einsehen, ist alles belegt und sauber.«

»Gut, das werden wir«, Skalecki machte sich eine Notiz.

»Hm«, nickte Freddie, »Wennies war also über alle Pläne informiert und damit einverstanden?«

Kämpe hob und senkte bedächtig seinen Kopf.

»Herr Kämpe«, fuhr Freddie weiter fort, »also, nach Ihren Angaben war Wennies Anfang März bei Ihnen, um sich nach dem Fortschritt der Pläne zu erkundigen. Er kannte die Pläne. Warum erzählte er dann am Freitag, an dem Abend, als er nachts verunglückte, bei Ilona, dass sein Haus, das alte Depot, saniert werden würde?«

»Natürlich werden der alte Bahnhof und das alte Depot umgebaut, beide Gebäude werden doch Teil des Hotelkomplexes!«, rief Kämpe aus.

Skalecki öffnete ihr Notizbuch. »Würde bald ein schickes Haus haben. Hätte eine Möglichkeit, es günstig sanieren zu lassen««, las sie laut und deutlich vor. Sie klappte das Notizbuch mit einem Knall zu, stand auf und stellte sich hinter Kämpe. »Das ist die Aussage von Ilona. Wennies war guter Dinge, strahlte beim Saufen. Und? Wer hat hier die Möglichkeit, günstig zu sanieren?« Sie wurde immer lauter. »Herr Kämpe, das widerspricht Ihren und Michaela Wennies' Aussagen. Für mich hört es sich nicht so an, als ob er ausziehen wollte. Und da Sie kurz vor der Pleite stehen, werden Sie wohl kaum so großzügig sein und ihm einen Sonderpreis machen!« Skalecki ging um den Bauunternehmer herum und beugte sich zu ihm hinunter. »Womit hat er Sie erpresst?«

Kämpe lachte laut auf. »So, Frau, wie auch immer«, er stand auf und richtete sich zu seiner vollen Größe auf, womit er immerhin fast auf Skaleckis Augenhöhe war, »Sie glauben doch nicht im Ernst, dass mich so ein armer Willi wie Wennies erpressen könnte!«

»Nein, das glaube ich nicht«, Skalecki wich nicht einen Millimeter nach hinten, »und weil er es trotzdem gewagt hat, musste er sterben.«

»Ab jetzt werde ich nur noch in Gegenwart meines Anwalts mit Ihnen sprechen.« Kämpe wandte sich zur Tür.

»Gut, morgen früh um neun sind Sie wieder hier.« Skalecki machte Schlüter ein Zeichen. Der stieß sich von der Wand ab, öffnete die Tür und ließ Kämpe hinaus.

»Ich besorge uns einen Durchsuchungsbeschluss für das Wennies-Haus«, sagte Skalecki in die nachfolgende Stille hinein, »ohne den Beweis für die Erpressung weiß ich gerade nicht, wie wir weiter vorgehen sollen.«

Freddie spürte wieder das Vibrieren seines Handys in der Hosentasche. Er hatte schon vorher gesehen, dass Christin versucht hatte, ihn zu erreichen. Dies war eine ganz neue Situation für ihn. Er war es nicht gewohnt, durch private Anrufe von seiner Arbeit abgelenkt zu werden, schon gar nicht von einer Freundin, die vielleicht nur hören wollte, wie sehr er sie liebt.

Nein, dachte er schmunzelnd, so ist Christin nicht. Sie würde nicht grundlos anrufen.

»Freddie, entschuldige bitte sehr, wenn ich dich anspreche«, stichelte Skalecki, »aber wärst du vielleicht so nett, Michaela Wennies auch für morgen früh, neun Uhr, einzubestellen? Und auch ihren Bruder?« Zuckersüß blinzelte sie ihn an. »Natürlich nur, nachdem du deine wichtigen Telefonate erledigt hast.«

»Und du? Was musst du machen, um jetzt auf die Schnelle einen Durchsuchungsbeschluss zu bekommen?«, blaffte Freddie. »Mit dem Staatsanwalt schlafen?«

Schlüter guckte entsetzt zwischen Freddie und Skalecki hin und her.

»Ja, vielleicht werde ich das tun.« Mit diesen Worten rauschte Skalecki aus dem Büro.

»Freddie«, Schlüter konnte es immer noch nicht fassen, »sie ist deine Vorgesetzte, wie kannst du nur so mit ihr reden?«

»Der Staatsanwalt ist ihr Mann«, grinste Freddie.

* * *

»Hallo Christin«, kaum saß Hannes Kämpe in seinem Auto, drückte er schon die Tasten für die Verbindung zu der Pfarrerin. »Ich bin auf dem Weg zum Bahndamm. Leider habe ich gleich wieder einen Termin, könntest du sofort los?«

Hektik aufbauen. Freddie wird noch mit seinem Kollegen und diesem Mannweib zusammensitzen und die weitere Vorgehensweise besprechen. Hoffentlich.

»Hallo Hannes«, Christin, die die ganze Mittagszeit in ihrem Büro verbracht und konzentriert gearbeitet hatte, zuckte zusammen, als das Telefon plötzlich und schrill klingelte. »Ja, ich brauche nicht lange, dann fahre ich los.« Sie zögerte kurz, ob sie das Original mitnehmen sollte, oder ob das Foto in ihrem Smartphone ausreichen würde. Aber da sie ja fast direkt vor Gisela Wennies Haus parken würde, könnte sie es dort auch abgeben, anstatt erst am Samstag auf den Beerdigungsfeierlichkeiten.

Zu Hause ging Kämpe nur noch einmal kurz in sein Büro, packte die Dinge, die er schon vorbereitet hatte, in seine Jackentaschen, leinte Seppi an und lief mit großen Schritten los.

18. Kapitel

November 1911

Johannes hatte vier Fackeln gegriffen, mehr konnte er nicht in einem Arm halten, da er sich mit der anderen Hand an der Leiter hochhangeln musste. Ein Stemmeisen fiel ihm in den Weg, er hob es auf und trat wieder aus der Bauhütte heraus. Er hörte das Rumpeln und Knirschen der herannahenden Dampflok und ihrer angehängten Waggons, hörte das Quietschen der Bremsen. Der Lärm verschluckte das Geschrei von Wilhelm Lemm.

Er erschrak, als plötzlich eine hochgewachsene Gestalt vor ihm stand.

»Heinrich, da bist du ja endlich!« Sein älterer Bruder grinste.

»War halt so gemütlich mit Mia im Bett. Hat Wilhelm es schon mitbekommen?«

»Ja, der ist schon ganz schön sauer«, entgegnete sein Bruder.

Dem Zweitgeborenen wurde plötzlich ganz schlecht vor Wut. Selbstbewusst stand sein Bruder vor ihm, ein zufriedenes Grinsen im Gesicht, nach einer weiteren Nacht mit Mia. Wie selbstverständlich lebten sie schon wie Mann und Frau zusammen. Jede Nacht hörte er in seiner Schlafkammer nebenan ihr geräuschvolles Liebesspiel. Sein Grunzen, ihr unterdrücktes Stöhnen. Sein Raunen, ihr Gekicher.

Dabei hatte *er* Mia vorgeschlagen, bei seinen Eltern nach einer Anstellung zu fragen. *Er* wollte sie bei ihnen haben. *Er* hatte sie für sich gewollt.

Johannes fiel wieder ein, warum er zur Hütte mit den Werkzeugen geschickt worden war, und starrte auf die Fackeln in seiner Hand.

Plötzlich hörten beide Brüder ein gewaltiges Krachen. Gleichzeitig schauten sie nach oben und konnten sehen, wie die Waggons versuchten, ihre eigene Lok zu überholen.

Ein riesiger, in sich verdrehter, schwarzer Wurm kippte langsam zur Seite und schüttete zig Tonnen Geröll über die Holzverschalung der Baustelle.

Wie unter Zwang hob Johannes das Stemmeisen und schlug es Heinrich mit aller Kraft von hinten auf den Kopf. Benommen drehte sich sein großer Bruder zu ihm um und wankte einen Schritt nach vorne, bevor er, sich an Johannes' Uniform festhaltend, zusammensackte. Johannes ließ die Fackeln und das Stemmeisen fallen und versuchte, die zusammengekrallten Hände seines Bruders aus seiner Jacke zu lösen. Dann zerrte er geistesgegenwärtig seinen Bruder in Richtung Baustelle. Er schob den leblosen Körper auf den Haufen aus Steinen und grober Erde, wobei er selber von einigen herunterprasselnden Stücken getroffen wurde. Durch die

Schmerzen wachte er langsam aus seiner Benommenheit auf, und die Erkenntnis, was er getan hatte, durchfuhr ihn wie ein Blitz. Er musste Heinrich noch weiter auf den Haufen schieben, mit einem Blick nach oben sah er, dass wahrscheinlich noch viel mehr Geröll und Abraum aus den Waggons nach unten nachrutschen würde. Von oben hörte er immer noch das laute Knirschen des schweren Metalls, und er konnte sich nur mit einem schnellen Sprung vor der nachrutschenden Masse in Sicherheit bringen, die seinen großen Bruder unter sich begrub.

* * *

Christin stellte ihren Minivan an der gleichen Stelle ab, an der sie vor gefühlten hundert Jahren mit Freddie bei ihrem ersten gemeinsamen Spaziergang geparkt hatte. In der Scheltheide, gegenüber der völlig vermoosten Schranke, die verhindern sollte, dass Unbefugte auf die Bahntrasse fuhren.

Sie vermisste ihn an ihrer Seite.

Noch vor ein paar Wochen waren es nur anonyme Knochen, heute wusste sie nicht nur den Namen des Toten, sondern auch, wie seine Freundin und sein Kind hießen.

Sie öffnete die Heckklappe und ließ Laika aus dem Kofferraum springen. Die Hündin rannte begeistert nach links und rechts und hockte sich schon bald hin.

Da sie von Kämpe noch nichts sah und hörte, spazierte sie langsam zu der Stelle, an der man das alte Skelett gefunden hatte.

Kurz vor drei, sie hatte noch genügend Zeit, bis ihre Kinder aus der Schule kamen.

Sie wunderte sich nur, wo Hannes blieb. Er war nach seiner Aussage doch schon auf den Weg hierhin gewesen, als sie telefonierten.

Die einspurige Eisenbahntrasse war schnell wieder befahrbar gemacht worden. An den Rändern der Strecke sah man noch vereinzelte Stapel mit ordentlich geschichteten, klein gesägten Baumstämmen liegen. Kaum hatte sie die geräumten Schienen realisiert, hörte sie auch schon weit hinter sich das Herannahen eines Zuges. Schnell pfiff sie Laika zu sich und leinte sie an. Den Hund fest im Griff, suchte sie sich einen sicheren Platz, so weit wie möglich von den Gleisen entfernt.

Obwohl dieser Güterzug weit von den Geschwindigkeiten der ICEs entfernt war, die sie manchmal beim Durchfahren eines Bahnhofs erlebte, war die Wucht des Zuges, der mit seinen vielen angehängten Waggons an ihr vorbeidonnerte, genauso beeindruckend.

Ihr gelocktes Haar wirbelte durcheinander, und hätte sie nicht mit ihrer großen Handtasche und der Hundeleine gekämpft, hätte sie sich die Ohren zugehalten.

Wie in ihrer Kindheit versuchte sie, die Waggons zu zählen, kam aber schon bald durcheinander. Laika duckte sich mit angelegten Ohren weit weg, Christin sah richtig, wie ihre treue Hündin missmutig die Schnauze verzog.

Plötzlich spürte sie einen festen Griff um ihren Arm. Erschreckt drehte sie sich um und sah direkt in Hannes Kämpes lachendes Gesicht. Sie verzog ärgerlich ihr Gesicht.

»Hallo, Frau Pfarrerin!«, schrie Kämpe über den Zuglärm hinweg.

Sie sparte sich die Mühe zurückzuschreien und wartete, bis der letzte Waggon an ihnen vorübergefahren war.

»Hallo Hannes, du hast mich echt erschreckt«, begrüßte sie ihn nun auch.

Laika und Seppi beschnüffelten sich gegenseitig. Hannes leinte Seppi ab.

»Wo hast du geparkt, ich habe dein Auto gar nicht gesehen«, stellte Christin fest.

»Da vorne«, vage deutete Kämpe zur rechten Seite.

»So, du hast also ein interessantes Foto für mich?«, leitete er das Gespräch ohne Umstände ein. Gleichzeitig machte er seinem Hund ein Handzeichen. Seppi setzte sich erwartungsvoll vor sein Herrchen und bekam ein Leckerchen. Laika setzte sich neben Seppi, Kämpe lachte und holte für sie auch ein Leckerchen aus einer seiner Jackentaschen, was sie gierig verschlang.

Christin missfiel das, sagte aber nichts, da sie die Situation schon heikel genug fand. »Ja. Wie ich dir schon sagte, habe ich einiges herausgefunden, ob es dir nun passt oder nicht.«

»Kann ich das Bild mal sehen?«

»Ja, Moment.« Christin öffnete den Reißverschluss ihrer großen Handtasche, die sie mitgenommen hatte. Sie holte das alte Bild heraus, das sie in eine Klarsichthülle gepackt hatte.

Kämpe nahm es entgegen.

»Der tote Mann, der hier gefunden wurde, war definitiv dein Großonkel, der ältere Bruder deines Opas«, begann Christin.

»Tatsächlich? Wie kannst du da so sicher sein?«, unterbrach Hannes sie.

»Wie ich dir schon erzählt habe, spricht alles dafür. Das Bild aus dem Spellener Archiv, auf dem dein Opa und sein Bruder zu sehen sind. Der Eintrag in der alten Personalakte im Landesarchiv, in der der Name deines Großvaters noch aufgeführt ist, aber dein Großonkel Heinrich ab Dezember 1911 auf einmal verschwunden ist – nach dem Unfall beim Bau der Hochbahn. Dann noch die Vermisstenanzeige, die wir in einer alten Tageszeitung im Archiv gesehen haben, dazu passt der ganz persönliche Suchaufruf einer Mia und als letztes Puzzleteilchen dieses alte Bild.« Christin musste Luft holen, sie wollte ihm eigentlich nicht alles auf einmal erzählen.

Kämpe nickte nachdenklich, während er ihr zuhörte und das Bild betrachtete.

Dann rief er wieder seinen Hund zu sich, der sich sofort vor ihm hinsetzte, und wieder tat Laika es ihrem neuen Freund gleich, um auch ein Leckerchen abzubekommen. Zufrieden lächelnd bekam jeder Hund sein Leckerchen, Seppi aus der einen Tasche, Laika aus der anderen.

Langsam gingen sie ein paar Meter weiter.

»Also, das hört sich jetzt alles folgerichtig an«, begann der Bauunternehmer, er räusperte sich, »mein Großvater Johannes hat tatsächlich immer mal von seinem Bruder gesprochen, aber der ist nach Amerika ausgewandert. Er hatte wohl schon lange davon geträumt. Dann versuchte wohl auch irgendein Mädchen aus dem Dorf, ihm ein Kind unterzujubeln, da hat er wohl Reißaus genommen.«

»Ja aber warum gab es dann diese Vermisstenanzeige? Hier«, sie holte ihr Smartphone aus ihrer Jackentasche, suchte die abfotografierte Anzeige, die Mathilda im Landesarchiv Duisburg gefunden hatte, heraus und zeigte sie ihm.

Interessiert betrachtete er sie. »Na«, Kämpe lachte, »dem wird wohl der Vater des Mädchens aufs Dach gestiegen sein! Da wird er sich wohl bei Nacht und Nebel davongemacht haben!«

Christin lächelte nun auch etwas, war aber noch nicht zufrieden. »Hannes, aber der Heinrich war der ältere Bruder, er war der Hoferbe! Meinst du wirklich, da hätte er sich, ohne mit seinen Eltern zu sprechen, einfach so vom Acker gemacht? Eine Vermisstenanzeige wurde ja bestimmt nicht so ohne Weiteres vom Landrat aufgegeben.«

Kämpe zuckte mit den Schultern. Er wirkte nun auf sie etwas fahrig, rief wieder die Hunde zu sich, um ihnen ein Stückchen zu fressen zu geben. Laika ging träge, es dauerte wesentlich länger, als bei den anderen Malen, bis sie vor Kämpe saß. Dieser beobachtete sie genau und gab ihr dann das Stückchen in die Schnauze.

Christin achtete nicht auf ihren Hund.

»So, Christin«, Kämpe wandte sich wieder der Pfarrerin zu, »was ist jetzt so spannend an diesem Bild hier?« Er hob die Klarsichthülle mit der alten Fotografie kurz an.

Er brauchte der jüngeren Frau nur in die Augen zu schauen, um zu wissen, dass sie es wusste.

Dass sie verstanden hatte.

Er hatte gehofft, dass sie dieses kleine Detail nicht wahrgenommen hatte.

Dass er es nicht tun musste.

Im Moment war sie sich der ganzen Tragweite dieser Erkenntnis wahrscheinlich noch nicht bewusst, aber spätestens, wenn sie zum Beispiel mit Freddie darüber redete, würde ihr klar werden, was dieses Bild auslöste.

»Hannes«, sagte sie, »Ende November 1911, als dein Großvater und dein Großonkel beide hier«, sie deutete mit der Hand auf den Bahndamm, über den sie spazierten, »beim Bau der Hochbahn mitarbeiteten, passierte ein Zugunglück. Mehrere Waggons fuhren ineinander, und die ganze Erde und das ganze Geröll, das hier aufgeschüttet wurde, fiel aus den Waggons die Holzverschalung hinunter. Irgendwie muss dein Großonkel davon verschüttet worden sein, denn seine Gebeine sind genau darin gefunden worden.«

»Oh«, spottete Kämpe, »warst du dabei? Da gibt es doch so eine tolle Buchreihe, wie heißt sie noch mal, meine Frau guckte sie im Fernsehen, genau *Outlander*, Brigitte war da ganz besessen von, vielleicht hast du da auch ein bisschen zu viel von gesehen?« Er lachte. »Christin, sorry, jetzt mal im Ernst, ich meine, na und?« ungeduldig blieb der Bauunternehmer stehen.

Christin gab sich einen Ruck.

»Das Interessante an diesem Bild ist, dass dein Großvater ein Loch auf Höhe seiner Brust in seiner Eisenbahnerjacke hat. Da fehlt das Emblem der Königlichen Eisenbahndirektion. Auf dem Bild, das nach dem Unfall gemacht wurde und veröffentlicht wurde, trägt dein Großvater nur ein Hemd. Im November, bei geschätzten Temperaturen um die fünf Grad. Es gibt zwei Bilder von diesem Ereignis, ein Bild mit zerrissener Jacke und eins nur im Hemd.«

Kämpe schwieg. Wartete ab. Und wusste, was kommen würde.

»Dein Großonkel hatte einen zertrümmerten Schädel. Und in seiner skelettierten Hand wurde so ein Emblem gefunden. Bei dem Kampf hat er es ihm aus der Jacke gerissen und mit in sein Grab unter das Schüttgut genommen.«

Johannes Kämpe sah sich um. Er sah, dass die wunderschöne Spitzhündin Laika sich hingelegt hatte und tief und fest schlief. Oder vielleicht sogar dabei war, zu sterben.

Er sah die beiden Holzstapel neben den Gleisen. Er guckte auf seine Armbanduhr.

Dann wandte er sich Christin zu, die ihn mit ernstem Gesicht musterte. Eine sehr schöne Frau, dachte er. Schön und ehrlich.

Schade. Sie hätte der evangelischen Gemeinde sehr gutgetan.

Er griff in eine seiner Jackentaschen.

* * *

Freddie brauchte nur links aus der Polizeiwache herausgehen, noch einmal links einen kleinen Gehweg hoch, dann stand er vor der Haustür der Familie Erlenbeck. Es war Viertel nach drei, Freddie machte Feierabend. Skalecki, er und Schlüter planten, am nächsten Morgen um acht Uhr weiterzumachen. Sie wollten die Geschwister Wennies und Johannes Kämpe miteinander konfrontieren. Von mindestens der Konstellation Michaela und Johannes erhofften sie sich so viel Dynamik, dass einer in die Enge getrieben wurde und den Mord nicht mehr leugnen konnte. Sollten sie ruhig heute Abend miteinander telefonieren, das würde die Gemüter weiter erhitzen.

Ursula Höfer machte die Tür auf. Sie sah besorgt aus.

»Hallo, ist Frau Erlenbeck nicht hier?«, fragte Freddie.

»Nein, wir wissen auch nicht, wo sie ist.« Sie machte den Weg frei und ging hinein. Er folgte ihr. Oskar und Mathilda saßen am Küchentisch und schauten ebenso bedrückt aus wie die Gemeindesekretärin.

»Christin und ich hatten heute eine kleine, nun, Auseinandersetzung. Deswegen bin ich noch einmal zurückgekommen, um mit ihr zu reden. Zudem wirkte sie sehr verstört auf mich, als ich sie das letzte Mal sah.«

Freddie dachte an die vergeblichen Anrufe von Christin auf seinem Handy. »Wann war das?«, fragte er Ursula.

»So in der Mittagszeit. Sie hatte einen Termin und vorher hatten wir diese Diskussion. Als sie dann von Frau Wennies wiederkam, ich traf sie noch auf dem Parkplatz, sah sie so«, sie suchte nach dem richtigen Wort, »na eben verstört aus. Sie wollte nicht mehr mit mir reden, hastete nur noch ins Haus.«

»Worum ging es denn in der Diskussion?«, hakte Freddie nach.

Ursula schielte zu den Kindern und schüttelte leicht den Kopf.

»Du kannst ruhig vor uns reden, Ursula«, hörten sie auf einmal die strenge Stimme von Mathilda. »Wir wissen, was über unsere Mutter geredet wird. Miriam erzählt es in der ganzen Schule herum.«

»Miriam? Wer ist Miriam? Was erzählt sie?« Freddie wurde etwas ungeduldig.

»Miriam ist die Enkelin von Hannes Kämpe. Sie erzählt, ihr Opa hat gesagt, die neue Pfarrerin hätte einen an der Klatsche.«

Oskar nickte zustimmend. »Und seine andere Enkelin, die kleine Wilma, hat das sogar auch letztens beim Schwimmen erzählt«, ergänzte Mathildas kleiner Bruder.

Auffordernd guckte Freddie Ursula an.

»Ja«, bestätigte sie leise und nickte, »Johannes Kämpe scheint eine Hetzkampagne gegen sie gestartet zu haben. Darüber haben wir heute Morgen geredet. Und jetzt wollte ich mich bei ihr entschuldigen und finde die Kinder alleine vor.«

»Wir hatten heute eher aus. Aber eigentlich wollten wir gemeinsam essen und dann zusammen mit Laika zu Oma und Opa.«

»Bei Wennies war sie?«, fragte Freddie die Sekretärin.

Sie nickte.

»Und kam aufgewühlt zurück.« Freddie dachte nach. »Und sie hat mehrfach versucht, mich zu erreichen.«

Der Polizist wurde nervös.

»Herr Neumann«, zaghaft sprach Ursula Freddie an, »ich habe ihr auch gesagt, dass Sie sich wieder mit Ihrer Ex treffen.«

Würde Christin jetzt vor ihm stehen, würde er Abbitte leisten. Er hatte tatsächlich das Getratsche unterschätzt.

»Deswegen wird sich Christin bestimmt nicht von einer Brücke stürzen«, sagte er mit fester Stimme. »Habt ihr schon versucht, sie auf ihrem Handy anzurufen?«

Beide verdrehten gleichzeitig die Augen zur Decke und nickten.

Nun wurde Freddie auch nervös. »Ursula, hatte sie noch irgendwelche Termine?«

Sie schüttelte den Kopf. »Nein. Außerdem hat sie den Hund mitgenommen.«

Freddie lief in der Küche hin und her. Er wusste, dass Christin immer für ihre Kinder erreichbar war. Es sah ihr nicht ähnlich, eine Verabredung mit den Kindern und ihren Eltern nicht einzuhalten.

Er sah die Kinder am Küchentisch sitzen, wie sie sich intensiv mit ihren Smartphones beschäftigten.

»Das kann doch jetzt nicht wirklich euer Ernst sein! Ich mache mir Sorgen und ihr spielt in aller Seelenruhe mit euren Handys?« fragte er wütend.

Oskar ließ sich nicht aus der Ruhe bringen. »Wir spielen nicht, wir machen eine Battle, wer Mama zuerst geortet hat.« Oskar wurde leicht rot.

Mathilda schaute schuldbewusst hoch, hielt aber weiter ihr Handy in der Hand.

»Was?«, rief Freddie. »Was macht ihr da?« Ungläubig beugte er sich über Oskars Schulter und guckte auf das Display seines Handys.

»Papa hatte uns allen ein Handyortungsprogramm auf die Handys heruntergeladen. Mama wusste nichts davon, und als sie es herausbekam, gab es einen furchtbaren Krach. Papa sollte dieses Programm sofort löschen. Aber dann ist er gestorben. Und Mama hat es vergessen.«

»Aber ihr nicht«, stellte Freddie fest, »und wo ist sie?«
Er hielt den Atem an.

Oskar und Mathilda bekamen ganz rote Gesichter vor Aufregung, Ursula trat einen Schritt vor und guckte Matti über die Schulter.

»Da! Erster!«, schrie Oskar. Er hielt Freddie das Handy hin. Es dauerte einen Moment, bis er den pulsierenden Punkt genau erkennen konnte. Dann dauerte es noch ein paar Sekunden, bis er erkannte, dass der Punkt auf der Trasse der Hochbahn blinkte.

* * *

Christin wartete auf eine Reaktion von Kämpe. Dann folgte sie seinem Blick und sah Laika in dem Gestrüpp neben den Gleisen liegen.

Er hatte damit gerechnet, dachte sie, er hatte sie hierhergelockt. Sie war alleine mit jemandem, der nicht wollte, dass sein Großvater als Mörder enttarnt wurde. Glasklar erkannte sie auf einmal den Zusammenhang.

»Wenn herauskommt, dass dein Opa seinen Bruder getötet hat, ist es aus mit deiner Karriere als Bürgermeister, nicht wahr?« Christin wich langsam einen Schritt zurück.

»Du hast dich da in etwas vergaloppiert, liebe Christin. Du konntest nicht mehr unterscheiden zwischen der Leiche am Bahndamm und dem Tod deines Mannes, oder?«

»Was redest du da? Was hast du mit Laika gemacht?« Christins Stimme wurde lauter.

»Die Leiche deines Mannes wurde auch nie gefunden, nicht wahr? Du warst völlig hysterisch und konntest dich nicht einmal mehr um deine Kinder kümmern«, Kämpe kam einen Schritt auf sie zu.

Christin wich zurück, knickte mit einem Fuß auf den losen Steinen im Gleisbett um. Während sie versuchte, sich abzufangen, griff sie in ihre Jackentasche und zog ihr Handy heraus.

Mit einem großen Schritt war Kämpe bei ihr, riss mit einer Hand das Smartphone an sich und umklammerte mit der anderen Hand mit eisernem Griff ihre beiden Handgelenke. Das Handy schmiss er auf die Gleise, dann griff er in eine seiner Jackentaschen und zog ein Tuch heraus.

Christin war wie gelähmt, und diese kurze Zeit der Fassungslosigkeit kostete sie wertvolle Sekunden. Kämpe drehte sie in seinen linken Arm, mit dem er wie mit einem Schraubstock ihren Brustkorb umfing. Noch bevor sie schreien konnte, drückte er das widerlich stinkende Tuch auf ihre Nase und ihren Mund.

Je kräftiger sie versuchte, sich zu befreien, umso mehr atmete sie die Dämpfe aus dem Tuch ein. Dann knickten ihr die Beine weg, und sie sackte in Johannes Kämpes Arme.

»Bitte«, murmelte sie, »was hast du vor?«

Sie fühlte sich sehr müde, sah durch einen Schleier ihre Laika.

Uns. Beide. Betäubt.

Sie sah, wie er wieder auf seine Armbanduhr guckte und wie er innehielt, als ob er nach etwas lauschte. Ihren Pupillen fiel es schwer, den Geschehnissen um sie herum zu folgen und sie wunderte sich, dass Kämpe eine kleine Flasche hervorzauberte und den Inhalt auf das Tuch schüttete.

Weg. Noch. Mehr. Zu viel.

»Hab keine Angst, meine liebe Christin. Du wirst gleich so tief und fest schlafen! Ich verspreche dir, wenn du dich vor den nächsten Güterzug wirfst, wirst du nichts spüren. Schsch! Bald bist du wieder mit deinem Mann vereint.«

* * *

Freddie rannte so schnell wie schon lange nicht mehr zurück zur Polizeiwache und seinem Dienstwagen.

»Was ist los?«, rief Skalecki ihm zu.

»Muss zum Bahndamm«, keuchte Freddie, »irgendetwas stimmt hier nicht.«

Skalecki riss die Beifahrertür auf und sprang zu Freddie in das Polizeiauto.

»Was machst du noch hier?«, fragte Freddie sie, stur den Blick auf die Frankfurter Straße gerichtet, weit über die erlaubten 70 km/h fahrend.

»Hab mein Handy hier liegen lassen, war eh noch nicht weit, lohnte sich noch umzukehren. Christin?«

»Ja, sorry, lass mich jetzt fahren, habe ein komisches Gefühl.«

»Guck mal, da fährt ja tatsächlich noch ein Zug!« Skalecki guckte nach links, an Freddie vorbei. Zu dieser Jahreszeit hatte man noch freien Blick auf die Hochbahn.

»Jetzt hält er.«

Freddie gab noch mehr Gas und erwischte die Ampel an der Mehrstraße bei Hellrot.

Skalecki sagte nichts dazu.

Die nächste Ampel, an der Freddie links abbog, zeigte Rot.

Die Dreißigerzone an einem Schulzentrum ignorierte er genauso wie vorher die beiden Ampeln.

Rechts konnte Skalecki noch den *Döhmer* vorbeifliegen sehen, als sie auch schon nach links in die Straße drifteten, in der Familie Wennies wohnte.

»Da.« Freddie deutete nach vorne, wo am Ende der Straße ein Minivan parkte.

Mit einer scharfen Vollbremsung hielt er neben dem Van, riss die Tür auf und schrie nach Christin.

Skalecki sprang ebenfalls aus dem Auto.

»Da entlang!« Beide rannten los.

»Christin, Laika!«, schrie Freddie.

Dann sahen sie beide gleichzeitig in einiger Entfernung die Pfarrerin.

Mit hängendem Kopf schien sie zwischen zwei Holzstapeln mehr zu lehnen, als zu stehen, wie von irgendetwas festgehalten.

Freddie suchte mit seinen Blicken den Hund, konnte Laika aber nicht finden.

»Christin«, beide schrien gleichzeitig, aber Christin blickte nicht auf. Irgendetwas kam ihnen an der Haltung der Pfarrerin merkwürdig vor, aber bevor sie genau sagen konnten, was, sah Freddie die mächtige Zugmaschine der Güterwaggons auf sie zufahren.

Sie war stoned, dachte Freddie, sie hatte irgendetwas genommen! Er rannte weiter. Der Zug! Wollte sie sich vor den Zug stürzen? Der Zug kam immer näher, und Freddie sprintete auf die Frau zu, mit der er den Rest seines Lebens verbringen wollte.

Skalecki rannte trotz ihrer Größe und ihres Gewichts genauso schnell wie ihr Kollege. Sie steuerte auf die rechte Seite des Holzstapels zu, Freddie schlug den Bogen nach links, um zwischen die Gleise und die leicht schwankende Christin zu kommen. Die schwarze Lokomotive kam immer näher, und in dem Moment, als Freddie Christin erreichte, wurde sie in seine Arme gestoßen.

Mit Christin in den Armen taumelte Freddie zu den Gleisen und auf die sich nähernde Lokomotive zu. Er erkannte Kämpe, der ebenfalls zwischen den beiden Holzstapeln stand und sich jetzt umdrehte, um zu fliehen. Freddie sah nur noch, wie Skalecki den Bauunternehmer mit einem gewaltigen Schlag zu Boden streckte, dann streckte sie sich blitzschnell vor, um nach Christin und ihrem Kollegen zu greifen. In dem Moment, als der Zug fast auf ihrer Höhe war, konnte Skalecki das taumelnde Pärchen so zur Seite reißen, dass sie neben die Gleise fielen.

Dann donnerte die riesige Diesellokomotive mit ihren unzähligen Waggons an ihnen vorbei.

19. Kapitel

Auferstehung

Schwere. Wärme. Stille. Helligkeit.

Christin öffnete ihre Augen. Sah Freddie.

Sie wollte etwas sagen, aber ihr Hals brannte.

Freddie beugte sich vor, strich ihr über die Wange.

»Laika?«, flüsterte sie.

Freddie lächelte.

»Skalecki hat Schlüter sofort mit ihr zum Tierarzt geschickt. Er hat ihr den Magen ausgepumpt, sie ist schon wieder bei euch zu Hause.«

Sie dämmerte wieder weg.

Als sie ein paar Stunden später wieder aufwachte, sah sie in die Gesichter ihrer Kinder und ihrer Eltern.

Ihre Kinder strahlten sie an, ihre Eltern hatten vorwurfsvoll ihre Lippen zusammengepresst.

Sie schaffte es, ihre Arme zu heben und ihre Kinder an sich zu drücken, ihre Mutter wischte sich heimlich eine Träne aus dem Augenwinkel.

Gegen Abend kam Freddie noch einmal zu Besuch. Ihr Hals tat ihr immer noch weh, aber sie konnte ihm sagen, dass er ihr alles erzählen sollte.

»Du hast sehr viel Chloroform eingeatmet, deswegen tut dir jetzt der Hals so weh. Die Ärzte wollten noch ein paar Kontrolluntersuchungen machen, ob mit deinem Herz alles in Ordnung ist.« Freddie drückte ihre Hand. »Ist es. Gott sei Dank.« Er küsste ihre Hand.

»Morgen nehme ich dich mit nach Hause.« Auffordernd nickte sie ihm zu. »Kämpe?«, fragte sie nun schon lauter.

»Festgenommen. Er streitet den Mord an Wennies immer noch ab. Aber den versuchten Mord an dir wird er nicht leugnen können. Eiskalt geplant. Mein Gott, Christin, ich könnte so wütend auf dich sein!« Fester als beabsichtigt drückte er ihre Hand, sodass sie leise aufstöhnte. »Du hattest mir versprochen, keine Alleingänge zu machen!«

»Es tut mir leid, wirklich«, die Pfarrerin flüsterte, »aber kannst du dir vorstellen, dass ich niemals gedacht hätte, dass mich jemand umbringen würde? Das gehört nicht in mein Leben!«

»Nein, Christin, das stimmt nicht. Ich glaube, Gewalt und Unberechenbarkeit waren schon einmal Teil deines Lebens. Aber lass uns da ein anderes Mal drüber reden.«

Sie versuchte, sich aufzusetzen. Freddie half ihr. Langsam ließ sie ihre Füße kreisen, winkelte die Beine etwas an und stellte fest, dass es ihr gutging.

»Ach, und weißt du, was das Beste ist? Brigitte Kämpe hatte bisher noch nicht die Uniform ihres Mannes zur Reinigung gebracht. Die wurde von der Spurensicherung natürlich genau untersucht. Und rate mal, was man da nachweisen konnte? Nagellackentferner! Auf jeden Fall sprechen im Moment die Indizien jetzt alle gegen Kämpe. Wir werden noch einmal versuchen, alle Zeugenaussagen, die wir nach dem Osterfeuer aufgenommen haben, auf Kämpes Verhalten an diesem Nachmittag durchzusehen«, grinste Freddie.

Christin nickte. »Traurig«, flüsterte sie. Sie räusperte sich. »Kannst du mir bitte einen Gefallen tun?«

* * *

Unverdienterweise schien die Sonne, als Karl-Heinz Wennies am Samstag beerdigt wurde. Trotzdem er zu Lebzeiten unbeliebt gewesen war, kamen sehr viele Menschen sowohl zum Gottesdienst als auch zur anschließenden Beisetzung auf dem Friedhof.

Wie besprochen fand Pfarrerin Christin Erlenbeck sogar für Karl-Heinz Wennies noch Worte, die ihn in einem anderen Licht erschienen ließen. Sie schaffte es, für ein paar Momente, den selbstbewussten und charmanten Mann auferstehen zu lassen, der die junge Gisela für sich eingenommen hatte. Gisela lächelte, dann konnte sie endlich um den Ehemann weinen, der er am Anfang ihrer Ehe gewesen war.

Sogar für Michaela und Stephan konnte Christin, nach dem Gespräch mit deren Mutter, ein paar Erinnerungen an liebevolle Momente mit ihrem Vater einbringen. Seine spannenden Geschichten, die er ihnen abends erzählte, in denen immer mindestens eine Lokomotive die Hauptrolle spielte. Und natürlich die gemeinsamen Fernsehstunden bei »Lukas und der Lokomotivführer«.

Frederick Neumann war halb privat halb dienstlich Gast dieser Beisetzung.

Noch eine offene Frage wurmte das Ermittlungsteam: was war in der Nacht vom neunten auf den zehnten März passiert? War Wennies angefahren worden?

Der Polizist musste innerlich schmunzeln, Skalecki würde ihrem Ruf als Dogge wahrscheinlich wieder gerecht werden, wenn sie sich in die Auswertung aller Indizien stürzen wird. Er selber wollte Michaela und Stephan ein Signal senden.

Es gibt da noch etwas.

Ausnahmsweise schlug Christin die Einladung zum Beerdigungskaffee aus. Freddie und die Kinder wollten sie mit einem Ausflug überraschen, den sie direkt nach der Beerdigung starten wollten.

Christin schmunzelte innerlich, sie konnte sich denken, wohin es ging.

Umso überraschter war sie, als Freddie, der den Minivan steuerte, zur A 59 fuhr.

»Wohin fahren wir? Ich dachte …«

»Ich weiß, was du dachtest«, unterbrach Freddie sie, »du dachtest, wir fahren nach Ork!«

»Ja, eigentlich schon«, Christin musste sich anstrengen, ihre Enttäuschung zu verbergen.

Mathilda und Oskar zappelten aufgeregt auf der Rücksitzbank. »Boah Mama, du wirst so Augen machen!« Oskars Stimme überschlug sich fast vor Aufregung.

Nach einer knappen Stunde hielten sie vor einem großen Tor, das sich wie von selbst öffnete, als Freddie seinen Namen in die Gegensprechanlage eines gemauerten Minihäuschens sprach.

Sie fuhren durch einen parkähnlichen Garten, dann hielt Freddie vor einer Haustür. Nein, einem Portal. Christin wartete auf das Heer von Bediensteten, die sich zum Empfang aufstellen würden, die Kinder bekamen ihren Mund nicht zu.

»Kommt, aussteigen«, trieb Freddie sie an.

In dem Moment öffnete sich auch schon die Haustür und ein groß gewachsener, älterer Mann kam ihnen entgegen.

Christin war verunsichert, sie konnte sich nicht erklären, wer dieser Mann war und was sie hier sollten.

»Frederick Neumann«, Freddie schüttelte dem Hausherrn dieser Villa die Hand. Er drehte sich zu Christin um. »Und darf ich vorstellen, Pfarrerin Christin Erlenbeck.«

Mit Tränen in den Augen schüttelte nun dieser Mann Christin die Hand. »Guten Tag«, er musste sich räuspern, um seiner Stimme wieder Festigkeit zu geben, »mein Name ist Simon-Heinrich Folke.«

Christin erstarrte wie das Standbild in einem Fernseher. Noch mit Folkes Hand in ihrer schaute sie langsam zu Freddie, dann wieder zu Simon–Heinrich Folke. Ihre Kinder konnten die Reaktion ihrer Mutter nicht einordnen und wurden ganz still.

»Kommen Sie bitte herein.«

Erst als sie in einem Sessel im Wohnzimmer saß, löste sich ihre Erstarrung.

»Sie sind sein Enkel!«, stellte sie mit brüchiger Stimme fest, um gleich zu weinen anzufangen.

Auch Folke verlor wieder die Fassung. Wie auf ein geheimes Kommando brachte eine ältere Frau eine Box mit Taschentüchern.

»Mein Mann ist seit gestern, nachdem Sie angerufen haben«, sie nickte Freddie zu, »völlig aufgelöst. Sie können sich denken, Heinrich Kämpe gehört zur Familienlegende, obwohl natürlich nicht so präsent wie seine Großmutter Mia und sein Großvater Simon.«

Freddie erklärte Christin, dass er, wie von ihr gewünscht, mit den Hassels in Ork Kontakt aufgenommen und von ihnen den Namen und die Adresse von Mias Nachfahren bekommen hatte.

»Mia hatte immer den Kontakt zu ihrem Elternhaus und ihren Geschwistern gehalten.«

»Und du bist die aufmerksame junge Dame, die gespürt hat, dass Mia zur Geschichte vom Zugunglück gehört?«, wandte er sich an Mathilda.

Mathilda strahlte. »Bitte, erzählen Sie uns jetzt, was aus dem Baby und Mia geworden ist!«, forderte sie aufgeregt ein.

»Nun«, begann Folke langsam, »meine Großmutter hatte ja jetzt nun ein Baby und keinen Vater mehr dafür. Ihr Vater, der alte Joseph Hassel, den ich nicht mehr kennengelernt habe, hat dafür gesorgt, dass sie beim Hilfslehrer Folke, meinem Großvater, eine Anstellung als Haushälterin bekam. Der war, wie sagt man heute?«, er lächelte die Kinder an, »so verknallt in meine hübsche und kluge Oma, dass er sie heiratete und mit nach Düsseldorf nahm.« Er hielt inne und trank einen Schluck Kaffee.

Christin hätte beinahe auch vor Spannung »weiter« gerufen.

»Meine Oma war sowohl klug als auch hübsch und forderte von ihrem Mann, sie durch die Abiturprüfung zu bringen. Das konnte man früher auch als Externe. Aber meine Großmutter war damit noch nicht zufrieden, sie und Simon erreichten, dass sie als eine der ersten Frauen an der Düsseldorfer Universität Medizin studieren durfte.«

Er musste sich wieder räuspern. Sichtlich bewegt wandte er sich Christin zu.

»Durch Ihre Hartnäckigkeit haben Sie das Rätsel um Heinrichs Tod gelöst, meinen leiblichen Großvater. Und«, seine Frau hatte sich mittlerweile zu ihm gesetzt und hielt seine Hand, »hätten dies beinahe mit Ihrem Leben bezahlt.«

Christin schluckte.

»Bitte, das war eine große Dummheit von mir.«

»Daran merkt man, dass Sie als Pfarrerin immer das Gute sehen. Ich bin Anwalt, natürlich hat mein Sohn mittlerweile die Kanzlei übernommen. Und ich denke, Kämpe war es sofort klar, als Sie das Baby erwähnten.«

»Was war ihm klar? Entschuldigung, aber ich war ein bisschen weggetreten nach seiner Verhaftung.«

»Liebe Frau Pfarrerin. Mord verjährt nicht.«

Langsam sickerten die Auswirkungen dieser Aussage in Christins Bewusstsein.

»Kämpe hätte alles verloren«, murmelte sie vor sich hin. »Sie sind der rechtmäßige Erbe des Hofes. Und als Anwalt«, sie deutete mit der Hand auf all die Zeichen des Erfolgs um sie herum, »hätten Sie eine echte Chance, sich dass Erbe zu erstreiten.«

* * *

Andreas hatte keine Zeit für sie. Mussten sie sich jetzt daran gewöhnen?

Ja, hatte Ben gesagt, der Heilerziehungspfleger. Er sei vorhin erst aus der Werkstatt gekommen und jetzt sitze er mit ein paar anderen Mitbewohnern zusammen und höre Musik. Dann müsse er beim Tischdecken helfen. Dann Abendbrot essen. Vielleicht am Wochenende?

Theo Bleckmann nahm die Hand seiner Frau.

»Komm, lass uns bei Wessel einfach ein Bier trinken gehen«, schlug er vor, »und morgen können wir ja vielleicht mal den ganzen Tag in die Sauna? Das haben wir noch nie gemacht, da schwärmen doch die anderen immer von!«

Theo Bleckmann ignorierte den tiefen Seufzer seiner Frau und zog sie sanft mit sich.

* * *

»Kuba«, Gisela Wennies schüttelte den Kopf, »warum ausgerechnet Kuba?«

»Das habe ich dir doch schon erklärt, Mama«, ungeduldig zog Michaela eine kleine Schublade von dem Schreibtisch in ihrem alten Kinderzimmer auf. Sie musterte den Inhalt und nahm dann ein altes Tagebuch heraus. Dann warf sie es wieder zurück und schob die Schublade mit einem Ruck zu. »Ich habe dort ein ganz tolles Angebot bekommen, das kann ich nicht ablehnen. Das wird eventuell meine letzte, wirklich attraktive Stelle sein. Außerdem ist es dort einfach toll.«

Sie ging an ihrer Mutter vorbei und verließ ihr altes Zimmer.

»Aber es ist so weit weg«, sagte Gisela leise, »ich hatte eigentlich gehofft, dass du jetzt wieder öfter hier bist, wo Papa nicht mehr ist.«

Michaela seufzte.

»Du kommst mich einfach besuchen. Außerdem kommt bestimmt Stephan jetzt öfter vorbei.«

Ihre Tochter in Kuba. Ihr Sohn in Köln und für sie keine schicke, kleine Wohnung. Michaela half ihr noch nicht einmal beim Verkauf des alten Bahndepots.

Morgen würde sie schon fliegen.

20. Kapitel

Sonntag, zwei Wochen nach Ostern

Mit frischen Brötchen durfte Freddie am Sonntagsfrühstück bei Erlenbecks teilnehmen. Beschlossen und durchs Telefon verkündet. Von Oskar.

Als er klingelte, stand Christin auf.

»Nein, du bleibst in der Küche«, befahl sie Oskar.

Mathilda schaute sie stumm an. Ein bisschen ängstlich. Natürlich spürte sie, dass ihre Mutter jetzt ein Gespräch führen musste.

Christin öffnete die Tür. Freddie wollte sie an sich ziehen, aber sie wehrte ihn ab.

»Freddie, es tut mir leid, aber bevor ich dich jetzt wieder an unseren Tisch lasse, muss ich wissen, was du mit deiner Ex-Frau hast«, ihr Blick traf ihn direkt in sein Innerstes.

»Ja, natürlich«, er blickte ihr fest in die Augen, »meine Ex-Frau und ihr Mann laden mich ab und zu mal ein, mit ihnen und ihren Kindern zu Abend zu essen.«

Sie gab ihm einen Kuss auf den Mund. »Komm rein«, strahlte sie ihn an, »die Kinder und ich warten schon auf die leckeren Brötchen. Und natürlich auf dich.«

Freddie atmete erleichtert auf.

Oskar begrüßte ihn stürmisch, sogar Mathilda umarmte ihn. Als Christin die Käseplatte anrichtete, beobachtete Freddie, wie sie sich kurz mit der Hand über den Mund fuhr und dann aus der Küche rannte.

»Was ist los?« Verwundert sah er zu Mathilda.

»Ach«, desinteressiert zuckte das Mädchen mit den Schultern, »ihr ist bestimmt wieder übel.«

Besorgt hob Freddie die Augenbrauen.

»Wahrscheinlich noch von dem Chloroform.«

»Nein«, Mathilda schüttelte ihren Kopf, »das hat sie in letzter Zeit öfters. Immer morgens.«

Ein Wort an den Leser!

Ich hoffe, das Lesen dieses Heimatkrimis hat Ihnen genauso viel Freude bereitet, wie mir das Schreiben dieses Buches!

Um diesen Krimi schreiben zu können, habe ich manches erfunden und manche historischen Tatsachen bewusst ignoriert. So gab es zwar tatsächlich ein Zugunglück beim Bau des Spellener Hochbahnabschnitts, dies fand aber schon am 30. August 1911 statt, wie mir Pastor Wilhelm Kolks erläuterte, nachdem mein Plot feststand.

Deswegen seien Sie bitte nachsichtig, wenn Sie auf Unstimmigkeiten stoßen! Diese habe ich ganz alleine zu verschulden!

Auch sind fast alle Personen frei erfunden.

Von Anfang an erhielt ich von allen Personen, die ich um Unterstützung bat, uneingeschränkte und spontane Hilfe.

In der Hoffnung, niemanden zu vergessen, möchte ich mich bei den folgenden lieben Menschen dafür bedanken:

Susanne Fölting, die mich bei meinen Recherchen im Voerder Stadtarchiv kompetent unterstützte.

Peter Hallen, der mir sofort das Spellener Archiv öffnete.

Ingolf Isselhorst, dessen Bücher und Wissen ich plünderte.

Pastor Wilhem Kolks, dessen Bücher über die Spellener Geschichte die Vergangenheit lebendig machen.

Ralf Kramp, mein Verleger, der mich, als Anfängerin, mit wertvollen Tipps unterstützte.

Gisela Marzin, die mich als Archivarin bei praktischen Abläufen beriet und unterstützte.

Volker Neumann, meinem gründlichen und nachsichtigen Lektor.

Sebastian Wolter, für die Zurverfügungstellung der richtigen notfallmedizinischen Literatur.

Gerda Wuwer, die mich als erste Testleserin ermutigte weiterzumachen.

Heinrich Wuwer, den ich gefühlt unendlich als Kenner der Hochbahn löcherte.

Frank, der für mich kochte und still blieb.

Lotte, Max und Clemens, die es genauso spannend wie ich fanden, dass Mama einen Krimi schrieb.

Schwestern und Schwager, die mehr wollten, als es noch nicht mehr gab.

Mama, die sagte, dass ich das schon längst hätte machen sollen.